환

[작가의 말]

소설, 그 운무의 결을 더듬는다.

나와 조우하는 길, 태그가 너무 많았다.
빡빡한 대숲에 갇힌 정신의 혈, 풀기 쉽지 않았다.

그렇게,
먼먼 날에 있었던 나와
먼먼 훗날에 있을 나를,
때론 기쁘게, 때론 선잠으로 맞이한다.

정오에 농지거리를 던지며
한밤중에 연서를 보내며
새벽에 나를 질문하며
한 번도 가보지 않은 길을 걷는다.

신기하게도,
머리 어느 귀퉁이에 잡힌 물집이 나를 위로한다.

긴 시간 나와 함께할 나에게,
이 소설에 나오는 인물들, 언어와 시간과 장소들에,
이 책을 그네 태워 보낸다.

2012년 6월, 김정주

차례

작가의 말

하나 • 11

둘 • 25

셋 • 39

넷 • 54

다섯 • 71

여섯 • 88

일곱 • 100

여덟 • 116

아홉 • 129

열 • 145

열하나 • 157

열둘 • 172

열셋 • 185

열넷 • 199

열다섯 • 212

열여섯 • 228

열일곱 • 241

열여덟 • 258

열아홉 • 269

스물 • 270

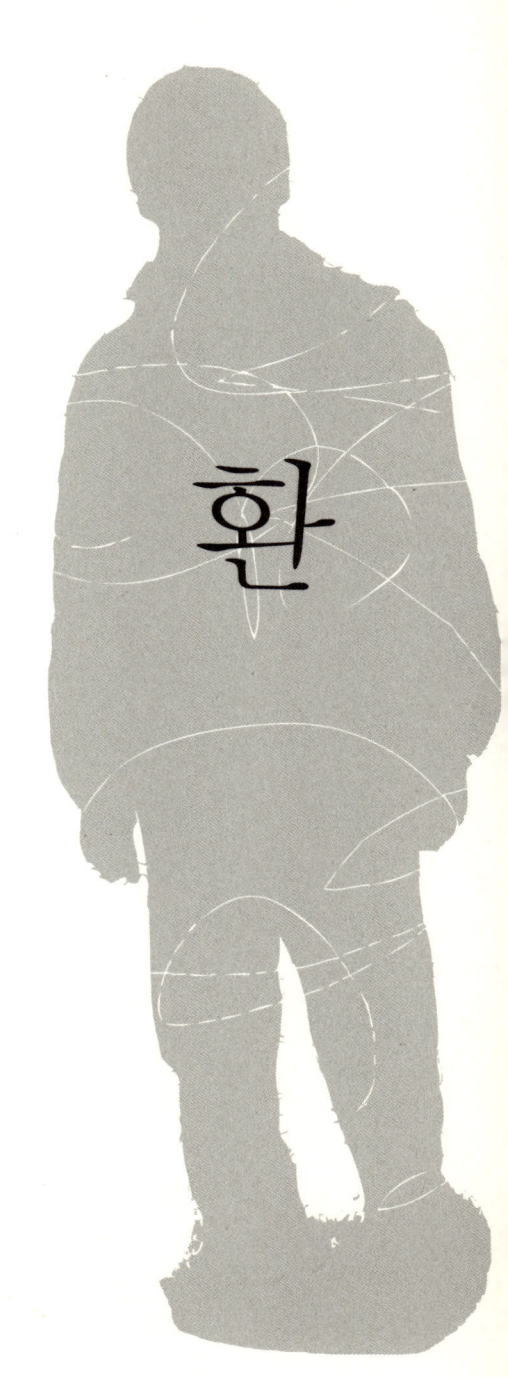

하나

 미래는 신의 영역이라는데 나는 미래에 온 것일까. 아니, 그런 것 같지는 않다. 이곳은 구글에서 자유국이라는 검색어로 알아낸, 동경 백팔십 도, 서경 백팔십 도에 엄연히 존재하는 나라다.
 이곳에 도착하자마자 나는 북위 삼십칠 점 오 도, 경도 백삼십오 도에 있는 나라와는 확연히 다르다는 걸 느낀다. 바다는 깔끔하고 시원하며 살갗에 닿는 공기는 솜털을 간질인다.
 배에서 내려 선착장에 선다. 아는 사람은 아무도 없다. 자유국에서만이 누릴 수 있는 가치를 발견한다. 사회적 가치도 있다. 이 나라에선 세금으로 국민의 심장을 갉아먹지 않는다고 한다. 범죄율 제로에다 식중독도 없고 인플레이션이나 명퇴나 명품도 없다고 한다. 이곳을 지키는 것은 돈이나 체면, 총이나 명예가 아닌 오색의 비둘기란다.
 구글에서 본 이 자유국의 문장은 비둘기다. 새우깡이나 콕콕 쪼아대고 피둥피둥한 몸으로 닭둘기라는 오명을 쓴, 또는 조류독감이나 옮기는, 아니면 조나단 노엘[1]을 괴롭히던, 혹은 조나단 노엘이 죽어라 싫어하던 비둘기가 아니라, 고전적 평가를 받는 그런 비둘기다. 분쟁 지역을 향해 오색으로 날아가는 평화의 비둘기, 나는 나의 분쟁을 종식시켜 줄지도 모를 바로 그 비둘기에 기대를 건다.

분홍색 비둘기 한 마리가 사뿐 내려앉는다. 몸 전체는 분홍이지만 움직일 때마다 전복 껍질 안에 얼룽얼룽 흐르듯 새겨진 무지갯빛이 일렁인다.

비둘기가 고개를 까딱 숙이더니 인사한다. "자유의 나라에 오신 걸 환영합니다." 말하는 비둘기라니! 구글 어디에서도 비둘기가 말을 한다는 정보는 없었다.

비둘기가 내 앞으로 쫑쫑쫑 다가온다. 비둘기 등을 쓰다듬는다. 비둘기는 도망가기는커녕 구애를 하듯 내 손바닥이며 손등에 몸을 비벼댄다. 살포시한 감촉이 갓난아기의 살결이다. 비둘기를 답싹 안는다. 방금 전까지만 해도 분홍이던 비둘기가 어쩐 일인지 하늘색 비둘기가 된다. 이럴 수도 있나?

비둘기를 두 손으로 폭 감싸며 눈을 들여다본다. 세상엔 있을 것 같지도 않은 작은 푸른 샘 하나가 나를 마주본다. 노아에게 감람나무 잎을 물어다 준 비둘기도 이런 비둘기는 아니었을까. 대체 이런 비둘기는 어디서 왔을까. 유전자 조작이나 체중관리로 골머리를 썩이지 않아도 되는 곳에서 왔을지 모른다. 아파트 값을 올리려 담합하거나 정점을 위해 비아그라나 스테로이드제를 복용하는 일이 없는, 그런 곳에서 왔을 수도 있다. 과연 그런 곳이 있기나 할까. 만약 있다면, 아직도 남아있다면, 그

---

[1] 파트리크 쥐스킨트의 소설 『비둘기』에 나오는 주인공 이름

런 지역이야말로 전쟁터가 되리라. 그러나 이곳은 포성이나 계략이 피워대는 고양이 울음소리 같은 건 없다고 한다. 막 도착해 단언하긴 이르나 고른 음정, 다사로운 미소, 타인에 대한 배려와 양보가 느껴진다. 한 번도 경험해보지 못한, 낯설지만 미더워지는 이 자유국에 무한한 동경심이 인다.

비둘기를 손바닥에 올려놓는다. 비둘기가 날개를 활짝 펴더니 비눗방울처럼 날아간다. 날아가는 색이 연보랏빛이다. 이곳의 비둘기는 어째서 저리 자꾸만 색을 바꾸는 것일까. 인간이 감정에 따라 눈빛이 변하고 낯빛이 달라지듯, 비둘기에게도 감정의 온도라는 게 있어 색을 바꾸는 것은 아닐까. 좋게 생각하자. 더럽거나 탁한 색이 아닌 걸 보면 나에게 호의적이라는 뜻이다.

비둘기가 날아가는 곳을 눈으로 쫓는다. 비둘기는 그토록 여리게 보였건만 날아가는 모습은 마치 갈매기인 듯 독수리인 듯, 날개를 팔락팔락 저으며 바다 쪽으로 간다. 바다 저쪽엔 아무 것도 없는데 어디로 가는 것일까.

불현듯, 아무 것도 없는 쪽으로 날아가는 비둘기처럼 아무 것도 없는 곳엘 온 것은 아닌가 하는, 생각지도 않은 생각이 난다. 이것은 말이 되지 않는다. 나는 분명, 구글에 나온, 지도상에 있는, 자유국을 찾아, 여권에 도장을 찍고, 입국을 했다. 땅덩어리로 존재하는 나라에 와서 이런 의심을 하다니 아무래도 나는 혼자에 익숙하지 않았던 모양이다.

그렇다면 나는 어디부터 가야할까. 백팩을 둘러맨다. 이런! 이게 뭐람. 손등이며 팔, 손바닥엔 온통 비둘기 깃 자국으로 얼룩덜룩하다. 손금이나 지문은 보이지 않고 비질한 듯한 깃 자국이 페인트칠을 한 듯 선명하다.

비둘기 깃 자국을 북북 문질러본다. 문지를 때마다 깃 자국은 분홍이 됐다 하늘색이 됐다 연보라색이 됐다 하면서, 비둘기 모양으로 바뀐다. 구글의 정보가 떠오른다. 이 나라의 문장은 비둘기입니다. 그러면 이 비둘기 문양은 입국을 인증한다는 확인증이거나 이 나라에서만 통용되는 신분증 같은 것일지도 모른다. 사진이 붙고 기관의 이름이 나오고 진공으로 압축된 표 같은 것만을 신분증이라고 우길 이유는 없다. 그렇게 저렇게 생각을 꿰맞춰도 이런 일은 지금까지 살아왔던 영역을 훌쩍 뛰어넘는다. 왜 그럴까. 가슴이 툭툭 뛴다.

한동안 백팩을 맨 채 사방을 둘러본다. 방향을 가늠할 만한 이정표나 도로는 보이지 않는다. 여기가 어디인지 짐작할 만한 건물이나 간판도 없다. 뒤를 돌아보나 있어야 할 바다도, 내가 서 있던 선착장도 없다. 그렇다고 육지가 있는 것도 아니다. 바다도 육지도 선착장도 아닌, 굳이 말하면 하늘 비슷한 것이 넓고 넓게 펼쳐져 있기만 하다. 허공에 둥실 떠 있는 듯한 이 괴리감이라니.

허공에 있는 것은 아니다. 잘 닦인 흙길 위엔 튼튼한 내 두 다리가 떡하니 버티고 있다. 누가 뭐래도 이 나라는 실재하고 현존하는 지도상의 나라다. 그래서 감각이란 믿을 것이 된다 못 된다 말이 많은 모양이다.

어딘가로 가긴 가야 할 터인데 선뜻 발걸음이 떼어지지 않는다. 어째 유기된 느낌이 먹먹하게 차오른다. 혼자가 되고 싶어 왔지만 혼자라는 게 두려워진다. 로빈슨 크루소가 지금의 나를 보고 있다면, 그는 껄껄 웃으며 프라이데이[2]라도 보내줄 테니 나처럼 무인도에서 왕 놀이라도 해보라고 말할지도 모른다. 왜 이런 생각까지 드는 걸까. 대상이 없어서인

---

2) 다니엘 디포의 장편소설 『로빈슨 크루소』에 나오는 하인 이름

가. 말을 하거나 끼어들지 않아도, 눈에 뜨이는 혹은 귀에 들리는 그 무엇인가가 없어서 이리 엉뚱한 생각까지 나는 것일까.

그렇다 해도 무엇부터 해야 할지 잘 모르겠다. 이럴 줄 알았으면 이 나라에 대해 좀 더 상세정보를 파헤쳐볼 걸 그랬다. 그럴 마음이 전혀 없던 건 아니다. 비행장, 혹은 선착장에서 제일 가깝게 갈 수 있는 곳은 어디라든가, 마음 편히 쉴 수 있는 숙소는 어디라든가, 혹은 이 나라에서만 맛볼 수 있는 별미는 어느 집을 찾으면 되나 하는 따위가 궁금하지 않았던 건 아니다. 그러나 내가 진정 원했던 건 그런 관광이 아니었다. 나는, 무작정 떠나길 원했고, 나를 눕힐 어떤 곳을 바랐다. 그것은 장소 너머에 있는 위안처이기도 했고 휴식처이기도 했다. 나는 바보 같은 생각을 한 것인지도 모른다.

머리 위로 햇빛이 활짝 편 우산 모양으로 퍼진다. 비로드나 융 같은 감촉이 상서롭다기보다 막막함을 더한다. 손을 들어 햇빛을 잡아본다. 손끝에 잡히는 건 막 뽑은 원두커피 향이다. 뒤를 돌아본다. S는 없다. 없을 테지.

무작정 걷기 시작한다. 자동차나 사람의 수보다 더 많던 상점들은 보이지 않는다. 드잡이나 악취조차 아쉬워진다. 갈만한 데를 정하지 않고 온 건 확실히 어리석었다. 하긴 그렇다. 이 비둘기 나라는 전체가 다 갈 만한 곳이었다. 그렇게 다 갈만한 데란 그래서 딱히 갈 데가 없다는 것을 이제야 알아챈다. 지금까지 살아온 습관대로 이곳에 도착하기만하면 무엇인가가 있을 줄 알았던 게 착오다. 당혹감이 절망적으로 다가온다. 이럴 때 구글의 정보는 도움이 되지 못한다. 구글에선 이렇게 말했다. 규칙은 없습니다. 제도도 없습니다. 질서란 없는 게 질서입니다. 무엇을 생각하든 개인의 생각을 존중합니다. 구글의 정보는 현실적이기 보다 관념적이다. 탓할 수 없다. 내가 원했던 정보만 발췌한 것이 잘못이다. 나는 나답지 않게 경솔했다.

서풍이 분다. 내가 살던 곳에서 불던 바람과는 질이 다르다. 서늘하지만 인정이 스며있다고나 할까. 서풍이 부는 쪽으로 몸을 튼다. 바람이 머리칼을 살짝 건드린다. 모호하기만 해서 불안했던 심정이 조금은 가라앉는다.

서풍을 마주 안고 걷기 시작한다. 넓은 흙길이 방금 롤러로 문댄 듯 자국 하나 없이 깔끔하다. 공항 활주로 몇 개를 합쳐놓은 것만큼이나 넓지만 차선은 없다. 차는 없고 보행자만 있는 곳인지도 모르겠다. 이렇게 심심할 정도로 넓고 밋밋한 길을 걸을만한 보행자라면 단체의 사람이거나 거인이어야 맞다. 거인도 단체의 사람도 눈에 뜨이지 않는다.

이상하게도 운동화 바닥이 바닥에 착착 감긴다. 흙길의 감촉이 아니다. 눈으로 바닥을 살핀다. 언뜻 보면 흙길 같은데 흙길은 아니다. 도로 바닥을 손가락으로 문질러본다. 감촉을 느끼기도 전에 흙색의 바닥이 적포도주 색으로 변한다. 여긴 대체 어떤 곳이기에 만지는 족족 색이 변하는 것일까. 다시 한 번 문질러본다. 적포도주 색이던 길이 멜론 색으로 바뀐다. 색이 바뀌는 것에도 무슨 의미 같은 게 있는 건 아닐까. 바닥을 북북 문대본다. 모래와 아스콘을 섞어놓은 듯도 하고, 푹신푹신한 우레탄 재질 위에다 고운 모래를 부어 밀어버린 듯도 하다. 아무래도 이 바닥의 재질을 정확히 알아내기란 어렵다. 바나나를 원료로 사용했을 수도 있고, 참치 캔의 기름과 흑연을 펄프에 섞어 만든 것일 수도 있다. 아니면 고추씨와 우라늄을 2:2로 섞은 다음 치약을 짜 넣은 것이거나. 바닥

재질에 대한 상상력을 동원할 만큼 나는 초조하거나, 아득하거나, 후회하거나, 그 모든 것을 더한 상태일지도 모르겠다.

손등의 비둘기 문양을 보며 걷는다. 아무것도 없으니 비둘기 문양에라도 의지하는 수밖엔 없다. 이런 나를 누군가가 보고 있다면 뭐라 말할까. 아니, 그런 생각은 하지 말자. 평생 지긋지긋하게 했던 그따위 생각을 여기까지 와서 한다면 이곳에 올 이유가 없었다. 그런 생각을 하지 않기 위해, 그런 생각을 하는 나를 던져버리기 위해 이곳을 찾은 게 아닌가.

길은 멀다, 라는 말이 감각으로 다가온다. 걸어도 걸어도 아무 것도 나오지 않는다. 막연함보다 더 나쁜 상황이다.

막연하기만 한 것은 아니다. 내 생각을 비웃기라도 하듯 길 저만치엔 가로수인지 모를 것이 푸르게 이어져있다. 걸음을 빨리한다. 아, 그렇구나, 저것은 연둣빛 어린 꽝꽝나무구나. 꽝꽝나무는 길 양옆으로 도열하듯이 서서 지들끼리 속살거린다.

가까이 다가가 손바닥으로 꽝꽝나무를 쓰윽 훑어본다. 꽃 한 송이 달고 있지 않던 꽝꽝나무에 크림색 꽃이 돋아난다. 이럴 수가! 손등으로 다시 꽝꽝나무 위를 훑어본다. 크림색이던 꽃이 보라색, 빨간색, 노란색, 주황색으로 바뀐다. 새삼 손등과 손바닥을 들여다본다. 비둘기 문양이 또렷하다. 혹시 이 문양은 전자태그와도 같은 것은 아닐까? 그렇다면 한창 물이 오른 이 꽝꽝나무는 전자나무? 선착장에서 느꼈던 두려움과는 다른 두려움이 엄습한다. 기온은 서정시 같고 공기는 정화수 같은 이곳이 전자로 된 나라라면, 기온도 공기도 과학이 만들어낸 것일 수도 있다. 그렇다면 나는 잘못 온 것이다. 어떻게 해야 할까. 구글에선 적이나 경쟁, 밀담이나 폭력 따위는 없는 곳이라고 했다. 그러나 상상을 뛰어넘어 적응하기 어려운 환경은 적이나 경쟁, 밀담이나 폭력보다 더할 수도 있다. 불안이 해일처럼 밀려온다. 불안을 부추기기라도 하듯 사방은 고요하고 바람마저 불지 않는다. 바람이 없다는 게 숨이 막힌다.

쫑쫑나무를 뒤로 하고 성큼성큼 걷는다. 벌레 하나 얼씬대지 않는 곳을 무턱대고 걷는다는 게 의심스러워진다. 내가 생각했던 평화의 고장이 아닌지도 모르겠다. 목도 마르고 다리도 아프다. 이럴 때 자동차라도 한 대 있었으면.

생각이 현실로 되는 일은 얼마나 있을까. 느닷없이 십 미터 정도 앞에 매끄러운 물체가 보인다. 바람이 형체라면 바로 저런 모양이리라. 물체는 투명한 유선형으로 각진 곳 하나 없이 온통 곡선이다. 자동차라고 하기엔 무리지만 아니라고 하기에도 뭣하다.

서둘러 물체 앞으로 가 본다. 물체는 투명하긴 하나 모양새가 분명 자동차다. 그러나 뒷좌석이나 조수석, 핸들이나 기어, 계기판은 없다. 그런데도 자동차라는 확신이 든다. 자동차 주위를 한 바퀴 돈다. 바퀴는 차체 속에 들어있는지 몰라도 육안으로는 보이지 않는다. 문이라고 할 만한 것도 보이지 않고, 운전석으로 보이는 좌석 역시 투명해서 도무지 탈 엄두가 나지 않는다. 이곳에선 장난감처럼 생긴 이런 자동차가 자동차인가? 물어볼만한 사람이 없다.

조심조심 차체를 손으로 만져본다. 차 지붕이 자동식 선루프처럼 스르르 열린다. 이게, 이게, 이런 거였나? 다시 차체에 손을 대본다. 차 지붕이 소리도 없이 스르르 닫힌다. 손바닥을 들여다본다. 비둘기 문양이 또렷하다. 자동차를 꼼꼼히 살핀다. 기계라고 할 만한 것은 그 무엇도 없다. 호기심이 불끈 동한다. 다시 차체에다 손바닥을 대본다. 차 지붕이 소리 없이 열린다. 이곳은 아무래도 전자나라와도 같은 데인 모양이다.

자동차 안으로 들어가 앉는다. 눈에 뜨이지 않던 안전띠가 소리도 내지 않고 내 상체를 두른다. 안전띠를 둘러준 것을 보면 운행을 하겠다는 뜻인데, 핸들도 기어도 바퀴도 없이 무슨 수로 달릴 수 있단 말인가. 혹시 날아다니는 자동차? 그래도 그렇지, 움직이게 할 뭔가가 있어야 날기도 할 게 아닌가.

느닷없이 차 안 어디에선가 사람의 음성이 난다. "어서 오십시오. 자유국에 오신 걸 환영합니다. 이 차는 장난감 자동차가 아니랍니다. 여기 평화의 고장 비둘기 나라에만 있는 자동차랍니다. 곧 출발할 예정이니 놀라지 마십시오."

사람은 없는데 전자음이 아닌 사람의 목소리가 난다. 분명, 기계가 흉내 낼 수 없는, 감정의 높낮이나 호흡의 결이 있는 사람의 목소리다.

말이 나올법한 버튼이나 스피커를 찾아 두리번거린다. "말하는 댁은 누굽니까? 누구이기에 내 속을 다 아는 것처럼 말합니까?"

천장인지 문짝인지 아니면 차체인지 모를 곳에서 말소리가 나온다. "나는 평화랍니다. 평화를 찾아온 사람을 몰라본다면 평화가 아니겠지요."

말문이 막힌다. 이름이 평화라는 건지 추상명사의 평화라는 건지 쉽게 파악이 안 된다. 나는 자칭 평화라고 말하는 목소리에게 묻는다. "평화라니, 이름을 말하는 겁니까 본분을 말하는 겁니까?"

목소리는 천연스레 대답한다. "평화는 제 이름이자 본분이랍니다."

뒤통수가 뜨끈해온다. 나는 여지없이 방백을 하는 자가 되어 보이지 않는 목소리에 대고 말한다. "내가 운전을 하는 게 아니라 혹시 자동차가 운전을 하는 건 아닙니까? 안전띠로 꽉 조여선 나를 어디로 데려갈 거냐 이 말입니다."

평화라는 목소리는, 친절 교육을 받은 도우미처럼 사근사근 말한다. "성급한 마음은 이해하지만 노여워하지는 마십시오. 모든 것엔 순서가 있는 법, 제 말을 들은 다음이면 마음이 차분해 질 것입니다. 평화를 찾아온 분을 대접하는 건 제 일이랍니다. 어디로 가고 싶은지 말씀하기 전에 어디로 가고 싶은지 생각해 주시겠습니까?"

평화의 말이 잘못된 건 아니다. 나는 어디로 가고 싶은가. 무엇이 간절해 여기를 찾아왔던가. 무엇을 원했다기보다 무엇을 피해 왔다는 게 맞는 말일 것이다. 그렇다면 나를 이곳으로 떠다민 것은 무엇일까. 자의든 타의든 나는 있던 곳을 떠났고, 지금은 낯선 곳 낯선 말 앞에서 답을 찾지 못해 쩔쩔맨다.

나는 어디로 가고 싶은지 잘 모르겠다고 대답한다. 평화가 나를 일깨운다. "자유와 평화를 찾아오신 게 아닌가요?"

나는 그렇다고 대답하지만 마음 한 귀퉁이가 찜찜한 것도 사실이다. 진정 나는 자유와 평화를 원했던 것일까. 그 피상적이고 광범위한 단어가 과연 어떤 모습으로 전개되어 있는지 관람하고 싶었던 건 아닐까. 어쩌면 추상어는 입에 올려 구체화될 때보다 추상어로 있을 때가 더 가치 있는 것인지도 모른다. 그러나, 그래도, 나는 기어이 여기까지 와 버렸다. 이런 마당에 이제 와서 뭘 어쩌겠는가.

평화는 마치 관광 가이드가 안내하듯이 말한다. "자유와 평화의 고장으로 안내해 드리겠습니다."

평화가 말하는 자유와 평화의 고장이란 어떤 곳일까. 그림이나 영화에서 본 것처럼 천사가 날개를 펴고, 붉은 열매가 주렁주렁 달리고, 촉촉한 초원과 파란 하늘, 매듭이 없는 옷을 입은 자들이 서로 물을 길어주는 그런 곳인가. 그런 곳은 이미 영화나 그림으로 물리도록 봐왔다. 그렇다면 나는 왜 이런 곳을 찾아왔을까.

잠시 망설이다 평화에게 묻는다. "자유와 평화의 마을엔 도서관이나 영화관, 술집, 마트, 병원, 뭐 그런 것은 없습니까?"

평화는 선문답을 하듯 대답한다. "그런 것들을 원하십니까? 원한다면 그런 것은 모두 있답니다. 창녀촌과 마약촌, 그리고 도박촌과 살인촌까지. 그러나 원치 않는다면 그런 것들은 없답니다. 그래서 평화의 고장이랍니다."

평화는 평화라는 이름답게 애매하기 짝이 없는 말을 한다. 마을이라는 게 무대 장치도 아닌데 원하면 있고 원치 않으면 없다는 게 상식으론 도저히 납득이 가지 않는다.

내 생각과는 달리 차는 생긴 모양대로 무중력 안을 날듯 유연하게 달린다. 누가, 어떤 기계가 운전하는지 몰라도 속도는 속도감을 느낄 수 없게 편안하다.

아무 것도 없던 길 양옆으론 어느 새 잔디로 눈이 부시다. 잔디 주변엔 S를 빼닮은 흰색 데이지 꽃이 가슴 뭉클하니 피어있고, 잔디 복판엔 이름 모를 빨간 꽃들이 아가씨의 입술을 그대로 찍어 놓은 듯 무리지어 있다. 잔디와 꽃들 사이엔 작은 분수들이 물줄기를 뿜어내고, 오색의 비둘기들은 여기저기 흩어져 서로의 깃을 다듬어준다. 펄이 섞인 황금색 비둘기, 은은하게 은빛을 드러내는 비둘기, 오후 세 시 섭지코지에서 봤던

환 21

바다색 비둘기, 영근 옥수수 알 색 비둘기… 영혼의 색이 저런 것이라면 욕심이나 고뇌 따윈 없을 것이다. 그에 비하면 내 색은 검정이며 회색이며 진회색이다. 아니, 그렇지 않다. 이 색과 저 색이 섞여 색이 아닌 색이거나, 이 색도 저 색도 아니어서 색이 아닌 색이다. 색이 아닌 색으로, 색이 아닌 색이어서, 나는 가장 교활하면서도 안전하게 살아왔는지도 모른다.

차는 잔디와 비둘기 떼를 지나 관목이 늘어선 곳을 지난다. 온대나 한대에서 볼 수 있는 구상나무, 가문비나무, 전나무가 보이는가 싶더니 열대식물인 파파야, 야자수, 목재를 다발로 세워놓은 듯한 만다누스도 보인다. 만다누스 옆엔 박쥐란이 열매처럼 나무에 거꾸로 매달려 있고, 그 아래엔 파키스타스가 연노랑 봉우리를 탑 모양으로 층층이 세우고 있다. 고산지대에서 자라는 에델바이스가 들판에서 자라는 엉겅퀴와 같이 있는가 하면, 그 옆엔 제주도에서만 자란다는 붉은 참꽃나무가 화사하게 피어있다.

여기는 대체 어떤 곳이기에 열대와 온대와 한대, 산과 들이 뒤섞여 있는 것일까. 거대한 식물원일지도 모르겠다. 적정량의 습도와 온도로 평화를 만들어내는 식물원 공장. 이것이 평화라면, 이것이 자유라면, 자유와 평화는 너무 쉽다.

차가 야트막한 언덕길을 날듯이 올라간다. 구불구불 하얗게 뻗어있는 작은 외길에서 문득 새물내가 난다. 코끝이 시큰해온다. 시원의 길목이 바로 저런 것은 아닐까. 그렇다면 나는 시원의 길로 들어가는 중이다. 그것이었나? 정녕, 그러길 원했나? 무책임하다는 생각이 뇌리를 스친다.

무책임한 나를 털기라도 할 양 평화에게 말을 건다. "이 차는 어떤 방식으로 가고 있습니까?"

평화는 웃음기를 잔뜩 머금은 목소리로 대답한다. "핸들도 기어도 없이 어떻게 달리나 궁금하셨군요. 비둘기 문양만 있으면 달릴 수 있답니다."

나는 비둘기 문양이 혹시 전자태그는 아니냐고 묻는다. 평화는, 전자태그는 아니지만 전자태그처럼 평화를 원하는 사람과 비둘기 문양이 꼭 들어맞으면 뭐든 할 수 있다고 대답한다.

평화의 말은 결국 이런 이치다. 전자장치는 아니라 해도, 평화를 전자장치라 가정하면, 자기권으로부터 유입된 전자와도 같은 평화와, 비둘기에 저장된 전자와도 같은 평화가 마주치면서 비둘기 색도 바뀌고, 차 문도 열리고, 운전도 가능해진다는 원리다. 나는 인공지능을 훨씬 능가하는 차에 두려운 감탄이 인다. 두려움은 더 있다. 사람을, 있어야 할 사람을 본 적이 없다.

나는 두려움을 감추려 심드렁하게 묻는다. "지금까지 다른 차나 사람들을 본 적이 없는데 다들 어디에 있습니까?"

평화는, 마치 유능한 상담자처럼 말한다. "사람들은 각자 자기 마음에 맞는 마을에 산답니다. 차도 그곳에 있긴 한데 쓸 일이 없어 차가 있는지도 모른답니다. 당신도 그곳에 가보면 그들처럼 살길 원할 것입니다."

나는 이곳을 찾기 바로 전 어디에 있었던가. 오버브리지는 목적지를 감추고 소음은 명상을 방해하며 어둠 속을 질주했다. 견디기 힘든, 견딜 수 없는, 견디기 싫은 시간이었다. 직장에다 기한 없는 휴가를 냈다. 아내는 예상대로 이혼을 들먹였다. 할 테면 해라. 나는 시간과 함께 옷을 갈아입고 외출 차비를 마쳤다. 비행기와 배, 기차와 자동차와 마차를 수 없이 갈아탔다. 추위와 더위와 멀미는 용케도 나를 이곳까지 데려왔다. 여기는 그럴 만한 가치가 있는 곳인가? 아직은 모른다.

언덕길을 몇 번인가 오르내리자 언덕 끝에 거대한 돌기둥이 나타난다. 천하대장군 지하여장군처럼 길 양쪽에 우뚝 버티고 서 있는 모양새가 마을 입구라는 걸 한눈에 보여준다.

차가 돌기둥 가까이로 간다. 돌기둥은 크거나 작은 직사각형의 돌 몇 개를 길게 어긋나게 붙여놓은 것으로, 그 각이며 자른 선은 마모된 흔적도 없이 예리하기만 하다. 왠지 모르게 섬뜩함이 등줄기를 탄다.

돌기둥 전면엔 음각을 드러낸 사람들의 부조가 흉측하다 못해 불길한 모양새로 용트림을 한다. 그렇다! 저것은 '라오콘군상'의 부조에 나오는 칙칙하고 음울하기 짝이 없는 인물들이다. 온전한 표정이라곤 볼 수 없이 온통 뒤틀린 상이 괴롭기 짝이 없다. 으, 생각의 저 괴물들! 골이 패일 대로 팬 형상들은 진정 몸부림이다. 그 형상들을 뱀 한 마리가 칭칭 휘감고 있다. 쩌억 벌린 입은 세상의 모든 것을 집어삼킬 듯하고, 턱뼈는 너무도 단단하여 세상의 그 어떤 심판보다 가혹해 보인다. 어째서 자유와 평화의 고장이라는 데에 저런 괴상한 형상이 있는 것일까. 오지 않아야 할 곳에 온 것은 아닐까. 방금 전에 본 잔디밭이 눈에 어른거린다. 데이지 꽃과 오색의 비둘기, 시원하게 쭉쭉 뻗은 나무들, 계절의 경계 없이 피어있던 꽃무리, 그것들은 이미지나 시뮬레이션에 불과했다는 말인가.

나는 경직된 음성을 숨기지 못한 채 평화에게 묻는다. "저 부조… 보입니까? 왜 저런 부조가 평화의 고장이라는 데에 있는 겁니까?"

평화는, 알 수 없는 대답을 한다. "자유와 평화의 마을이기에 있답니다."

나는 속았다는 느낌이 든다. 나는 나로부터 분리되는 나를 만나러 이곳을 찾았지, 나를 닮은 나를 보기 위해 찾은 것은 아니다. 평화는, 아니 구글은 나를 배신한다.

"스톱! 스톱! 차를 멈추시오!"

내 말이 끝나기를 기다렸다는 듯, 돌기둥에 새겨져 있던 라오콘과 아들들이 돌에서 튀어나와 나를 덮친다. 나는 피할 새도 없이 그들이 내깔기는 갈등과 분노와 욕망에 짓이겨진다. 그것들은 한 치의 여유도 주지 않고 내 몸을 길게 타 내려가며 나를 파먹는다. 윽, 으윽!

둘

꿈이었나? 꿈이라고 하기엔 너무도 사실적이다. 나는 분명, 내가 원했던 곳을 찾아갔으며 꿈이 아닌 실체로 모든 것을 보고 느꼈다. 그런데 이 낯익은 음성은 또 뭐란 말인가.

"어마, 눈을 떴네. 의식이 들었나 봐. 여보, 나 보여요?"

그렇구나, 내겐 아내가 있었구나. 그러나 보이는 건 그저 칠흑 같은 어둠뿐. 눈을 크게 떠본다. 까맣고 두꺼운 천이 무겁게 눈을 내리덮은 듯하다. 고개를 돌려본다. 도무지 꿈쩍을 하지 않는다. 손가락과 발가락을 꼼지락거려본다. 역시 마찬가지. 왜 이럴까. 어째서 내 몸이 내 몸이 아닌 것처럼 굴까.

그러니까 그게 그렇게 됐나보다. 내 몸은 나를 떠나 늘 제 자리에 걸려

있던 우리 집 벽시계처럼, 이사 올 때 달았던 식탁 위 조명등처럼, 그렇게 나를 바꾼 모양이다. 줄무늬 넥타이를 뽑아 목에 매던 일이나 자판기 커피를 들고 흡연실로 걸어가던 일은, 이제 나와는 아무 상관이 없어졌어졌는지도 모르겠다. 내게 닥친 이 급격한 몸의 변화가 죗값을 치르는 것이라면 아내는 무슨 죗값을 치르는 중일까. 죄에도 한 집안의 병력처럼 인과관계라는 게 있는 것일까. 아니라고 믿고 싶은데 아내는 흐느낀다. "나 보여요? 흐흑, 나 보여요? 흐흑, 보이면 아는 척 좀 해봐요. 아이, 눈동자라도 좀 굴려 봐요. 흐흐흑…"

아내는 슬픈데 나는 슬프지 않다. 슬프지 않은 내가 미안해진다. 아내가 콧물을 닦으며 내 손을 잡는다. "한 달이에요. 당신은 한 달 동안 잠만 자고 있었다구요. 이제 의식이 돌아왔나 했더니… 어머니가지고도 부족해 당신까지 이러기에요? 날 더러 어쩌라구, 어떻게 하라구…"

나는 눈을 감는다. 우는 눈, 웃는 눈, 화내는 눈, 졸린 눈, 겁먹은 눈, 보듬어주는 눈, 멍한 눈, 조급한 눈, 짜증 섞인 눈… 이제 나는 눈이 할 수 있는 일을 하나도 하지 못한다. 내 눈은 사물이 되어버렸다. 인형에 박힌 눈보다도 못한, 만화영화에 나오는 눈보다도 못한, 하나의 망치, 하나의 안전모, 하나의 마우스, 아니 그보다 못할지도 모른다. 사용하기는커녕 보는 것조차 꺼려지는, 보는 것만으로도 눈을 감게 할 그런 절망 같은 것, 그것이 내 눈일 것이다. 그래도 절망감은 들지 않는다. 아직은 촉각과 후각이 남아있지만 아내는 내가 무생물이나 된 것쯤으로 여긴다. 앞으로 어떻게 될지에 대한 두려움은 눈을 상실한 나보다 아내가 더하리라.

아내가 계속 훌쩍이기만 하더니 병실을 나간다. 아내의 울음을 받아준 적이 없다. 아내가, 여자와 남자는 동등하다고 항변하며 울었을 때,

나는 여자들은 다른 사람들이 보는 데서 잘도 울지만 남자들은 그렇게 하지 않는다고 말했다. 그런 다툼이 있은 후 아내는 뒤로 운다. 어머니들이 한을 삭이며 소리 없이 우는 울음을 빼닮은, 그러나 내게 보여주기 위한 제스처로 밖엔 보이지 않는 그런 울음을 운다.

아내는 세탁기를 돌리며 말끔한 베란다에다 물을 끼얹는다. 북북 솔문대는 소리와 물소리가 세탁기 돌아가는 소리와 한데 섞여난다. 잘못 들은 게 아니라면 울음소리도 묻어나온다.

아내가 충혈 된 눈으로 화장대 앞에 선다. 나는 침대에 비스듬히 누워 신문을 읽는다. 한동안 화장대 앞에서 꼼짝도 않던 아내가 화장대 서랍을 뒤진다. 신문을 넘기며 흘깃 아내를 돌아본다. 아내는 충혈 된 눈만큼이나 새빨간 립스틱을 바른다. 새빨갛게 칠한 피에로의 과장된 입술이 떠오른다. 아내가 립스틱 바른 입술을 아래위로 문댄다. 섹시하기는커녕 부담스럽기만 하다.

나는 느릿느릿 일어나 거실로 나간다. 등판 위로 아내의 찌를 듯한 시선이 꽂힌다. 맘대로 해라.

거실 소파에 앉아 텔레비전 리모컨을 잡는다. 아내가 아래위 베이지색 정장 차림으로 방에서 나온다. "최 장로님 추도예배에 갔다 올게요. 밥은 전기밥솥에 있구요 반찬은 냉장고에 있으니 챙겨 먹어요."

아내의 음성이 곧 쏟아질 것 같은 장대비다. 텔레비전에 눈을 박은 채 알았다고 대꾸한다.

아내는 교회 집사다. 주일예배는 물론 수요예배, 금요철야예배, 때론 새벽기도회까지 열심이다. 아내가 집사가 된 이후 나는 아내에게서 종종 나를 본다. 끔찍한 일이다. 진정, 추도예배에 새빨간 립스틱을 바르고 갈 정도의 담력을 가진 아내이길 바란다.

퀴즈 프로를 보다 채널을 돌린다. 요미우리 자이언트 대 주니치 드래곤즈의 시합이다. 이승엽이 방망이를 휘두른다. 공이 포수 미트 속으로 들어간다. 삼진 아웃. 아내도 내게 삼진아웃을, 그것도 수없이 많은 삼진아웃을 먹였으리라. 그리곤 교회로 채널을 돌려 너는 너, 나는 나, 를 간신히 우리라는 찬송가로 버티고 있을 것이다.

채널을 돌린다. 이창호가 중국의 구리와 마주 앉은 장면이 나온다. 이창호가 한동안 장고에 들어간다. 판세가 위태로워 보인다. 이창호가 바둑알을 집어 힘겹게 놓는다. 돌을 던져야 될 상황이다. 나도 부부라는 바둑판에서 이미 돌을 던졌는지도 모르겠다. 그래도 나나 아내는 아직은 우리로 살아간다.

채널을 돌린다. 유명 연예인이 게장을 먹는 광고다. 아내는 게장을 좋아했던가? 택배로 온 게장을 먹은 것 같긴 한데 아내가 좋아하는지는 잘 모른다.

채널을 돌린다. 무릎을 꽉 꺾으며 금방이라도 쓰러질 듯 인상 쓰던 연예인이 관절염 파스를 붙이며 웃는다. 사는 건 저래야 한다. 반전과 오버가 있어야 두루 맛깔스럽다.

채널을 돌린다. 젊은 여자가 접이식 침대 위에서 옆으로 길게 누워 쏙 들어간 허리와 툭 튀어나온 엉덩이를 과시한다. 아내도 내게서 남자를 느낀 지가 꽤 되었을 것이다. 언제부터였는지는 모르겠다. 아내와 나는 집안에 세팅된 가구처럼 산다. 이 나이가 되면 다들 그렇다고 한다. 정말 그런가?

텔레비전을 끄고 거실 쪽 베란다로 나간다. 이십 층 아래 옥외 주차장엔 차들이 제법 주차 되어 있다. 토요일 이 시간, 이 아파트 주민들은 외출도 하지 않고 무엇을 하고 있을까.

맞은 편 동으로 시선을 옮긴다. 동간의 거리가 꽤 되어선지 안의 사람들은 보이지 않는다. 옆 동 십구 층으로 고개를 돌린다. 내가 사는 동과 엇비슷한 기역 자 방향인 탓에 안의 사람들이 민망할 정도로 다 보인다. 흠칫 상체를 젖혀 몸을 숨긴다. 숨는다고 숨지만 눈은 어느 새 옆 동 십구 층 안을 살핀다.

거실을 확장한 듯 거실 유리문은 보이지 않고 바깥 베란다 유리창엔 롤 스크린이 위로 말려져 있다. 누구라도 봐도 된다는 듯, 거실 안은 거리낌이 없다. 여차하면 눈을 돌릴 속셈으로 남의 집안을 구석구석 둘러본다. 소파와 텔레비전, 식탁의 놓임 새는 우리 집과 같고 다른 것이 있다면 베란다에 놓인, 제법 큰 어린이용 플라스틱 미끄럼틀이다.

주방 가스레인지 앞에서 애들 엄마로 보이는 여자가 무엇인가를 만든다. 유치원생 정도의 여자아이가 식탁으로 가 앉는다. 작은방에서 그보다 작은 여자아이가 뛰어나오더니 식탁에 앉은 여자아이의 머리채를 잡아당긴다. 머리채를 잡힌 아이가 동생을 때린다. 두 여자아이가 서로 밀거니 때리거니 하자 애들 엄마가 뒤를 돌아보며 야단을 친다.

살아있는 풍경이다. 아내도 한때는 저랬으리라. 그때를 찾고 싶어 아내는 최 장로의 추도예배라 둘러치고 드럼 학원에 갔는지도 모른다.

드럼 치는 아내란 상상하기 어렵다. 우연히 아내의 휴대폰에 들어있는 사진을 보긴 했지만 그게 아내라는 건 실감할 수 없었다. 아내는 정장이 아니라 찢어진 청바지와 푹 파인 티셔츠 차림으로 드럼 스틱을 쥐고 있었다. 긴 커트 머리는 집시 스타일로 뽀글뽀글했으며 스물네 개의 이를 마음껏 드러내며 웃고 있었다. 처음 보는 얼굴이었다.
 토요일 오후면 아내는 미용실엘 간다거나 심방이 있다거나 봉사해야 할 일이 있다고 했다. 하는 말에 따라 아내의 옷은 가벼운 정장이기도 했고 깍듯한 정장이기도 했다. 아내는 백화점 화장실이나 혹은 드럼 학원에서 찢어진 청바지와 너덜너덜한 티셔츠로 살아있는 풍경이 되고자 했을 일이다. 고단했을 아내. 그러나 나는 아는 척하지 않는다. 비밀을 비밀로 갖고 싶어 하는 마음을 존중해서는 아니다. 비밀이 주는 에너지, 그 축복을 누리라는 배려도 아니다. 나는 목적 없이 사는 자와도 같이 이 중년을, 무엇으로도 채울 수 없이 허하기만 한 나를, 그저 방치하고 있을 따름이다.
 다른 옆 동 십구 층으로 눈을 돌린다. 전면엔 에어컨 실외기와 위성안테나가 달려있다. 아내와 비슷한 나이로 보이는 여자가 찻잔을 들고 베란다로 나온다. 여자는 작은 사각형 앤티크 테이블에다 잔을 놓더니 의자를 끌어당겨 앉는다. 여자가 찻잔을 들어 차를 마신다. 저런 모습은 보기 좋은 한 컷의 사진이다.
 여자가 한 손으로 턱을 괸 채 창 쪽으로 고개를 돌린다. 자잘한 꽃무늬의 시폰 원피스가 살짝 흔들린다. 여자가 저런 것이라면 무작정 좋아했으리라. 한때 여자였을 아내는 어디로 갔는지, 그런 아내가 도무지 떠오르지 않는다. 아내는 이제 불만과 잔소리로 여자가 아닌 아내로 산다. 시댁을 싫어하고, 친구들을 만나고 오면 비교를 하고, 아이의 성적을 자신의 신분상승쯤으로 여긴다.
 창밖을 보던 여자가 하늘로 눈을 돌린다. 여자는 비를 기다리나? 하늘은 비가 오려고 흐린지 황사 때문에 흐린지 분간이 안 된다. 뜬금없이,

저 여자의 마음이 바로 저런 것이라는 생각이 든다.

여자가 자리에서 일어나더니 베란다 창을 연다. 느닷없이 여자 앞에 다가왔을 허공, 여자는 사실과 허구의 시소를 탄다. 상체를 기웃이 숙여 아래를 내려다보는 모습에서 진지함이 배어나온다. 여자는 허공에 몸을 날리려는 것일까.

본가를 다녀온 아내가 베란다로 가 문을 연다. 하루 종일 영하권에 있던 기온이 아내를 꽁꽁 얼린다. 아내는 언제까지고 베란다 난간 펜스에 가슴을 대고 캄캄한 밤을 올려다본다. 아내의 등이 얇게 떨린다. 아내는 죽지 못한다. 죽는 것도 도취가 있어야 하는 법인데, 아내에겐 그러한 열정이 없다. 열정보다는 교회를 다닌다는 것에, 알아주는 양반집 자손이라는 것에, 교육자 집안의 차녀라는 것에, 명문대를 나와 그와 비슷한 수준의 남자와 결혼한 것에, 두 사내놈의 엄마라는 것에 종속되어 있다. 족보나 문서는 아내를 완벽하게 지키며 완벽하게 살해한다. 나는 아내에게 다가가지 않는다.

아래를 내려다보던 여자가 다시 테이블로 가 앉는다. 여자가 차를 마시며 열린 베란다 창에서 시선을 떼지 않는다. 여자는 자신을 유혹하며 자신에게 유혹받고 싶어 한다. 아무래도 그래 보인다. 복선으로 잘 짜인 천을 두르고 불분명한 웃음을 천에 감춘다. 저런 게 여자라면 도전해볼 만하다.

아내는 마트다. 손목엔 바코드가 찍혀있고 입술엔 뻔한 매뉴얼이 부산스레 떠든다. 그 덕에 살고 있으면서도 나는 매일 아침이면 물양귀비 꽃을 보고 싶어 한다. 아내는 내게 잔인하다고 말한다. 나는 잔인하다. 바둑판의 삼백육십일 개의 십자형 집에 얹혀있는 돌이 나일지도 모른다. 아내는 비난의 눈초리를 내게 꽂는다. 내 영혼에 서열이 생긴다. 그렇게 보면 어쩌겠다는 건데? 웃기시는군, 잘났어, 밸 꼴리는 대로 해서, 이해한다, 안 됐어, 잘 해줘야지… 서열 맨 뒤에 따라붙게 마련인 잘 해줘야지의 영혼이 추억을 끄집어내 내게 물양귀비꽃을 던진다.

추위가 본격적으로 시작되던 날이다. 오전부터 하늘은 잔뜩 흐리고 오후엔 잿빛 바람이 베란다 창을 흔든다. 나는 따뜻한 집에서 한껏 게으름을 피우며 책을 읽는다.

아내가 도넛 상자를 들고 들어온다. "밖이 되게 추워요. 우습게 알고 나갔다가 왕피 봤다는 거 아녜요." 아내의 코끝이 빨갛다. 나는 소파에 누워 책장을 넘기며 건성으로 대꾸한다. "왜 차 안 가지고 갔어?"

아내는 하얗게 언 손으로 도넛 상자를 식탁에 놓는다. "바로 요 앞인데요 뭐." 아내가 검정색 순모 카디건을 벗어 식탁 의자 등받이에 걸쳐 놓는다. "아이, 추워라, 안아주라 이잉~"

별안간 아내가 내 가슴을 파고든다. 책장을 덮고 아내를 안는다. 작고 차디찬 몸이 뭉클, 내게 열기로 번진다.

"으~응, 벌써 다 녹았네. 추위를 녹이는 덴 사람 체온만한 게 없다니까." 아내가 몸을 일으켜 주방으로 간다. 포르르 날아가는 작은 새. 갑자기 손이 허전해진다.

아내가 원두커피를 뽑는다. 커피향이 안락한 노후처럼 거실에 퍼진다. 아내가 머그잔에 커피를 따라 내게 건넨다. 그 옛날의 추억이라는 말이 떠오른다. 나는 추억을 마시듯 커피를 마신다.

아내가 도넛 한 개를 준다. "달아서 싫어." 아내가 머그잔에 코를 들이박는다. "안 먹으면 나만 수지맞은 거지 머. 아, 좋다! 이 향기! 이 향기처럼 살면 좋겠다. 우리 지금 이런 향기로 사는 거 맞죠? 맞죠?' 아내가 도 넛을 한 입 가득 우물거리며 콧잔등에 잔뜩 주름을 잡으며 웃는다. 아내가 예쁘다. 키도 작고, 가슴도 작고, 쌍꺼풀도 없고, S라인이 아닌 데도 예쁘다.

"아, 맛있다! 약 오르게 맛있다! 이렇게 맛있는 걸 왜 안 먹지? 난 또 한 개 먹어야징~" 아내의 음성이 실로폰 두드리는 소리다. 보는 것만으로도 충족되는 게 있다는 걸 실감한다.

추억의 아내는 추억으로만 있어야 하는 것일까. 그래야만 생활인으로 치열하게 살아갈 수 있는 것일까.

거실로 들어와 냉장고를 연다. 랩을 씌운 반찬그릇이며 김치통이 어쩌 마뜩잖다. 수납장에서 라면을 꺼내 끓여먹는다. 때도 되지 않았고 배도 고프지 않은데 어째서 이렇게 먹는 것인지 알 수 없다. 아내가 없다는 사실이, 끼니를 내손으로 해결해야 한다는 사실이, 반드시 해야 할 숙제로 조금은 조급하게 나를 몰아간다.

다 먹은 라면 냄비를 식탁에 그대로 둔 채 집을 나온다. 운동복 차림의 통통한 여자가 아이팟을 목에 걸고 빠른 걸음으로 걷는다. 체중이 제법 나가 보이는 중년여자가 안면 마스크를 하고 두 팔을 각진 자세로 저으며 걷는다. 뒤뚱뒤뚱 자전거를 배우는 소년도 보인다. 인라인스케이트를 타는 소녀, 애완견을 데리고 산책하는 내 또래의 남자… 삶의 터전이라는 말은 이런 것을 두고 하는 말인 듯싶다. 그러나 내 걸음은 흐리다. 걷는 것에도 목적이 없고 산책하는 것에도 뜻이 없다.

토요일이 무섭다고 말했던 박 대리가 나보다는 낫다. 박 대리는 빈둥빈둥 자다 깨다를 하고 싶지만 그럴 수가 없다고 한다. "부장님, 토요일만 되면 죽겠어요. 두 살 박이 꼬맹이는 앵앵 울죠, 배불뚝이 마누라는 어디 안 가나 잔뜩 부어있죠, 주말은 빚쟁이마냥 꼬박꼬박 찾아오죠, 그때마다 어딜 가겠어요? 매번 간 델 또 갈 수도 없고, 한 번 움직일 때마다 기름 값이며 비용이 만만찮은데 우리 같은 월급쟁이들, 속 타요. 주말에 대형마트 가보셨어요? 저 같이 갈 데 없는 사람들로 부글부글 난리도 아니에요. 장보는 데가 아니라 레저 코스라니까요."

주 오일제 근무가 있은 후부터 시간은 버리자니 아깝고 끼고 있자니 버거운 가전제품과도 같아졌다. 노년의 적이기만 한 줄 알았던 시간이 이제는 누구에게나 적이 되어 위용을 과시한다. 쥐의 시간은 어떨까. 수채며 쓰레기통을 찾아 꼬리를 바짝 올리고 돌아다닌다. 반들반들 눈을 굴리며 재빠르게 먹이를 먹으면서도 주위를 할끔할끔 살핀다. 쥐의 하루는 먹이와 경계로 시작해 먹이와 경계로 이어진다. 시간은 쥐에게 적이 되지 못한다.

시계의 시간은 어떨까. 톡톡, 초를 지나 분으로, 분을 지나 시간으로, 시간을 지나 날로, 날을 지나 년으로… 시계의 시간은 땅 속에서도 멈추지 않는다. 바다 속에서도 하늘 위에서도 멈추지 않는다. 시계가 없어지지 않는 한, 시계의 시간은 활용과 재활용에 대해 고민하지 않는다.

박 대리의 말에 정 차장이 픽 콧소리를 내며 말한다. "그래도 그때가 좋은 때다. 난 중2짜리 고1짜리가 있는데 이거야 원 퇴근해서 일찍 들어가 봐야 텔레비전도 못 봐요. 애들 공부하는 데 방해가 된다나. 그래 방으로 들어가면 할 일이 있어야지. 컴퓨터도 애들 차지니 멍하니 누워 있는 일밖엔 할 게 없더라구. 괜히 일찍 들어왔나 후회가 각질로 일어요. 그렇다고 약속이 있는 것도 아니니 다시 나갈 수도 없고. 이리 걸리고 저리 걸리는 물건이 나라니까 나 참 한심해서."

정 차장의 말이 끝나기 무섭게 이 부장이 혀 차는 소리로 대꾸한다. "자네들 배부른 소리 하는군. 난 애들마저 커서 그런 데조차 갈 처지가 못 된다네. 이젠 집사람이 델구 가지 않음 마트도 구경 못한다니까. 집에 있어보지. 저 인간 왜 저러고 있나 그렇게 보는 것 같고, 나가자니 딱히 갈 데도 없고. 애들은 미팅이다 데이트다 코빼기도 볼 수 없고, 집사람은 약속이 있는데도 나가지 못하는 눈치고. 집사람하고 둘이서 밥 먹고 있을 땐 전생에 싸움만 하다 만난 사람들 같다니까. 와, 하루 이틀도 아니고 지겨워 죽겠다. 주말에만 불륜 하는 뭐 그런 거 없을까?"

이 부장의 말에 정 차장이 노련한 교관처럼 말한다. "부장님도 참. 불륜은 평일에 하는 게 불륜이지 어느 불륜이 주말에 합니까? 주말이면 노는 거 식구들이 훤히 다 아는데. 그래 그런지 요즘엔 등산이 불륜코스론 그만이라네요. 그래도 주말엔 무조건 가족과 함께입니다. 우리 같은 사람들, 달아날 구멍 없습니다."

아내는 달아날 구멍을 만든 셈이다. 내가 보기에도 나는 권태롭다. 나만 권태로운 게 아니라 아내마저 권태롭게 만든다. 나는 토요일이면 어머니한테 다녀오는 일 외엔 거의 잠옷차림으로 지낸다. 책을 읽고 텔레비전을 보긴 하나 점점 무기력해지는 것을 부인하지 못한다. 계속해서 이런 식으로 산다면 나는 머지않아 인간세상에서 축출을 당하든지 스스로 나와야 할 것이다. 이 부장의 말은 타당하다. 불륜의 그 역동성은 권태와 무기력을 소거시켜주는 시간이다.

지금의 나는 권태마저 느끼지 못한다. 시간의 리듬에서 완전히 퇴거당한 자만이 가질 수 있는 특권이다. 이런 것을 특권이라 말해도 된다면,

이 특권을 다 누리고 나면 그 다음엔 무엇이 올지 두렵다. 유효기간이란 부패의 시간을 알려주는 타종일 터인데, 나는 그 종소리마저 들을 수 없게 될지도 모른다. 어쩌면 모닝콜을 먼 옛일의 하나로 그리워하게 될 수도 있다. 아내는 지금의 내게 매일 모닝콜로 면도도 해주고 병문안 온 손님들을 맞이했을 터이다.

아내가 병실로 들어온다. 보이지 않는 눈을, 볼 수 있는 눈인 양 아내에게로 향한다. 아내가 내 얼굴 가까이로 고개를 숙이더니 내 눈을 들여다본다. 말하는 눈, 노래하는 눈, 애 타는 눈, 생각하는 눈, 고함치는 눈, 질시하는 눈… 아내는 그런 눈을 찾는 모양이다. 아내는 지금 무리를 한다. 박제동물의 눈보다 못하고 조각상의 눈보다 나을 게 없는 이 눈에 마음을 건다. 슬그머니 죄책감이 인다. 죄책감을 감추려 눈을 감지 않는다.

아내가 내게서 조금 떨어지더니 내 눈앞에다 손을 흔들어 보인다. "이거 보여요?" 조금 가까이에서 또 조금 먼 데서, "이거 보여요?" 조금 가까이에서 또 조금 먼 데서, 아내는 자꾸만 손을 흔들며 이게 보이냐고 묻는다.

느낌으로 보고 있어. 아내는 내 말을 알아듣지 못한다. 아내가 몹시 실망한 듯 의자에 털썩 주저앉는다. "초점을 맞춰 봐요. 내 말 들려요? 들리면 초점을 맞춰 날 보란 말이에요. 미워하려도 봐야 할 게 아녜요. 흐흑, 흐흐흑."

아내가 또 울기 시작한다. 뒤에서만 울던 울음을 마음 놓고 운다. 물을 틀어놓고 울던 울음보다 한결 정직해서 좋다. 우는 사람의 마음보다 보는 사람의 마음이 편하다는 게 좋다. 아내가 한 말은 이런 나를 두고 한 말이었으리라. "당신은 이기적인 사람이에요." S도 같은 말을 한 적이 있다.

나는 부인도 변명도 하지 않는다. 내가 나로 살지 못해 그런다는 걸 무슨 수로 말할 수 있을까. 갑자기 시원한 오미자차가 마시고 싶어진다.

병실 안으로 몇 명의 사람이 들어온다. 아내가 다니는 교회의 목사와 교인들이다. 눈을 감아버린다. 교인 하나가 아내의 등을 토닥이며 용기를 내라고 말한다. 다른 교인이 아내의 손을 잡으며 주님이 계시니 다 잘될 거라고 말한다. 아내가 고개를 끄덕인다.

사람들이 내 쪽으로 다가온다. 일방적으로 보이는 내가 거북하다. 그들은 여러 개의 링거와 호흡기를 꽂은 나를, 링거와 호흡기와도 같은 물건으로 보지 않으려 애를 쓴다.

아내는 그들이 차마 말할 수 없는 말을 입에 물고 있다는 것을 모른다. 아직은 그렇다. 아내도 언젠가는 저들과 마찬가지의 눈으로 나를 볼 수밖에 없으리라. 그날이 오면, 그때가 오면, 나는 아내에게 어떤 말을 해줄 수 있을까. 그때에도 나는 이기적일 수 있을까.

아내가 내 얼굴 가까이에 대고 말한다. "여보, 목사님 오셨어요. 눈 좀 떠봐요." 나는 눈을 뜨지 않는다. 아내는 사람들을 돌아보며, 방금 전까지도 눈을 뜨고 있었다고 말한다. 아내는 내 눈에 희망을 걸었나보다. 동공은 탁하고 안구축은 끊어졌을지도 모를, 눈도 아닌 눈에 대해, 일렁이는 촛불의 심정으로 희망을 가졌던 게다. 아내의 희망은 죄가 아니다.

사람들이 아내의 희망을 아내에게 대신 말한다. "한 달 만에 눈을 떴다고 했죠? 눈을 뜬 거면 의식이 있다는 걸 거예요. 주님은 집사님을 버리지 않으세요. 저 바깥 분도 마찬가지구요. 용기를 가지세요." 아내는 순간 용기의 바통을 넘겨받는다.

환 37

맞선 자리에서 용기 있게 말했던 아내가 지금의 아내와 겹쳐 떠오른다. "저하고 결혼하고 싶으세요?" 나는 그런 아내에게 되묻는다. "저하고 결혼하고 싶으세요?" 아내가 쾌활하게 웃는다. "대답이 멋지네요. 프러포즈로 받아도 될까요?"

아내는 할 수만 있다면 그때의 그 용기로, 갇혀버린 나를 꺼내고자 할 것이다. 침묵이 되어버린 나를, 콘크리트로 굳어버린 나를, 어떻게든 일으키려 별별 의학지식과 여러 사람의 자문을 백과사전으로 적용해보려 할 터이다. 누구를 위해? 나는 이대로도 괜찮은데 아내는 절대 그렇지 않은 모양이다. 의학지식을 뛰어넘어 불가능을 가능으로 전환시킬 수 있다고 생각하는, 믿음이라는 핏빛 양탄자에 기도의 입을 맞춘다.

목사가 기도를 시작한다. 신의 애정이 골고루 꽃가루로 쏟아진다. 의식불명은 반드시 극복할 수 있는 시련이 되고, 격려와 비전은 꽃바구니가 된다. 기도가 미안해진다. 나는 체온처럼 따뜻한 기도의 빛을 쬐며 꾸벅꾸벅 존다. 이것도 꿈의 연속은 아닐까. 꿈과 현실의 문턱이 모호해진다.

기도가 끝나자 아내가 멜론을 썰어 교인들에게 나누어준다. 저 색을, 저 냄새를, 어디서 만났던가. 누군가 식기도를 한다. 이렇게 좋은 음식을 나누어먹을 수 있게 돼서 감사하다고, 감사의 목소리가 병실에 가득 찬다.

어떤 끌림 같은 것이, 고마움 같기도 하고 노스탤지어 같기도 한 것이 나를 끌어당긴다. 나는 구글로 들어가 목사가 말하고 기도가 펼쳐보였던 세계를 검색한다. 그곳엔 별빛이 은가루로 퍼지고, 후박나무 위를 날던 주홍장식극락조가 무게 없는 몸짓으로 별을 향해 날아간다. 바람은 민트 색으로 바다를 적시고, 시간은 탁구공모양 통통거리며 더 어려진다. 나는 겹겹이 레이스를 단 그곳에 서슴없이 클릭한다.

셋

여기 자유국, 비둘기 나라는 무비자다. 문패도 담장도 없지만 프라이버시가 잘 지켜진다. 오히려 개인이 개인으로 존중받기에 문패나 담장 없이도 잘 산다. 구글에서의 설명은 그랬다.

나는 욕심을 부려본다. 영혼의 생김새까지 볼 수 있는 나라였으면 좋겠다. 바지춤엔 휴대폰 대신 꽃부채를 찔러 넣고, 가슴팍엔 출입증 대신 파토스로 포동포동한 포옹의 문신이 새겨진, 그렇게 생긴 춤사위를 달았으면 싶다. 그곳에서 내 영혼의 모양을 볼 수 있다면 명사가 아닌 동사로 된 산이고, 하수가 아닌 천연수이길 바란다.

욕심이 과한가? 과하다. 진혼곡이 교교히 흐르는 지금, 나는 말과는 달리 플루토의 나무를 베어내고 싶어 안달을 한다. 이것은 모순이다. 움켜잡고 싶기도 하고 버리고 싶기도 한, 이랬다저랬다 하는 변덕이다. 그러니 자, 가자. 자유국 비둘기 나라로 가자. 궤변이 우렁찼던 광장을 떠나, 유사분열이 광기를 드러내던 막장을 떠나, 물뱀의 물결로 가자.

등고선이 없고 일기예보가 없는 곳이 급하게 나를 호출한다. 인터넷으로 비행기 티켓을 예매하고 캐리어를 꺼낸다. 비둘기 나라는 모든 게 무상이라고 했던가. 캐리어를 치우고 백팩을 꺼낸다. S가 일본여행을 갔다 오며 준 살구색 스킨로션을 백팩에 넣는다. 달랑 스킨로션 하나만 든 백팩이 헐렁하다. 그래, 이렇게 가는 거다. 이렇게 헐렁하게.

백팩을 둘러메고 휘적휘적 걷는다. 전면을 향해 간다고는 하나 전면이라고 할 그 어떤 것은 보이지 않는다. 걷고 걸어도 후면에도 측면에도 아무 것도 없긴 매일반이다. 바람을 닮았던 투명한 자동차도 보이지 않고, 거대한 돌기둥이나 내 몸을 일직선으로 관통하던 라오콘군상도 보이지 않는다. 꽃도 나무도 들판도, 새물내를 풍기던 하얀 언덕길도 보이지 않는다. 아무리 헐렁하게 간다지만 이건 아니다. 이렇게 개념이 삭제된 듯한 공간일 것이라는 생각은 해보지 않았다. 하다못해 느낌표, 물음표, 혹은 마침표 하나만 있더라도 이런 기분은 들지 않을 게다. 만약 신의 공간이 이런 것이라면 사람들은 신을 찾는 게 아니라 정신과를 찾느라 아귀다툼을 벌일 일이다. 하지만 여기 비둘기 나라는 신의 공간이 아니다. 신의 공간이라면 구글에 올라있지도 않았을 것이며 나 같은 인간이 올 수도 없었을 터이다. 그런데 어째서 이곳엔 없는 것이 있는 것으로 있는지 알다가도 모를 일이다.

동서남북을 알아볼만한 그 어떤 것이 없다는 게 자꾸만 불안감을 부추긴다. 혹시 무색무취의 사이버 공간에 온 것은 아닐까. 애꿎은 백팩만 연신 추스른다. 약국이나 김밥 집이라도 있었으면. 정육점이나 옷가게라도 있었으면. 아쉬움이 이 사이로 몰린다. 노래라도 불러볼까. 노랫소리를 듣고 누군가가 다가올 수도 있지 않을까. 누군가가 없다면 똥개라도, 똥개가 없다면 돼지라도, 돼지가 없다면 거머리라도.

흐흠흐흠, 목청을 가다듬는다. 끄륵끄륵, 끄르륵끄륵, 노래는 나오지 않고 가래 끓는 소리만 나온다. "카악, 퉤!" 가래는 나오지 않고 시큼털

털한 소외감만 나온다. 제길! 소나기라도 내려라. 하늘엔 소나기는커녕 허공이라고밖에 말할 수 없는, 내가 걷고 있는 이 바닥과 한데 이어진 듯한 공백이, 수치로 환산할 수 없게 펼쳐져 있다. 막연하다는 게 이런 것일까. 막연한 곳을 막연하게 걷는다는 게 초조해진다. 톨게이트 같은 것이라도 있었으면. 치악터널이라도 보였으면.

그 자리에 우두커니 선다. 문패와 담장이 없다는 것은 바로 이런 것을 두고 한 말인지도 모르겠다. 개인이 개인으로 존중받는다는 것도 이런 것을 두고 한 말일 수도 있다. 갑자기 눈앞이 캄캄해온다. 도피자는 모험을 원하는 게 아니라 숨을 곳을 원한다. 엄청난 것을 바라는 게 아니라 쉴 곳을 바란다. 정보라 생각했던 한 줄의 글은, 올린 자와 보는 자의 차이를 극명하게 드러낸다. 어쩔 것인가. 악플로 치면 이런 악플도 없다. 세련된 반어법이라 해도 전혀 세련되지 않다.

지구본에 그어진 수많은 선들, 국경과 도시와 마을이 지닌 선들, 강과 산과 바다를 칠하고 있는 색들, 그것들은 다 어디로 갔단 말인가. 인천공항에서 9번 게이트를 거쳐 아시아나 비행기를 탄 것은 뭐란 말인가. 공항 가기 전, 공항버스 정류장 앞에 있던 죽 집에서 먹은 야채 죽은 뭐고, 공항 매점에서 마셨던 생과일주스는 또 뭐란 말인가.

의구심과 허탈감이 비수로 찌른다. 돌아가야 하나. 입구도 출구도 보이지 않는데 무슨 수로 간단 말인가. 돌아간다는 자체가 불가능해 보인다. 그렇다면 운명을 받아들이듯 이대로 있으란 말인가. 아무 것도 없는, 신문도 없고 책도 없고 텔레비전도 없는 이곳에서, 허공 같기만 한 이곳에서, 대체 뭘 하며 있어야 한단 말인가. 신문도 책도 텔레비전도 있다 치자. 사람은 고하간에 벌레 하나 얼씬거리지 않는 이런 곳에서 그런 것들이 다 무슨 소용이란 말인가. 언어가 무용지물이 되는 이런 곳에선 지시어도 지시어가 될 수 없고, 객관성이나 주관성이라는 것도 한갓 말장난에 지나지 않는다. 하안거와 동안거, 금식기도와 방언, 유체이탈, 이러한 것들도 따로 할 필요가 없어진다. 사물이 없는데 무엇을 위해, 무엇에 의미를 두고 한단 말인가. 뒷골이 당기고 한줄기 번개와도 같은 열기가 속을 달군다.

바람이 분다. 낮게, 낮게, 발목 근처를 맴돈다. 바람이 있다니 죽은 동네는 아닌 모양이다. 야생동물이나 인디언이라도 된 양 흠흠, 바람의 냄새를 맡는다. 서풍이다. 바람의 냄새를 맡고 방향을 측정할 정도로 나는 어느 새 이곳에 길이 든다. 그래야 한다면 그러리라.

운동화를 벗고 양말마저 벗는다. 바람 앞에 맨발로 선다. 낮은 바람이 흘러가는 물살처럼 복사뼈를 스친다. S가 한 번도 보지 못했던 나의 맨발. 결재서류에 사인을 할 때도, 터널 안전점검을 할 때도, 아내와 같은 침대를 쓸 때도, 얼마나 많은 순간 이 맨발로 S와 만나는 상상을 했던가. 상상만으로도 나는 또 얼마나 나를 불신했던가.

바닥에 주저앉아 깊이 숨을 들이마신다. 갈증을 식혀주듯 바람이 목구멍에 들어찬다. S가 바람이라면 얼마나 좋을까. 자극 없이 들어와 자극이 돼 주는 이 바람처럼, 그렇게 무수한 순간을 기쁘게 채워줄 수 있을 게 아닌가. 자극적이라는 게 숨길 수 없이 좋아진다. 자극을 좋아하는 자는 욕된 자인가? 지탄받아 마땅한 죄인인가? 거창한 변명을 해본다. 숨을 수밖에 없는, 무수히 많은 죄인 속에 나도 죄인이 된다.

담배 생각이 간절해진다. 주머니를 뒤진다. 있을 리 만무다. 백팩을 베고 그 자리에 벌렁 드러눕는다. 하늘인지 땅인지 구분할 수 없는 허공만이 나를 흡수한다. 나는 무엇인가. 이런 불분명한 곳에 와 있는 나는 누구란 말인가. 나를 정의내릴 수 있는 게 아무 것도 없다. 출근 시간에 맞춰 허겁지겁 아침을 먹던 일은 사실이 되어주지 못한다. 남산1호 터널을 점검하고 어머니에게 가던 일도 내가 아닌 다른 사람의 이야기인양 느껴진다. 직진신호를 놓치지 않으려 가속페달을 밟던 일도 현실감으로 다가오지 않는다. 왜 이럴까. 머릿속이 텅 비어간다.

몸을 돌려 바닥에 엎드린다. 돌릴 수 있는 몸이 이렇게 있는데 왜 없는 느낌이 든단 말인가. 여태 걸었던 이 다리와 백칠십육 센티미터의 이 키와 설계도면을 그리던 이 손은 다 무엇이란 말인가. 지금 보고 있는 이 흙바닥도 흙바닥이 아닐지도 모른다. 생각만이 존재하는 그런 차원에 와 있는 것이라면, 부피와 질량, 분자와 원소로 측정 분리될 수 있는 이 몸체도 다 헛것이라는 말이 된다. 그러나 나는, 내 몸은, 버젓이 살아 여기 이 비둘기 나라에 와 있다. 공간이 없는데 물체가 있을 수 없고, 물체가 있는데 공간이 없을 수 없다. 그래서 더욱더 비둘기 나라가 의심스러워진다. 이런 곳에서도 시간은 흐르고 있을까. 감지할 수 없는 시간도 시간이라 말할 수 있을까. 공연히 몸이 지친다.

흙바닥에 얼굴을 댄 채 눈을 감는다. 천 년 전, 만 년 전, 억 년 전이라고, 시간을 수로 뽑아낸 사람들은 그 현장을 살지 않았음에도 산 것보다 더 확신에 차 있다. 그들이 말하는 만 년 전의 나를 그들은 말할 수 있을까. 그때의 나를, 그들이 아닌 내가 말한다면, 그것은 신뢰할 수 없는 얘기가 될 것이다. 신뢰도 첨단기계가 뽑아낸 데이터에 의해서만 인정되는 세상이니 그럴 수밖에 없다. 그러나 지금, 흙바닥에 얼굴을 대고 있는 지금, 그 옛날 언제 적인지 모를 내가 이렇게 또렷이 보이는 것은 무엇으로 설명할 수 있을까.

 그 어느 때일지 모를 내가 알몸의 사막을 걸어간다. 태양은 이글거리고 모래는 달궈진 양은냄비보다 뜨겁다. 하늘은 코발트빛이고 구름은 영락없는 카푸치노의 거품이다.
 사막의 바다 저편으로 융기된 언덕이 보인다. 언덕은 옅은 갈색과 짙은 갈색의 퇴적층으로, 페이스트리 빵처럼 여러 결이 겹겹이 층을 이룬다. 한 층이 쌓이고 그 위에 또 한 층이, 그리고 또 한 층이, 마치 튜브로 토핑 크림을 짜 얹은 듯하다. 층이 생기려 할 때마다 바람과 열과 비는 얼마나 분투했을 것이며, 또 얼마나 긴 시간 그 파문을 견뎌내야 했을 것인가. 그때 그 중심에 나는 있기나 했을까. 있었다면 얼마나 멀리 떨어져 있었으며 또 얼마나 가까이 있었을까.
 모자 같이 생긴 둥그마한 봉우리 아래로 가 두 다리를 뻗고 등을 기댄다. 태양의 열기가 온통 내게로 쏟아진다. 내가 언제까지고 이대로 있다면 나 역시 이 언덕이 받았을 풍화작용을 그대로 받으리라. 내 몸엔 하나의 금이 생기고 그 위엔 또 하나의 금이, 그렇게 생기는 금들은 여러 겹이 되어 퇴적층을 이루리라. 아니, 그것은 이루어지기보다 벌써 이루어진 일이다. 내 몸을 남김없이 까발린다면 나는 이 언덕의 층보다 더 많은 층을, 더 진한 색으로 갖고 있을 터이다. 그 층 속에 들어있을 수많은 나, 오욕五慾이 오욕汚辱으로 지금까지 타고 있을 나, 무엇인지 모를 분노 같은 것이 요동을 친다. 최선을 다해 살아왔다고 믿었던 자부심이 헐값에도 못 미치게 무너져 내린다. 왜 이럴까. 무엇 때문일까. 무엇이 나를 이토록 허무감에 치를 떨게 할까. 눈을 부릅뜬다.

어디서 왔는지 모를 뱀 한 마리가 스르륵스르륵 기어간다. 뱀의 머리는 앞을 향해 가고, 가운데 몸통은 뒤의 몸통을 잡아끌고, 뒤의 몸통은 앞의 몸통을 따라간다. 마치 과거와 현재와 미래가 하나로 연결돼 움직이는 듯하다. 시간을 통째로 거느린 듯한 저 뱀은 자신이 갈 길을 알고 있을 것이다. 이런 단정적인 생각은 아무짝에도 쓸모가 없다. 그런데도 왜 이런 따위의 생각이 불쑥거리는지 알 수 없다.

뱀이 내가 앉아있는 봉우리 오른쪽으로 돌아간다. 부스스 일어나 뱀의 뒤를 따라가 본다. 뱀은 봉우리를 휘감기라도 하듯 봉우리를 감싸며 봉우리 뒤쪽으로 간다. 봉우리 뒤편엔 의외로 뻥 뚫린, 굴이라기엔 넓고 공터라기엔 작은 공간이 나있다. 뱀이 뻥 뚫린 곳으로 들어간다. 그늘진 바람이 뻥 뚫린 곳에서 서늘하게 불어나온다.

뱀의 뒤를 따라 굴 안으로 들어간다. 입구에서부터 얇고 두꺼운 책들이 여기저기 널려있다. 뱀이 책들 위를 꿈틀꿈틀 기어간다. 어쩐지 눈에 익은 책들이다. 그렇구나, 내 서재에 있던 책들이구나. 헌데 저 책들이 왜 여기에 와 있는 것일까.

뱀이 양장본으로 된 두꺼운 책을 휘휘 감는다. 저 책은 안전관리에 관한 법규와 지침으로 빽빽한, 내 분신과도 같은 책이다. 나는 저 책을 여러 번 독파했으며 화학공식을 외우듯 달달 외웠고 지금도 외울 줄 안다.

그런 것과는 상관없다는 듯 뱀이 입을 쩌억 벌린다. 날카로운 이 사이에서 허연 거품이 나고 둘로 갈라진 혀끝에서 쉑쉑대는 소리가 고약하다. 선뜻한 기가 전신에 퍼진다.

뱀이 딱딱한 표지를 서걱서걱 갉아먹는다. 내 몸의 살점 하나하나가 날카로운 이빨에 뜯기는 듯한데 아프기보다는 짜릿하다. 불안한 쾌감 같은 것, 바로 그렇게 나는 뱀이 책 한 권을 다 먹어치우는 동안 안절부절 못하면서 후련한 기분마저 느낀다. 이래서 아내는 내게 냉혈동물이라고 말했던가보다.

뱀이 꾸물꾸물 기어 안쪽 깊이 들어간다. 안은 점점 좁아지고 뱀은 컴컴한 속을 느리게, 아주 느리게 기어간다. 실컷 먹었으니 동면이라도 하러 가는 것일까.

뱀 앞에 아주 오래 된, 키가 큰 나무 한 그루가 서 있다. 나무는 여느 나무와는 달리 밑둥치는 하나인데, 중간쯤에서 줄기가 네 개로 갈라져 위로 곧게 뻗어있다. 뻗은 가지 꼭대기에선 안쪽으로 여러 개의 가지가 퍼져 얼기설기 붙어버린 것이 영락없는 망루다. 뱀이 나무 망루 위로 기어오른다.

망루 꼭대기, 그 사각 복판에서 뱀이 똬리를 튼다. 둥글게 감은 몸을 몇 번인가 꿈틀대더니 부글부글 뭔가를 쏟아낸다. 망루를 올려다보던 내 머리 위로 알 덩이가 미끌미끌한 점액과 함께 쏟아진다. "우웩!" 나는 알 덩이를 맞고 자빠진다. 알록달록하고 투명한 뱀의 알과 내가 뒤엉킨다. 뱀의 알을 걷어내려 허우적댄다. 허우적대면 댈수록 뱀의 알 덩이는 마치 식충식물인 양 차지고 끈끈하게 나를 파고든다. 으으으… 기어이, 뱀의 알이 내 입 속으로 들어간다. 그렇게, 나는 뱀의 자궁 속으로 빨려 들어가 뱀의 어미가 된다.

모든 것이 고요하다. 정지된 고요함이나 어두운 고요함이라기보다 어쩐지 조용하게 흐르는 듯한 고요함이 사방에 가득하다. 고요함을 타고 어디선가 피아노 치는 소리가 난다.

뱀의 알과 꼭 닮은, 유리알 같이 생긴 방에서 열여덟 살쯤 된 소녀가 피아노를 친다. 아, 저 소리, 저 소리는 S에게서 소리 없이 나던 소리다. S가 피아노 치는 걸 본 적은 없지만 S는 피아노를 잘 칠뿐더러 영어와 산수도 잘한다. 나는 S가 I, my, me, mine, you, your, you, yours를 낭랑하게 외우던 모습을 지금도 기억한다.

초등학교를 졸업하던 그해 겨울, 네 명의 여자아이와 여섯 명의 사내아이는 그룹과외를 하며 중학교 수업을 준비했다. S는 항상 백점이었고 나는 그보다 못했다. S가 계속 백점을 맞았는지는 알 수 없다. 나는 두 달을 간신히 채우고 과외를 그만두었고, S를 보지 않는 것만으로도 속이 시원했다. 그게 전부였나?

소녀가 건반을 누른다. 건반에서 뱀의 알과 같은 알록달록한 색의 음표가 튀어나온다. 음표가 소녀 옆에 차곡차곡 쌓인다.

나는 손가락으로 음표들을 가리키며 묻는다. "저것들은 다 뭐니?" "지금까지 쳤던 곡들이에요." "어, 그래. 그럼 지금 치는 곡은 뭔데?" "베토벤이요." "다음엔 무슨 곡을 칠거니?" "브람스요." "브람스를 다 치면 뭐할 건데?" "나갈 거예요." "연주회를 말하는 거니?" "아니요, 마지막으로 브람스를 쳤던 곳으로 갈 거예요. 여기에 쌓이는 이 음표들은 그때를 알려주는 일종의 메트로놈과 같은 거예요." "어, 그렇구나."

소녀가 피아노를 치다 말고 나를 뚫어지게 본다. "아저씨, 어디서 많이 본 사람 같다아~." "나도 그래." "어? 이상하다. 아저씨 방 번호가 나랑 똑같네. 육, 사, 공, 사, 일, 공. 내 방 번호도 육사공사일공인데."

S가 저 나이라면 분명 저 소녀처럼 말했으리라. 소녀에게 묻는다. "근데 음표만 다 쌓이면 여기서 저절로 나가게 되는 거니? 나같이 피아노를 못 치는 사람은 나갈 수 없겠네?"

소녀가 생끗 웃는다. "아니요, 피아노를 못 쳐도 나갈 수 있어요. 죽이면 되니까요." "뭘? 뭘 죽인단 말이니?" "뱀이요. 뱀을 죽이면 나갈 수 있어요." "오호 뱀이라, 뱀을 죽인다⋯ 어떻게 죽일지 생각해 봤니?" "당근이죠, 아저씨가 죽이면 되걸랑요. 아저씨가 뱀을 죽이면 아저씨랑 저는 같이 나갈 수 있거든요."

소녀는 고민할 게 하나도 없다는 투로 내 손을 잡는다. "저는요, 여기서 빨랑 나가고 싶어요. 할 게 많아요. 커피 전문점에서 커피도 팔아야하고 거기서 또 누군가를 만나야 하거든요."

나는 아뜩해지는 심정으로 소녀에게 묻는다. "누굴? 누굴 만난다는 거지?" "아직은 몰라요. 예감이 그래요. 누군가, 아주 중요한 사람을 만날 것 같아요."

소녀는 포도송이처럼 까맣고 동그란 눈을 내게로 돌린다. "아저씨, 아저씨는 아저씨 이름 듣고 싶지 않으세요? 아줌마가 수저랑 찌개냄비를 놓던 소리랑, 칫솔질 할 때 나던 소리랑, 또 소주잔에 술 따를 때 나던 그 맑고 군침 나던 소리랑, 큐대로 당구공을 칠 때 나던 소리랑, 서재에서 조용히 책장을 넘기던 소리랑⋯ 그런 소리, 듣고 싶지 않으세요?"

소녀는 마치 나와 살았던 듯 얘기한다. 소녀의 말처럼 그 소리들이 급한 건 아니다. 공기업에서 제법 빠른 승진자로 인정받긴 하나, 운 좋게 국회로 나가 화면발 좋게 나오는 동기를 보면 아직도 은근히 속이 뒤틀리는 게 사실이다. 그저 그런 대학에서조차 떨어져 재수하고 있는 아들과 그 아들을 기어이 명문대에 보내겠다고 안달하는 아내를 보는 것도 아직은 힘들다. 오백 년쯤 후에나 나가고 싶어질까.

소녀가 다시 베토벤을 친다. 베토벤의 음표가 하나씩 소녀 곁에 쌓인다. 소녀가 베토벤의 음을 타며 조금은 감상적으로 말한다. "여길 나가게 되면 여기가 그리워질지도 모르겠어요." 나는 음표의 탑을 보며 말한다. "그럼 안 나가면 되지." 소녀는 베토벤 치는 손을 멈추지 않으며 말한다. "그건 그렇지 않아요. 나를 기다리는 사람이 있거든요. 커피 전문점에서. 누군지는 몰라도 그 사람을 만나러 가야해요. 만나고 싶은 걸요."

나는 고개를 끄덕이며 피아노 치는 손가락에 눈을 둔다. "그럼 빨리 브람스를 쳐야겠구나. 브람스까지 치려면 얼마나 걸리니?" 소녀는 건반을 두드리며 나를 돌아본다. "아저씨도 빨랑 나가고 싶구나? 조금만 기다리세요. 이 손가락에 물집이 생기고 그게 터져 또 물집이 생기고 또 터져 그렇게, 그렇게, 굳은살이 박일 때쯤이면요."

소녀의 가늘고 긴 손가락이 새삼스레 보인다. "그럼 할머니가 될 때쯤이겠네." 내 말에 소녀가 펄쩍 뛴다. "에이, 아저씬 뭘 모르는구나? 브람스까지는 아주 오래 걸릴지도 모르지만 단숨일지도 몰라요." 나는 고개를 갸웃한다. "아저씰 놀리는 거니? 그렇담 물집이나 굳은살은 뭐야?"

소녀는 잘 익은 석류알처럼 빨갛고 투명한 웃음을 날린다. "에이, 아저씨도… 그냥 재밌으라고 해본 소리예요. 여긴 달력이 없거든요. 느끼는 게 달력인 거라 이 말이죠. 그래서 오래 걸릴지 단숨일지는 정할 수가 없는 거예요." 나는 손가락으로 음표들을 가리킨다. "그럼 저 음표들은 뭐지? 저게 시간 아니었니? 밖으로 나갈 수 있나 없나 알려주는 시계?"

소녀가 알록달록하게 쌓인 음표를 후~ 하고 입으로 분다. 음표들이 와스스 무너지더니 흔적도 없이 사라진다. "이 음표들은 시간의 메트로놈 구실도 하지만 악보 구실도 해요. 곡을 모를 땐 악보가 필요하지만 곡을 외우고 있음 악보가 필요 없잖아요. 한 곡을 다 쳤으니 악보가 필요 없게 된 거죠. 바로 그거예요."

　나는 음표들이 쌓여있던 자리를 눈으로 가늠하며 말한다. "그럼 아까 그 음표들도 느끼는 시간과 같은 그런 거였단 말이니?" 소녀가 브람스를 치기 시작한다. "그렇죠. 나가나 못 나가나는 느낌으로 그냥 알게 된다 이 말이죠."

　소녀가 말하는 느낌이라는 건 본능처럼 다가오는 어떤 것, 엄마 뱃속에서 다 자란 아이가 스스로 길을 터 나아가는 그런 어떤 것이라면, 나는 언제 어떤 계기로 나갈 길을 준비해야 할지 깜깜하다. 나는 피아노는커녕 하모니카도 불지 못한다. 내가 할 줄 아는 건 터널 점검과 책읽기밖엔 없다. 그런 것으로 여길 나갈 수 있을까. 하지만 왜 굳이 나가야만 하는지 의문이 든다.

　소녀가 정신없이 브람스를 친다. "제 느낌으론 조금 있다, 아니, 곧 나갈 거 같은데 어때요 같이 갈래요?"

　나는 고개를 젓는다. 소녀가 아니면 나갈 길이 없다 해도 지금은 나갈 마음이 없다.

　소녀는 피아노 치기에 열중하며 이야기를 계속한다. "아저씬 여길 나가면 젤 먼저 하고 싶은 게 뭐예요? 난 짜장면 먹는 건데." 소녀의 말을 들으니 언제 지겨워했나 싶게 침이 고인다. "나도 그래."

　소녀가 놀이동산에서 바이킹을 탈 때처럼 환호를 내지른다. "와우, 잘 됐당! 그럼 우리 짜장면 먹으러 가요. 돈암동에 가면 짜장면 짱인 집 있어요." "돈암동? 돈암동 어디?" "돈암초등학교에서 가까워요." "그래? 나도 그쪽에서 살았는데." "어머나? 어찌 요런 깜짝한 우연이? 그럼 그 집도 아실지 모르겠네요. 골목 안에 허름하게 있는 집인데 빨간색 둥근 테이블이 있고, 벽면엔 가위로 잘라 붙인 듯한 마름모꼴 거울이 있는 집인데.”

　소녀의 말을 듣자 그 중국집에서 마시던 재스민 차 냄새가 코끝에 맴돈다. 마음이 걷잡을 수 없이 달뜬다. “언제 갈까? 언제 갈 수 있니?” 내 말이 끝나기 무섭게 소녀가 브람스를 마친다. “지금요.” “지금?” “예, 지금요. 나우! 우리 빨랑 뱀 죽이러 가요!”

　소녀가 물총새의 날렵한 날갯짓으로 내 손을 잡아끈다. 나는 소녀의 손에 잡혀 망루 아래로 간다.

　소녀가 망루 위를 보며 소곤댄다. “아직 자고 있어요. 아저씨, 저기 올라가서 죽일 수 있죠?”

　사다리도 없는 망루를 무슨 수로 올라간단 말인가. 더구나 저 큰 뱀을, 쥐도 잡아본 적이 없는 내가 어찌 죽일 수 있단 말인가.

　소녀는 뜨악해 하는 나를 보더니 나무 둥치에다 제 몸을 찰싹 갖다 댄다. “여길 올라가려면 우리도 뱀이 되는 거예요. 자, 이렇게. 아저씨도 나를 따라 해 보세요.” 소녀가 뱀처럼 망루다리에다 팔다리를 꼬아 감더니 꿈틀댄다. 소녀는 마술을 너무 많이 봤거나 해리포터 시리즈 암기한 것을 써먹는 중인지도 모르겠다.

　소녀가 입을 벙싯대며 빨리 해보라고 손짓한다. 도무지 뭘 어떻게 해야 할지 난감하다. 그 자리에 서서 소녀가 하는 짓을 보기만 한다. 소녀가 몸을 한 번 꿈틀하자 꿈틀한 만큼 망루 쪽으로 올라간다. 소녀가 속삭인다. “이거 보세요. 올라가지잖아요. 우리는 뱀이 된 거예요. 아저씨도 빨랑 해 보세요.”

　나는 멋쩍기도 하고 어설퍼 보이기도 했지만 달리 뭘 어째볼 수 없어 소녀를 따라해 본다. 내 몸도 꿈틀 한만큼 망루 쪽으로 올라간다. 이게 어찌된 일일까. 소녀가 계속 올라오라는 손짓을 해가며 올라간다.

드디어, 높아 보이기만 했던 망루 꼭대기로 소녀가 기어오른다. 나는 소녀의 뒤를 따라 간신히 망루 위로 올라간다.

올라가자마자 눈에 들어오는 건 무시무시한 뱀이다. 커다란 몸통은 내 시야를 터지도록 채우고, 겹겹이 늘어 붙은 비늘은 차고 딱딱해 보일 뿐만 아니라, 예리하게 찢어진 눈은 반쯤 감고 있지만 모든 걸 보고 있다는 듯 위압적이다. 공포와 혐오감이 숨통을 조인다.

소녀는 넋 놓고 뱀을 보기만 하는 나를 콕 찌르며 소곤거린다. "아직 탈피하지 않았어요. 이럴 때 죽여야 해요. 자, 어서 뱀의 머리를 잡아채세요."

소녀가 나를 떠다민다. 일순 내 몸은 팽팽해지고 나는 나도 모르게 불끈 뱀에게로 달려든다. 죽은 듯 똬리를 틀고 있던 뱀이 꿈틀 몸을 뒤챈다. 나는 뱀의 목을 움켜잡고, 뱀의 목덜미 바로 아래를 세게 누른다. 뱀이 혓바닥을 날름대며 그 긴 몸통으로 내 몸을 감는다. 몸이 조여 오고 숨이 가빠진다.

소녀가 두 팔로 내 허리를 감아 뱀에게서 잡아 뺀다. 몸은 빠지지 않고 뱀은 더욱 세게 내 목을 감는다. "캑캑!" 목이 조이면서 밖으로 나와할 숨이 안으로 몰린다. 숨이 가빠지는가 싶은 바로 그 순간, 가슴이 쿠션만큼이나 부풀어 오르고 팔뚝이 역기를 박아놓은 듯 딴딴해진다. 나는 울퉁불퉁해진 힘으로 뱀의 머리통을 으스러지게 쥔다. 우두둑! 우두둑! 뼈 바스러지는 소리가 튀어 오른다.

이윽고, 뱀의 몸통이 길게 쭉 뻗는다. 소녀의 얼굴에 장미꽃 웃음이 발

잦게 번진다. 소녀는 뱀의 긴 몸통을 타고 앉으며 검지와 장지로 V자를 만들어 보인다. 소녀는 뱀의 여왕이 된 것이다.

귓전에서 앵앵 사이렌 소리가 난다. "여태도 살아있었냐? 언제까지 살 건지 무지 걱정된다."

목 근처가 근질근질 따끔하다. 손으로 목을 탁 치며 눈을 뜬다. 사냥감 주위를 맴돌 듯 모기 한 마리가 내 주위를 앵앵거리며 날아다닌다. 똥개도 돼지도 거머리도 아닌 모기라니.

주위를 둘러본다. 페이스트리 모양의 봉우리도 망루도 뱀도 짜장면을 먹으러가자는 소녀도 보이지 않는다. 그 어느 때일지 모를 나는 어디로 갔을까. 아니, 그 어느 때 후의 나일지도 모르겠다. 그때의 나와 지금의 나는 별개의 사람일까. 소녀와 있던 때에 비하면 지금의 나는 고정된 시간 속에 붙박이로 있다. 아무 것도 없는 이 공간에서, 그 어떤 것도 살아 움직이는 것이 없는 이곳에서, 나는 살아있다는 느낌보다 죽어있다는 느낌이 더 든다.

저쪽으로 가는가 싶던 모기가 귓전을 뱅뱅 돌더니 다시 대든다. 이곳에서 살아있는 건 모기밖엔 없다. 모기가 내 목 한가운데로 내려앉는다. "여태도 살아있었냐? 언제까지 살 건지 무지 걱정된다. 백악기까지 살러 가려면 꽤나 고될 텐데 잘 해보셔라."

백악기라니, 지금 나는 과거로 퇴행해가며 살고 있다는 말인가. 아니면 백악기 못 미쳐 살고 있다는 말인가. 좀 전의 나를 그 어느 때의 나였다고, 혹은 그 어느 때 이후의 나였다고 주장할 근거를 도무지 찾지 못하겠다. 이래서 개인의 지각은 믿을 게 못 된다고 말하는 것인지도 모른다.

환 53

그렇다고 객관화시킬 수 있는 것만이 믿을 수 있는 것이라고 주장하기에도 미흡하다.
  어쨌거나, 그래도, 그럴지라도, 방금 전까지만 해도 내가 내 몸으로 있었다는 이 분명한 느낌은, 내가 나라는 것을 일러주던 게 아니었던가.
  모기가 긴 대롱으로 나를 쭉쭉 빨아먹는다. 나는 젖줄을 내어준 어미처럼 가만히 있는다. 몽롱한 쾌감이 은근하게 나를 에두른다. 나도 모기가 되려나, 모기가 되고 싶은가. 스스로 탯줄을 갈라 백악기로 달음박질 할 때가 오면, 나는 나를 빤 이 모기를 알아볼 수 있을까.
  모기가 통통해진 몸을 가누며 날아간다. 모기가 날아가는 곳은 어디일까. 백악기 저 너머, 아무도 알 수 없는 그런 곳은 아닐까.

넷

"어마, 이놈의 모기가? 어휴, 이 피 좀 봐. 이게 누구 피지?" 아내가 손바닥을 들여다본다. 백악기를 넘어 이곳까지 온 모기는 겨우 아내의 손바닥에서 피를 흘린다. 아내가 휴지통에다 손을 턴다. "요즘 모기는 계절도 없다니까." 아내가 투덜거리며 휴지로 손바닥을 닦는다.
  계절을 타지 않는 모기. 모기는 남의 피로 백악기와 현대를 오간다. 남의 피로 장수하는 게 어디 모기뿐일까. 나는 모기가 되려 한다. 모기가 그랬던 것처럼, 아내가 제공하는 이끼색의 액상 물질을 몸속으로 집어넣는다. 내 식도는 멈추고 혓바닥은 감각을 잃었지만, 내 목은 하나의 관이 되어 또 하나의 비닐 관으로 화학물질을 넘긴다. 이대로 가면 나는 머지않아 화학성분이 되었다가 언젠가는 화학성분으로 분해되리라. 그때가 오면, 나는 나를 쏘아대던 모기와 같은 종으로 분류될까 아닐까. 그때가 오면, 아내는 숙주의 운명이란 장수가 아니라는 걸 깨달을까 깨닫지 못할까. 그때가 오면, 나는 지금의 나를 기억할 수 있을까 없을까. S는 어떨까.

S는 언덕배기 너른 바위에 앉아 내게 묻는다. "사실과 진실은 같을까 다를까?" 나는 대답한다. "무슨 충격을 받았기에 그렇게 엄청난 화두를 꺼내실까? 사실은 사실, 진실은 진실." S가 내 발을 툭 친다. "쳇, 그런 말은 나도 하겠다. 그렇게 대답하면 대화에 진전이 없다는 거 몰라? 예컨대 이런 거야. 밥 먹었어? 라고 물어. 그럼 상대방은 응 하고 대답해. 밥 먹었냐고 물었던 사람이 뭐해? 라고 또 물어. 그러면 상대방은 너랑 얘기하고 있잖아 라고 대답해. 그런 식의 단답형 질문과 대답은 대화가 아니야."

내가 S의 발을 내 두 발로 꽉 조이며 말한다. "내 숨은 실력을 모르시는군. 내가 맘먹고 대화다운 대화를 하면 감당할 수 있을라나 몰라. 자, 시작한다. 이렇게 니 발을 꽉 조이는 건 사실에 속해 진실에 속해? 질문이 너무 짠가? 아니, 어려운가?"

S가 내 발에 낀 발을 빼더니 한 쪽 발로 내 발등을 꾹 누른다. "그래, 너무 어렵고 짜서 눌러야겠다." 나는 S의 다른 쪽 발을 내 발등에 얹는다. "난 오이지가 좋더라. 꽉꽉 더 눌러주라."

S의 두 발을 내 발등에 얹자 S가 중심을 잃고 내 쪽으로 몸이 쏠린다. 나는 순간 날카로운 어지럼증을 느끼며 S의 상체를 잡는다. 이렇게 해

환 55

보고 싶었다. 억지가 아닌, 이렇게 자연스러운 기회가 오길, 목이 빠지게 기다렸다. 그러나 나는 S의 몸을 놓고야 만다.

S가 중심을 잡으며 바로 앉는다. "속물인줄 알았더니 아니네." 나는 다시 S의 발을 두 발로 가두며 말한다. "아직은. 더 두고 보면 본색이 드러날 테니 각오 단단히 해라." S가 몸을 떠는 시늉을 한다. "어휴 무서버. 근데 나보다는 니가 더 무서울 걸? 내가 그 본색이라는 걸 엄청 기대하고 있으니까 호호."

나는 속이 뜨끔해진다. S의 말대로 나는 겁을 먹고 있다. 본능과 윤리라는, 그 상반된 무게에서 나는 도저히 빠져나오지 못한다. 바람만 불어도 날아갈 낡은 판자 위에서, 내가 내게 홀로 진술해야 하는 그 어쭙잖은 판결은 생각만으로도 목이 쥔다.

S가 내 턱밑에다 얼굴을 갸웃이 들이밀며 말한다. "진짜 무서운가 보네? 암말도 안 하는 거 보니." 나는 S의 턱을 손끝으로 톡 치며 대꾸한다. "그래, 무서워 죽겠다. 그러니까 안 무서운 얘기로 안 무섭게 해주라."

S가 자신의 허벅지에다 피아노 치는 시늉을 하며 말한다. "넌 깍쟁이야. 깍쟁 씨한테 어울릴만한 얘기 뭐 없을까? 그럼 이런 얘긴 어때?" S가 하늘을 손으로 가리킨다. "저 하늘 좀 봐. 사람들은 왜 하늘을 믿을까? 직접 보거나 듣거나 체험한 게 아니면 다 미신이라고 말하면서 왜 유독 하늘만은 믿음의 대상이 되는 걸까? 뭐가 들어있는지도 모르면서."

나는 S의 손을 잡으며 말한다. "진짜 안 무서운 얘기다. 안 무서워서 답이 팍팍 나온다. 어험, 그러니까 왜 하늘을 믿느냐 하면, 그건 말이야 닿을 수 없고 가질 수 없기 때문이야. 스카이로 생각하든 헤븐으로 생각하든."

S가 여전히 고개를 하늘로 향한 채 말한다. "니가 말한 반 정도는 나두 안다네. 그런데 니 말대로 하면 어째서 하늘이 아닌 바다를 믿거나 소를 믿거나 조상을 믿는 건 미신으로 몰아붙이느냐는 거지. 어차피 하늘이든 바다든 정복할 수 없고 그 속을 모르긴 매한가지인데. 난 말이지, 하늘에서 비를 주는 날이면 카페 글로리아의 매상이 좋다는 거, 지금은 저 하늘에다 피아노를 치고 싶다는 거, 그게 지금의 내 진실이고 사실이고 믿음이야. 몰랐지롱?" S가 킥킥 웃는다. 얇은 어깨가 가볍게 흔들린다.

나는 S의 머리를 쓰다듬으며 말한다. "친구야 잘 생각했다. 더 알려고 하면 다치는 거 어떻게 알았지? 친구가 진실과 사실과 믿음을 고백했으니 나두 나으 진실과 사실을 말해볼깝쇼? 지금 이 몸의 진실과 사실은 바로 이거올시다. 몰랐지롱?" 내가 S의 어깨에 팔을 둘러 내 쪽으로 당긴다. S의 몸이 내 몸에 쏠리고 S의 어깨뼈가 내 손에 잡힌다. S가 까르르 웃으며 내 허리에 팔을 두른다. "이 정도면 속물 본색치곤 우아하다야. 나, 안 무서버. 너도 안 무섭지?"

S와 내가 앉은 언덕배기 너른 바위 위로 노을이 내려앉는다. 이대로 멈추었으면.

내가 나를 기억하지 못할 때에도 S는 그때의 노을을, 그 웃음을, 그 너른 바위와 말장난에 섞인 진심을 기억할까.

아내가 수액이 떨어지는 속도를 조절한다. 똑똑똑 떨어지던 수액이 똑, 똑, 똑, 떨어진다. 수액이 떨어지는 속도처럼, 아내는 자신을 그런대로 조절하며 지내고 있을 것이다. 내 검정 소나타와 자신의 SM3를 비교하며 둘 중 어느 하나를 처분했을지도 모를 일이다. 내 주민번호보다는 자신의 주민번호 쓸 일이 많아질 것에 대비해, 집문서와 선산의 소유권

이전에 대해 알아보고 있는 중이거나. 실패로 보는 자신의 결혼에 대한 생각을, 남들에겐 절대 아니라고 보여주기 위해 간병인도 마다하는 것일 테다. 어머니를 모셔야한다던 내 주장보다는 모시고 싶지 않다는 자신의 주장을 결국은 관철한 것처럼.

아내와 나는 자유로를 탄다. 아내가 창을 끝까지 내린다. 바람소리가 포효다. 운전석에 있는 버튼으로 아내 쪽 창을 올린다. 아내가 다시 창을 내린다. 바람소리가 피투성이다. 내가 다시 창을 올린다. 아내가 다시 내린다.

나는 창문을 연 채로 달린다. 아내가 열린 창으로 고개를 돌린다. 그 옆으로 유조차가 달린다. 아내가 길게 한숨을 내쉬며 중얼거린다. "저 차에 부딪혔으면. 활활 타올라 죽어버렸으면."

아내는 지금 생리를 한다. 시어머니에게 가기만 하려면 발작을 일으키는 시어머니 생리다. 아내와 어머니는 신호 없는 고속도로를 무한 경쟁 질주한다. 내가 할 일은 없다.

나는 유조차와 나란히 달린다. 뒤차가 차선을 바꿔 앞서 달린다. 나는 유조차와 속도를 맞춘다. 열린 창으로 유조차의 굉음과 배출가스가 혼탁하게 들어온다. 아내가 유조차에서 눈을 떼지 못한다. 유조차의 거대한 몸체가 금세라도 들이박을 듯 위협적이다.

나는 정면만 주시한 채 말한다. "저 차에 부딪혔으면 하지 말고 저 차가 돼봐라." 아내가 나를 노려보는가 싶더니 차문을 연다. 이루 말할 수 없이 급하고 강한 절대성 같은 것이, 산산조각 날 듯한 아슬아슬함 같은 것이 숨통을 죈다. 교감신경이 빠르게 달구어진다. 터질 듯 빨라지는 맥박대로 힘껏 가속페달을 밟는다. "그렇게 죽고 싶니? 그럼 뛰어내려."

내 말에 아내가 찌를 듯이 보더니 차문을 닫는다. 나는 속도를 늦추지 않은 채 차갑게 뱉는다. "나야말로 차가 터지든 불에 타버리든 했으면 좋겠다."

아내가 후드득 눈물을 떨어뜨린다. "왜 우리가 어머닐 모셔야 하죠? 장남도 아닌데."

십 수 년을 들어온 말이지만, 그래 더 그랬겠지만, 들을 때마다 울화가 치민다. "그럼 어떻게 했으면 좋겠니? 혼자 사는 형님한테 모시라고 해야겠어 수녀 누나한테 모시라고 해야겠어? 미국으로 이민 간 막내한테? 어머니가 미국은 죽어도 싫다시잖아."

아내가 눈화장이 지워지지 않게 눈 밑을 조심스레 닦는다. "우리도 이민가면 되잖아요." 나는 헛웃음을 웃으며 아내를 돌아본다. "그걸 말이라고 해? 당신 나이가 몇인데 아직도 그런 철딱서니 없는 말을 해? 당신은 당신 오빠가 당신 부모한테 그렇게 하길 바라니? 교횐 왜 다니는데? 그렇게 해달라고 떼를 쓰느라?"

나는 해서는 안 될 말까지 해버린다. 이렇게까지 전락하는 우리나라의 모든 아들은, 살아계신 어머니를 가졌다는 죄 아닌 죄로 죄인이 된다. 언제부터 아내라는 이름 앞에 아들들이 무릎을 꿇어야했는지, 나는 아들로 살아있다는 것에 부끄러움을 넘어 치욕감마저 든다. 신은 어머니 없이 자식들을 이 세상에 내어 놓을 능력은 없었던 걸까.

아내가 몸을 팩 돌리더니 창 쪽으로 붙는다. "엉망진창 죽어버렸으면." 아내의 혼잣말을 그냥 넘기지 않는다. "죽고 싶음 죽어. 죽음이 아마 당신을 거절할 거다. 당신 같이 죽음을 장난질치는 사람한테 죽음이 어디 그리 만만하게 오겠어?"

나는 인색해지는 마음을 추스르지 못한 채 내부순환로로 접어든다. 아내가 풀죽은 목소리로 입을 뗀다. "어머니 퇴원하시면 당장 어떻게 해야 할지… 요양원을 알아볼까 하는데…"

아내는 요양원을 알아볼까 한다지만 이미 알아보았을 것이고, 어쩌면 오늘 낼 당장에라도 들어갈 수 있게끔 준비해 놓았을지도 모른다. 퉁명이 절로 튕겨 나온다. "요양원도 요양원 나름이야. 어머니 의견부터 들어봐야지."

아내가 열이 오르는지 손바닥으로 얼굴을 부친다. "어머니 의견이라면… 우리 집으로 오시겠다면 그렇게 할 거예요?"

나는 아무 대꾸도 하지 않는다. 아내에게 말은 그렇게 했지만 나 역시 자신이 없긴 마찬가지다. 지금은 논 밭일을 할 때와는 시절이 다르다. 여러 일손이 필요할 때도 아니고, 부모와 함께 살아야한다는 의무감도 구닥다리가 된 지 오래다. 그렇다고 뇌졸중으로 쓰러진 어머니를 혼자 사시게 내버려둘 수도 없는 노릇이다. 어머니와 함께 살게 될 때 아내의 고충은 어떻게 할 것이며, 그 일로 사사건건 있을 나와의 마찰은 또 어떻게 할 것인가. 자식도 되기 싫고 남편도 되기 싫다는 생각이 불쑥 솟는다. "글쎄… 어머니를 우리 쪽으로 모시든가 우리가 어머니 쪽으로 이사를 가든가."

아내가 불끈 언성을 높인다. "무슨 말이 그래요? 당신 직장하고 애들 학교는 어떻게 하고. 나 참, 기가 막혀서. 내 의견은 없고 당신하고 어머니 의견만 있다 이거죠?" 아내가 못 참겠는지 다시 창을 연다. 바깥에서 밀고 들어오는 소음이 나나 아내의 속만큼이나 시끄럽다.

아내가 밖을 향해 말하듯 창 쪽에 대고 말한다. "좋을 대로 해요. 이혼하면 되니까. 당신 혼자 살면서 어머니 수발들어드리면 되겠네요. 오붓하게 사랑하고 사랑받고 아주 좋은 그림이에요."

속에서 천불이 인다. 달리 생각해보면 아내의 말이 잘못은 아니다. 다만, 아들이어서 해야 할 일이 있고 그것을 비껴갈 재주가 내겐 없다는 것뿐이다. 그러니 모른 척 아닌 척 잡아떼고 밀어붙이는 척이라도 하는 것이다. 어쩌면 결론은 벌써 나 있는 것인지도 모른다.

나는 홍지문터널로 들어가며 무겁게 입을 뗀다. "지금 당장 그렇게 하자는 게 아니야. 일단 어머니 의견부터 들어보자. 어머닐 집에다 모시고 간병인을 출퇴근시키는 방법도 있으니까." 아내가 콧방귀를 뀐다. "그게 그 소리 아녜요?"

내가 할 수 있는 일은 없다. 이혼도 그렇고 어머니를 집에 모시는 일도 그렇다. 아들과 남편으로 산다는 게 어렵고, 어렵지 않은 척 산다는 게 더 어렵다.

아내도 나와는 다르겠지만 힘들긴 마찬가지이리라. 초점 없는 눈동자에서 초점을 찾으려 초점을 고정시키는 일이 다반사다. 시간이 갈수록 희망 없는 남편이 되어간다는 사실에 아내는 진저리를 칠 것이고, 그런 남편에게 기대를 걸었다 포기를 했다 혼란에 빠지는 자신을 견딜 수 없어할 것이다. 다 때려치우고 싶지만 때려치울 수 없다는 사실과, 그것을 그대로 받아들일 수 없다는 것에 아내는 고통스러워하고 있으리라. 내가 그랬듯 아내 역시 자신에게 억지를 부린다.

간호사가 들어와 링거를 교체한다. 아내가 때맞춰 잘 와 주었다는 듯 간호사를 붙잡고 병실에 모기가 있다고 말한다. 간호사가 깜짝 놀라며 그럴 리 없을 거라고 말한다. 아내는 방금 전에 자기 손으로 잡았다며 손바닥까지 퍼 보인다. 간호사는 매일 소독을 하는데 어떻게 모기가 있는지 담당자에게 말해 두겠다고 한다.

아내는 모기를 모른다. 내가 만난 모기는 나이가 없다. 내가 피를 가지고 있는 한, 모기는 내 피를 향해 시간과 시간 너머에서 나를 찾아낸다. 사람에게는 가망이 없는 내가, 모기에게는 중요한 자원이자 공급처가 된다. 나와 모기는 이렇게 시간 너머에서 은밀히 소통한다.

아내가 나가는 간호사에게 넌지시 묻는다. "저 분, 언제 깨어날 거 같아요?"

나는 깨어있는데 아내는 깨어있지 않다고 한다. 이건 불협화음과도 같은 상태다. 내가 아무리 말을 해도, 아내 쪽에서 보면 전원이 꺼진 전화기를 마냥 들고서 언제쯤 통화할 수 있을까 기다리는 것과 다르지 않다.

간호사는 담당의가 회진할 터이니 그때 물어보라고 한다. 아내가 얕게 한숨을 쉬며 내 옆으로 온다.

나는 여러 개의 줄을 단 채 눈을 감고 있다. 눈을 감은 내게서 아내는 무엇을 읽을까. 무의식이란 저런 것이라고 읽을지도 모르겠다. 흘러간 날들과 아직 겪지 못한 일들을, 미움이나 애착 같은 감정을, 느껴본 적도 느끼지도 못한 채 체념처럼 뻣뻣이 있다고 말이다. 나는 느끼는데 내가 느낀다는 걸 상대가 알지 못하면 나는 무의식자가 된다. 병리학적으로 정해진 의식만이 의식이라면, 나는 지금 어떤 존재로 있다는 말인가.

아내가 병실 벽에 걸린 달력으로 눈을 돌린다. 드럼 치러 가는 날을 꼽아보고 있을까. 그런 아내를 미워하진 않는다. 그렇다고 이해하는 것도 아니다. 뇌졸중 시어머니에겐 한 번도 들르지 않으면서 드럼이나 치러 다닌다는 비난은, 내가 아닌 아내 자신이 할 일이다. 이것도 잔인하다면 잔인한 일일 게다.

아내가 최 장로의 추도예배에 간다고 나간 후 나는 베란다로 나간다. 자잘한 꽃무늬의 시폰 원피스를 입은 여자가 찻잔을 들고 방충망마저 열어놓은 베란다 창가로 간다. 여자가 가슴을 베란다 난간 펜스에 대고 고개를 숙인다. 여자는 아래를 내려다보며 높이와 깊이를 재고 있는 듯이 보인다. 여자를 유혹하고 있을 낙하와 그것을 보는 나와의 차이는 별반 다르지 않다. 습하게 어둡고 끈적한, 약간은 두려운 느낌들이 서서히 증폭하는 그런 것, 그것을 어느 순간 현기증 나게 느끼지만 기분이 나쁘다기보다 야릇하게 설레는 그런 어떤 것, 그것을 여자도 가지고 있지 싶다.

여자가 찻잔 든 손을 가만히, 자신도 느끼지 못할 정도로 가만히 입에 댄다. 여자는 차를 마시는가 싶더니 찻잔을 입에서 떼지도 않은 채 그대로 놓는다. 찻잔은 공기에 말려 춤을 추듯 휘휘 몸을 감아가며 떨어진다. 사기 깨지는 소리가 직선으로 와 박힌다. 여자가 상체를 잔뜩 굽혀가며 깨진 찻잔을 내려다본다. 여자는 자신을 떨어뜨리는 실험을 한 것일까 아니면 자신을 찻잔에 담아 떨어뜨린 것일까.

라면을 끓여먹고 집을 나온다. 딱히 볼 일이 있어서 나온 건 아니다. 속이 끓어서 나온 것도, 산책이나 운동을 하려고 나온 것도 아니다. 이 아파트로 이사 와 오 년이 지나도록 나는 백칠 동 이천이 호와 주차장만 오갔을 뿐, 단지 내에 있는 마트나 산책로 한 번 다녀본 적이 없다.

엘리베이터에서 내려 동 건물을 나오자 무작정 나서는 것도 끼이며 용기에 속한다는 걸 깨닫는다. 내게 시선을 주는 사람도 없건만 괜히 머쓱해진다.
 백칠 동 뒤편에 있는 놀이터로 간다. 그네와 정글짐, 미끄럼틀엔 아이들 몇과 아이의 보호자로 보이는 여자 몇이 등받이 없는 의자에 앉아있다. 박 대리는 아내와 애들과 함께 마트에 갔을까. 이 부장은 여기저기 등산 카페를 들락거리며 혼자 갈 궁리를 하고 있을까. 불륜은 주말에 하는 게 아니라고 말했던 정 차장은 불륜에 통달한 것일까.
 휴대폰을 꺼내본다. 문자나 부재중전화는 없다. 정 차장 말대로 주말이다. 주말엔 사전 약속이 없는 한 전화나 문자는 오지 않는다. 그렇게 성가시게 굴던 스팸 문자조차 주말을 탄다. 주말은, 이제 가족과 함께 하기 싫어도 해야 한다는 지시이자 권세가 되어버렸다.
 괜히 통화기록을 훑는다. 이미 다 봐서 뻔히 아는 내역이건만 하나하나 체크해본다. 직장 일에 관계된 전화가 수십 통, 아내와의 통화가 세 통, 고교 동창 모임에서 온 전화가 두 통, 대학 동기 모임에서 온 전화가 세 통, 카드회사나 보험회사 같은 곳에서 온 전화가 다섯 통. S의 전화는 없다. 문자기록을 살핀다. 광고 문자 몇 통에다 동창 모임 문자가 전부다. 전화번호를 뒤진다. 많은 이름 속에 S의 이름은 없다. S는 내게 있는 것인가 없는 것인가.
 아파트 단지와 연결된 작은 공원으로 간다. 운동기구 몇 개와 분수대가 있는 연못, 연못 옆에 발바닥을 자극하게끔 자갈을 깔아놓은 오솔길, 오솔길 옆에 산수유, 산수유 밑에 벤치, 벤치로 가 앉는다. 맞은편에 있는 분수대는 물을 뿜지 않는다. 물을 뿜지 않는 분수대처럼 건조하고 삭막하게 보이는 것도 드물다.
 유모차를 밀던 아기 아빠가 분수대 앞에서 멈춘다. 같이 오던 아기 엄마는 둘째 애를 가진 듯 배가 부르다. 아기 아빠가 유모차에서 아기를 꺼내 번쩍 안는다. 얼굴에 자랑스러움이 웃음으로 번진다. 아기 엄마가 아기를 어르며 분수대를 가리킨다.

나는 애를 얼러본 적도, 놀이터에서 애와 놀아본 적도, 아내와 산책을 하며 분수대를 본 적도, 함께 장을 본 적도 없다. 미안하다는 생각은 들지 않는다. 빈둥빈둥 논 것도 아니고 아내가 직장생활을 한 것도 아니다. 아내는 분수대의 물이 돼주지 못한 나를 아직도 책망한다. 나는 책망 받을 짓을 한 적이 없다. 월급을 제때 주지 않아 골탕을 먹인 적도, 주사를 부린 적도, 빚보증으로 가족을 위태롭게 한 적도, 바람을 피워 속을 썩인 적도 없다. 잦은 출장과 야근, 진급시험만으로도 나는 옆을 돌아볼 겨를이 없었다. 오히려 나는 지금까지 책망 받을 짓을 하지 않은 나를 책망한다.

아내는 어떨까. 나와 결혼했다는 사실을 자책하고 있을지도 모르겠다. 이 신세가 될 줄 알았다면 아내나 나는 결혼하지 않았으리라. 아내는 잘 가던 차선을 변경하는 바람에 그 대가를 톡톡히 치르는 중이다. 앞 차와 뒤 차, 옆 차 사이를 달리며 일 킬로미터 전방에, 아니 바로 앞에 어떤 일이 벌어질 줄 그 어떤 운전자가 알 수 있으랴. 차선 하나 사이에도 처지를 바꾸게 할 수많은 복병이 깔려있다는 것은 사고가 난 후에라야 알 수 있으니, 아내의 자괴감은 일종의 자연현상이다.

만약 내가 아닌 아내가 지금의 내 꼴로 누워있다면 나는 어떨까. 성혼선언문이 있으니 끝까지 아내 곁을 지킬 게 뻔하다. 누가 성혼선언문을 작성했는지 몰라도, 결혼이란 애정보다는 의무나 책임이 더 중요하다는 것을 일찌감치 알아챈 모양이다.

담당의가 차트에 뭔가를 적는다. 눈꺼풀도 까뒤집어본다. 아내는 담당의의 손과 입과 눈을, 낱낱이 보고 또 본다. 담당의가 레지던트에게 차트를 넘긴다. "별다른 변화는 없습니다." 아내의 눈에 힘이 빠진다. "별다른 변화가 없다면…" 아내의 말에 담당의는 벌써 병실 입구로 가며 대꾸한다. "더 좋아진 것도 나빠진 것도 없다는 뜻입니다." 아내가 담당의에게 매달리듯 한다. "그럼 앞으로 어떻게 하면 좋을까요." 담당의가 복도로 나가며 말한다. "조금 더 두고 봅시다. 재활치료를 하고 싶으면 하셔도 됩니다."

아내는 병실로 돌아오지 않는다. 어디 샤워실에라도 가 물을 틀어놓고 우는 것일까. 나는 그 어떤 변화를 보이지 않는 한 같은 기록을 차트에 남길 것이며 임상실험 보고용의 가치조차 주지 못할 것이다. 어찌할 수 없다는 것, 그 절대적 한계점은 나나 아내가 인간임을 증명해준다. 새로운 길을 모색할 시점이다. 나는 나와 사귀고 아내는 아내와 사귀는 일. 그게 어디 수월하기만 할까.

아내가 토끼눈으로 들어와선 내 몸을 옆으로 돌린다. 아내의 숨소리가 고르지 않다. 아내는 어떤 결정을 내렸을까. 아내가 욕창에 좋다는 로션을 내 등과 엉덩이에 바른다. 아내의 손길에서 포기와 울분이 반쯤 잡힌다. 아내는 머지않아 간병인을 고용할 것이다. 아내에게만 보였던 등과 엉덩이와 성기는 처음 보는 여자에게 맡겨지리라. 아내는 아내가 아닌 방문자로 올 것이며 머무는 시간은 점점 짧아지리라.

나와 아내가 어머니를 뵈러갔을 때, 우리는 방문자였고 머무는 시간도 짧았다. 홍지문터널을 지나 종암동에 이르도록 대화다운 대화는커녕 숨소리마저 삼킨다. 아내가 이혼을 입에 올리긴 처음이다. 이혼을 말할 수 있는 아내라는 생각도 뜻밖이다. 시가에 다녀오기만 하면 베란다 창을 열고 한숨을 들이쉬고 내쉬고 뒤돌아 울긴 했지만 이혼을 말한 적은 없다. 아내는 줄곧 이혼을 꿈꿔왔을지도 모른다. 그 꿈이라는 것은 자해와 가해가 선혈을 이룬, 독성과 괴성으로 자란 시퍼런 음지식물이었으리라.

나는 이혼을 생각해본 적이 없다. 아내는 성혼선언문에서처럼 검은 머리가 파뿌리가 될 때까지 같이 살아야 할 사람이지 헤어져야할 사람은 아니다.

종암경찰서 쪽으로 우회전을 한다. 지금의 아내와 나도 우회전을 한다. 달려오는 차와 충돌하지 않을까 두리번거리듯 서로를 살핀다. 아내는 묵비권으로 많은 말을 하는 것으로, 나는 조금 누그러진 투로 말을 하는 것으로. 서로에 대한 타진이 안개 속이다.

나는 그 불편한 저울질에 잔뜩 힘을 준다. "당신도 알겠지만 어머니한텐 집도 있고 어느 정도의 현금과 땅도 있어. 경비 문제라면 큰 걱정은 하지 않아도 될 거야." 아내는 아무 반응도 보이지 않는다.

고려대학교 쪽으로 직진을 하며 아내를 돌아본다. 아내는 여전히 창쪽으로 얼굴을 돌린 채 미동도 하지 않는다. 경비 문제가 아니라는 건 아내도 나도 잘 안다. 아내는 말을 하지 않는 것으로 자신의 뜻을 내비치지만 나는 그런 아내를 선선히 받아들이고 싶지 않다.

고려대학교 앞을 지나 사거리에서 우회전을 한다. 신호 없이 알아서 가야하는 길이다. 샛길지도 모를 돌발 상황을 예측해야 하는 길이다. 그러나 지금의 아내나 나는 냉소와 경멸로 된 과속방지턱 앞에서 속도를 줄이지 못한다. 어찌할 수 없다는, 어쩌면 해답이 될 수도 있는 그 절대

불변의 문고리를 놓지 않는다.

  나는 가망 없는 생각에 빠진 채 고대 안암병원으로 진입한다. 병동은 올 때마다 그렇듯 멀쩡한 사람마저 중환자로 만든다.

  간병인이 잡지를 들척이다 벌떡 일어난다. 나는 가볍게 목례를 한 후 어머니에게로 간다. 어머니의 몸은 마네킹처럼 부동이지만 눈은 별사탕을 박아놓은 듯 초롱초롱하다.

  어머니의 손을 잡는다. "좀 어떠세요?" 작고 반짝이던 눈에 눈물이 고인다. 여자들은 왜 이렇게 잘 우는 것일까. 남자와 평등하길 바라면서도 눈물로 약자임을 드러낸다.

  아내의 눈물을 외면했듯 어머니의 눈물도 외면한다. 눈물을 똑바로 바라볼 만큼 독하지도 야멸치지도 넉넉하지도 않다. 아내는 내 생각과는 다르다. 눈물을 눈물로 보지 않는 건 독하고 야멸치기 때문이란다. 울 수 있는 자가 울 수 없는 자보다 여유롭다고 한다면 어불성설일까. 아내에게 내가 없다면 아내는 울지 않을 것이다. 어머니에게 내가 없다면 어머니도 울지 않을 것이다. 이렇게라도 생각하지 않으면 나는 번번이 마주치는 이런 곤란한 상황에서 빠져나갈 길이 없다.

  어머니가 대답 대신 내 손을 잡는다. 손은 나를 잡고 있지만 눈길은 내 뒤에 서 있는 아내에게로 간다. 아내가 말없이 고개를 꾸뻑 숙인다. 어머니의 눈이 순간 차가워진다.

  어머니와 아내가 타인 아닌 타인이 된 것은 언제부터였는지 모른다. 왜 그렇게 되었는지도 모른다. 어머니나 아내 역시 나처럼 이유를 모르고 있을 수도 있다. 모르기 때문에 철학자가 되고 연구자가 된다는 건 아이러니가 주는 풍요가 아닐 수 없다. 그런 원리가 나나 아내, 어머니에게 적용되는 것 같진 않다.

　간병인에게 묻는다. "재활치료는 들어갔습니까?" 간병인은 어제부터 시작했다고 대답한다. 나는 어머니에게 당부조의 말을 한다. "힘들더라도 재활치료는 빠지지 말고 하세요. 근육은 쓰지 않으면 금세 굳어져요."

　어머니가 천천히 눈을 감았다 뜬다. 어머니가 움직일 수 있는 건 악력의 미세함과 눈으로 의사를 표하는 정도가 전부다. 내 성적표를 받아보며 어깨를 툭툭 두드려주던 손은 어디로 갔는지, 양은도시락에다 계란 프라이를 덮어주며 네 도시락에만 특별히 넣었다고 말하며 쳐다보던 눈빛은 어디로 갔는지. 뇌졸중이 있기 전만 해도 어머니는 뜨개질을 했고 신문이며 책도 읽었다. 아내도 뜨개질을 할 줄 알고 신문이며 책도 읽는다. 아내와 어머니는 무엇이 맞지 않는 것일까.

　창가로 가 어머니 집 쪽으로 고개를 뺀다. 고려대학교 옆 개운사 뒷길에서 조금 언덕 진 곳에 위치한 어머니의 집은 비어 있다. 칸나와 달리아는 주인을 잃고 창호지를 바른 격자창은 온기 없이 바래있을 터이다. 어머니는 새로 기와를 얹은 후, 비가 새지 않아 좋긴 한데 어째 격이 없어 보인다고 말했다. 마당에 서서 내리쬐는 해를 가리려 이마에 손을 얹고 새 지붕을 보며 말하던 어머니와, 그 모든 것을 잃어버린 지금의 어머니는 다른 어머니가 아니다. 그런데도 다른 어머니가 되어 버렸다. 어머니를, 저 어머니를, 어디로 모셔야할까.

　간호사가 들어온다. 체온과 혈압을 재더니 로션 타입의 연고를 놓는다. "할머니, 아드님 오신 거 아세요? 할머니 이뻐지라고 이 약 드리는 거니까 등에다 꼭 바르세요." 간병인이 연고를 집으며 아내를 돌아본다.

환 69

아내가 병실 문 쪽으로 고개를 돌린다. 나는 어머니에게 작별을 고한다. "이제 가 봐야 해요. 조리 잘하시고 재활치료도 거르지 마세요." 어머니가 눈을 천천히 감았다 뜬다.

나는 도둑질하다 들킨 사람모양 쫓기듯 병실을 나온다. 등 뒤에서 환청인지 아닌지 모를 소리가 난다. 아범아, 집에 데려다 다오. 집에 가고 싶구나. 나는 반쯤 뒤돌아보다 말고 급히 엘리베이터로 간다. 나는, 한겨울, 잎 하나 달지 않고 찬바람을 고스란히 맞으며 서있는, 옹이가 툭툭 불거진 배롱나무가 된다.

어머니는 어찌 되었을까. 지금의 나처럼 어머니도 욕창에 잘 듣는 약을 바르고 있을까. 어머니에겐 아들 대신 로봇이 필요하다. 내겐 아내 대신 로봇이 필요하다. 로봇아들과 로봇아내가 많아질수록 욕창에 잘 듣는 약을 바르는 일은 수월해지리라. 애를 여자가 아닌 로봇이 낳는다면, 지금처럼 의무감이나 책임감에 시달리지 않아도 될 터이다. 그렇게 되면 세상의 모든 아들이나 아내는, 가벼운 마음으로 로봇에게 장난도 치고 골탕도 먹이며, 성깔도 부리고 걱정도 해주는 그런 뜻하지 않은 관계가 생길 수도 있다. 그날이 오면, 나는 로봇아내에게 이런 말을 하겠다. 나를 기억하는 건 S라고, 내가 지워지기 전에 S가 나를 만나줬으면 좋겠다고. 그 누구에게도 하지 못한 말을 나는 로봇아내에게 고백한다.

다섯

　S를 기다린다. 그리고, 또, 기다린다. 나의 세타파와 델타파는 S를 향해 둥그렇게 열린다. 몇 광년을 걸어가면 숨죽인 정원이 나온다. 거기서 S는 작은 스카프를 쓰고 달팽이를 기른다. 달팽이가 파랑개비 무늬의 공을 S에게 굴린다. S가 공을 잡으러 달려온다. 공이 내 발에 맞고 멈춘다. 내가 공을 집어 S에게 준다. S가 빨갛고 파란 파랑개비 무늬의 공을 가슴에 안는다.

　S와 나, 달팽이는 테이블로 가 앉는다. 은하수가 긴 띠로 정원을 두른다. 빛의 터널이 열린다. S가 빛의 터널 한가운데서 달팽이에게 짜장면을 먹이며 말한다. "여긴 글로리아야." S의 목소리는 아담하고 옅은 안개가 낀 듯 몽환적이다. 나는 S의 목소리가 물질이 돼 내게 흠집을 내주길 바란다. S는 짜장면이 묻은 달팽이의 입술을 닦아주며 말한다. "글로리아, 영광이며 기쁨이라는 뜻이야. 너랑 나, 그 빛을 타고 일루 온 거야."

　정원 밖 멀리로 시선을 옮긴다. 수많은 빛의 조각들이 물보라로 흩날린다. S가 내 어깨에 손을 얹으며 내가 보는 쪽을 손가락으로 가리킨다. "저기는 어떨 거 같니?" 빛의 조각들이 크고 작은 종 모양을 이루다 작은 언덕배기를 만들다 한다. 내가 S의 허리를 팔로 감으며 대답한다. "너 같을 거 같은데?"

　로봇아내에게 S를 얘기하며 사막을 걷는다. 튜브로 토핑 크림을 둥글게 짜 두른 듯한, 혹은 페이스트리 빵 모양 한 켜 한 켜 접어서 구운 듯한 사구는 보이지 않는다. 바람도 공기도 없는 양 마른 땅만이 하늘처럼 펼쳐져 있다. 그 어떠한 흐름도 없는 곳이 존재한다는 게 믿어지지 않는다. 흐름이 없는 곳에서 나는 걸어가고 내 마음은 종잡을 수 없이 시리기만 하다. 사방을 둘러봐도 이곳에서 흐르고 있는 건 나뿐이다. 와디조차 발견할 수 없는, 가도 가도 끝없는 사막이 내 속으로 들어온다. 그렇게, 나는 사막이 되어 사막을 채운다. 이렇게 계속 가다보면 내 피는 선홍색을 잃게 될 것이고 쓸쓸함이나 허전함, 혹은 무엇이 되고 싶다든가 무엇이 좋다든가 하는 욕구마저 퇴색하고 말리라. 나는 손가락 사이로 흘러내리는 모래알갱이 하나, 또는 그보다 더 작은 분자가 되어 몸체였던 나를 잊게 될지도 모르겠다. 욕실에 있던 푸른 색 슬리퍼, 회사 보도블록 사이를 뚫고 나오던 작은 민들레 잎, 회사나 관공서를 들어갈 때 목에 걸었던 출입증, 그런 것들은 이제 어느 기억의 창고에 갇혀 다시는 돌아오지 못할 수도 있다. 서운한가? 글쎄… 그런 것 같기도 하고 아닌 것 같기도 하다. 그것들이 여기가 어디인지, 어디로 갈 것인지 유도선이 되어주었던 때는 지금과는 다르다. 그런 기표들이 무용지물이 되는 이곳에서 기억의 잔해를 끄집어낸다한들 달라질 건 없다. 그래도, 한밤중 책을 읽을 때 차르르차르르 내리던 빗소리가 들리고, 샤워를 마치고 나왔을 때 풍기던 상큼하고도 달큰한 수박 냄새가 코끝에 어른댄다. 내가 그렇게 싫어하던 수놓인 베갯잇도 생각난다. 자고 일어나면 한쪽 뺨에 커다란 꽃 자국이 그대로 찍혀 있어 운전대를 잡고 출근하는 내내 얼굴을 벅벅 문질렀던 기억도 새롭다. 또 있다. 뉴스를 볼 때마다 훼방이라도 놓듯 아파트 관리실에서 안내방송이 나오던 거며, 베란다에 나가 담배를 피울 때 어느 집에서 세탁을 하는지 베란다 하수구에서 나던 섬유유연제 냄새도 생생하다. 아직도 기억의 풍향계가 돌아가는 걸 보면 나는, 미련의 반지를 빼지 못했나보다.

얼마나 걸었을까, 홀연히 나타난 모래언덕. S와 함께 앉았던 언덕배기와 모양새가 흡사하다. 모래언덕을 향해 간다. 모래언덕은 마치 보호구역 안에 있는 것처럼 제한적으로 보인다. 여기와 저기가 연결된 것이 아니라 모래언덕 하나만 오도카니 있다. 빨리 달려가고 싶은 마음을 억누른다.

한 발 한 발 다가갈수록 모래언덕은 까마득히 멀어지는가 하면 이내 가까워진다. 신기루 속의 모래언덕일지도 모르겠다. 하긴, 신기루가 아닌 게 어디 있을까. 수치를 계산해 도면을 그리고, 그 도면대로 측량하고, 측량한대로 교량과 터널을 건설하고, 그 교량과 터널을 점검하고, 그렇게 일한 대가를 통장으로 받고, 그 돈으로 먹고 교육하고, 교육받은 대로 다시 도면을 그리는, 그러한 일들이 신기루가 아니고 무엇이겠는가. 신기루가 허망하기만 한 것은 아니다. 그 과정 속엔 아내와의 만남과 다툼도 있고 S와의 만남과 만남 이후도 들어있다. 그들은 종종 나인 나보다 더 큰 산과 물길로 나를 칠하고 만들어가기도 한다.

모래언덕 바로 앞에 선다. S가 좋아하던 야트막한 언덕이다. S는 뚝방 아래서 뚝방을 올려다보는 게 좋다고 했다. 언덕으로 된 목초지를 보는 것도 좋다고 했다. 그 너머에 무엇이 있을까 궁금한 것이 좋단다. S가 궁금해 하던 언덕 너머가 궁금해진다.

모래로 된 언덕을 오른다. 육십칠 킬로그램의 체중이 실렸을 터인데도 모래언덕은 흩어지거나 부서지거나 내려앉지 않는다. 가뿐한 몸으로 언덕 꼭대기까지 오른다. 꼭대기에 서서 맞은편을 휘 둘러본다. 짙은 운무가 스러진 추억을 펼쳐놓은 듯 아스라이 깔려있다. S와 나와의 관계도 저러했으리라. 지극히 현실이었으면서도 비현실이었던 것으로. 나는 비현실을 걷어내려는 듯 운무를 휘휘 저어가며 언덕 아래로 내려간다.

서리가 잔뜩 깔린 모래벌판이 이상하게도 춥지 않다. 서걱서걱 서리를 밟으며 모래벌판을 횡단한다. 벌판 중간쯤에서 뒤를 돌아본다. 길게 남아있으리라고 생각한 길은 보이지 않고 오롯이 서있는 나만 보인다. 걷긴 걸었던 걸까.

다시 걷기 시작한다. 저만치 앞에 희뿌연 한 물체가 드러난다. 행여 물체가 사라지기라도 하면 어쩌나 물체에 시선을 집중하며 걷는다. 물체가 가까워온다. 물체는 낡은 오두막으로, 우연히 보았던 화보집 속의 너와집과 비슷하다.

오두막으로 가 주위를 한 바퀴 돌아본다. 울타리도 없고 창문이나 장독, 뒤꼍도 없다. 오두막 앞으로 가 문을 두드린다. 인기척이 없다. 슬며시 문을 연다. 안은 연기를 만들어내는 공장이기라도 한 듯 뿌옇기만 하다. 머뭇머뭇 안으로 들어간다.

밖에선 전혀 들리지 않던 소리가 귀청을 때린다. 꽝꽝, 탁탁, 툭툭, 톡톡… 소리 나는 쪽으로 간다. 수염이 허연 노인이 정으로 돌을 다듬는다. 노인은 누가 들어왔는지도 모르는지 돌 다듬기에 여념이 없다. 노인 곁으로 다가간다. 노인 앞엔 원석 그대로인 커다란 돌이 있고 그 주변엔 돌을 다듬었을 때 떨어졌음직한 돌 부스러기가 수북하다.

노인 뒤에 서서 노인의 손놀림을 주시한다. 단련된 솜씨가 한 치의 오차도 없이 정확하기만 하다. 노인은 그저 시계추처럼 무뚝뚝하게 망치와 끌과 정으로 돌을 쪼기만 한다. 노인의 이마에서 하관으로 흘러내린

주름은 굵기도 굵고 많기도 많다. 수염과 주름만 보면 몇 백 년도 더 산 것 같은데 꼭 그렇지만도 않은 것이, 노인의 콧날은 매끄럽게 우뚝 솟았고, 어깨는 건장한 운동선수의 어깨만큼이나 발달된 근육으로 덮여있고, 돌에 꽂힌 눈빛은 먹이를 향한 사자, 혹은 매의 눈빛과도 같이 날카롭고도 형형하다. 노인의 눈빛이 마음에 걸린다. 언젠가 어디선가 본 듯한, 누군가를 닮은 듯한 눈빛이 나를 못 견디게 한다.

노인에게서 눈을 떼지 않은 채 묻는다. "무얼 하고 계십니까?" 노인은 말하는 내가 누군지 돌아볼 생각도 없이 퉁명스레 답한다. "보면 모르겠소? 돌을 쪼고 있소." 말소리가 돌의 거친 질감으로 내 몸에 꽂힌다. 나는 다시 비슷한 질문을 던진다. "돌로 무얼 만들고 있습니까?" 노인은 귀찮다는 듯 알 수 없는 한마디만 툭 던진다. "생각을 만들고 있소."

돌로 생각을 만든다니 그런 것도 할 수 있나? 그렇다면 노인의 생각은 어떤 것일까. 노인의 손이 무한히 흘러가는 시간의 조류와도 같이 멈추질 않는다.

나는 쉴 새 없이 돌을 쪼개고 다듬는 손을 보며 묻는다. "언제부터 돌을 만지셨습니까?" 노인은 늘 골만 부린 사람처럼 뚝뚝하게 대답한다. "오래 전이요." "오래라면 몇 년, 몇 십 년…" "그냥 오래요. 시간으로 정할 수 없소."

그렇다면 노인은 자신과의 싸움을 하고 있다는 얘기다. 그렇게 생각해서 그런지 노인의 얼굴과 주름이 시시포스를 닮았다.

나는 여전히 의구심을 떨쳐내지 못한 채 묻기만 한다. "왜 하필 돌입니까?" "왜 돌이라니, 돌이니까 돌 아니겠소. 생각이 돌처럼 단단하다는 걸 생각해 본 적 있소?" "글쎄요… 잘 모르겠는데요." "그런 사람이 어떻게 이런 델 온 거요? 찾기가 쉽지 않았을 텐데." "찾아서 왔다기보다 어쩌다보니 여기까지 와버렸습니다." "어쩌다보니? 허 참, 그런 일도 있나?" "예, 실은 자유와 평화의 고장을 찾아다니다 여기까지 와버린 겁니다." "허, 그랬구먼. 그래, 그 이상한 고장은 찾았소?" "찾지 못했습니다." 그제야 노인이 나를 돌아본다. "댁은 밤이로구려." "예? 밤이라니요?" "허 참, 밤이라니까, 생각의 밤." "생각의 밤이라니요?" "생각의 밤에 묶인 사람이 어찌 그런 고장을 찾을 수 있겠소."

나는 아예 백팩을 내려놓고 노인 옆에 자리를 잡는다. "어떻게 하면 찾을 수 있습니까?" 노인은 돌에다 정을 대고 톡톡 치더니 돌 부스러기를 손바닥으로 털어내며 말한다. "왜 찾으려는지 생각해본 적 있소? 그것부터 생각해야 순서가 맞지 않겠소?"

나는 왜 평화의 고장을 찾아 나서게 됐을까. 어렴풋한 기억 한 자락이 풀럭 나오는 싶더니 이내 사라진다.

노인이 돌덩이를 쪼다말고 다른 돌덩이 쪽으로 간다. "댁은 자유나 평화의 고장을 찾으려는 게 아니라 그 풍경을 찾으려던 건 아니었소?"

그럴지도 모른다. 현상을 잣대로 살아온 내게 자유와 평화는 하나의 풍경이었는지도 모른다. 오색의 비둘기와 어여쁜 꽃, 은은히 퍼지는 바람이나 햇살의 향기, 그런 것들이 바로 자유와 평화이길 바랐을 수도 있다.

"이쪽으로 와보시게." 노인의 말이 다른 돌덩이 뒤쪽에서 난다. 나는 노인이 있는 쪽으로 간다. 노인은 돌덩이라기보다 바위라고 해야 할 커다란 돌에다 사다리를 걸치더니 그 위로 올라간다. 나는 노인이 돌덩이 위로 올라가는 걸 보며 온몸이 굳는다. 돌덩이는 그저 그런 돌덩이가 아니라 생각의 덩어리를 통째로 물고 있는 라오콘군상이다. 평화의 고장

입구에서 본 라오콘군상 부조가 이곳에선 입상으로 버티고 있다. 나는 쓰러지듯 그 자리에 주저앉는다. 여기는 대체 어디이기에 저런 조각이 나를 질리게 하는가. 나는 흉몽의 배역 하나를 맡은 게 틀림없다.

노인이 라오콘군상 꼭대기로 올라가더니 끌로 라오콘군상의 머리칼을 다듬으며 말한다. "잘 보시게. 절규하는 이 얼굴들과 그에 비해 허무할 정도로 툭툭 불거진 근육 말일세. 절망과 슬픔이 욕망으로 터질 듯이 보이지 않나?"

노인은 사다리를 반쯤 내려와 뱀 앞에 멈추더니 뱀의 머리를 쓰다듬는다. "뱀이 있어 다행이오. 뱀마저 없었다면 그 고뇌는 갈 길을 찾지 못했을 거요." 노인은 뱀의 혀를 끌로 조심스레 다듬으며 말한다. "자유와 평화의 고장을 찾아왔다고 했소? 이것이 바로 자유와 평화요."

노인의 생각이란 바로 저런 것인가. 역설이 지나쳐도 유분수지 저런 모양을 자유와 평화라고 하다니 말이 안 된다. 자유와 평화가 저런 것이라면 굳이 비행기 표를 사서 물어물어 여기까지 올 일은 아니었다. 나는 나를 닮은 저 지독한 것들을 피해 왔지 마주보기 위해 온 것은 아니다. 노인은 뭘 잘못 알고 있다.

나는 비칠비칠 오두막 문을 향해 간다. 노인이 내 등 뒤에 대고 말한다. "댁은 밤이오. 생각의 밤. 밤이 깊어야 새벽이 온다는 말, 생각나오? 자유나 평화도 마찬가지요. 잘 가시오 젊은이."

노인은 다시 정과 끌과 망치를 잡고 돌을 두들겨 댄다. 나는 돌 쪼는 소리를 들으며 오두막 문을 닫는다.

문에 등을 기대고 언제까지고 서 있는다. 어째서 나는 자유나 평화가 절실했던 걸까. 적당한 시기에 결혼도 했고 전공에 맞는 직장도 다녔다.

환 77

그에 따른 보수와 진급도 있었고 직장 동료나 동창들에게 손가락질 당할 일도 하지 않았다. 약속 시간에 늦은 적도, 신용불량자로 낙인을 찍힌 적도, 누군가를 왕따 시킨 적도, 폭력을 행한 적도 없다. 그러나 그렇게 산 걸 잘살았다고 말할 자신은 없다. 지금 내 앞엔 하늘은 없고 깊이도 넓이도 잴 수 없는 텅 빈 무엇인가가 있을 뿐이다. 저런 것을 허공이라 부른다면 나는 허공이다. 무엇인가로 채워져 있지만 무엇이 무엇인지 모르는 허공 같은 것, 그게 바로 나다.

오두막 문 앞에 스르르 주저앉아 노인의 말을 되새긴다. 생각의 밤, 그리고 자유와 평화라는 말.

오두막 문을 열고 다시 안으로 들어간다. 노인은 겨우 형체를 잡기 시작한 돌덩이에 대고 대담하게 망치를 내리친다. 돌과 망치의 쩡쩡 맞대우는 소리가 심장을 내리친다.

처음 들어왔을 때처럼 노인 곁에서 노인의 손놀림과 주름에 눈을 꽂는다. 설계도면을 작성하던 내 손놀림도, 지금까지 남몰래 구깃구깃 뭉쳐놓았던 내 마음의 주름도 저와 같았다는 생각이 든다.

노인의 팔뚝이 파도가 솟구치듯 연신 망치를 내리친다. 돌조각이 사방으로 튄다. 이번에도 노인은 생각을 만들려는 것인가. 노인은 생각을 조각한다는 생각에서 벗어나지 못하는 듯싶다. 그렇다면 노인을 사로잡는 그 생각이라는 것이야말로 괴물의 라오콘군상이 아닐 수 없다.

나는 차마 그 말을 뱉지 못한 채 주변을 둘러본다. 노인과 돌덩이가 있는 뒤쪽으로 문짝 하나가 보인다. 나무를 베어다 그대로 만든 듯한 문짝엔 둥근 쇠고리가 달려있고 문은 조금 열린 채다. 노인이 기거하는 방인가? 문고리를 슬쩍 잡아당긴다. 생각 외로 문은 가볍게 소리도 내지 않고 열린다.

　방은 방이다. 그러나 침실이 아니라 진열실이라고 해야 할 정도로 방엔 온통 거대한 석상으로 빼곡하고, 방 한가운데에는 야트막한 돌무더기가 가운데를 빼고 둥글게 둘러쳐 있다.

　안으로 들어간다. 방은 밖에서 보았을 때와는 달리 대단히 넓고 조각상들은 전부 어마어마하게 큰 것으로, 과연 저렇게 큰 돌이 있었다는 것도 의문이지만 어떤 기구로 이곳까지 운반해왔는지 짐작조차 가지 않는다. 더구나 석상은 하나같이 라오콘군상이다. 노인은 언제부터 조각에 매달렸고 어떤 이유에서 라오콘군상에만 집착했는지 몰라도, 노인 역시 나처럼 자유와 평화를 찾고자 했던 것인지도 모른다. 두려움인지 우울감인지 모를 것이 뭉글뭉글 피어오른다.

　방안을 서성이다 둥근 돌무더기 쪽으로 가본다. 돌무더기는 오십 센티미터 정도의 높이로 안엔 물로 가득 하다. 방 한가운데에 우물이라니 식수나 세면을 해결하려 노인은 우물을 파 놓은 것일까?

　우물 턱에 양손을 짚고 가만히 들여다본다. 물은 빛을 받지 못해 그런지 먹통이 돼 버린 컴퓨터 모니터와 같은 색이다. 물에 비친 얼굴을 보다 말고 뒷걸음을 친다. 우물 속에 비친 건 내가 아닌 노인이다. 뭘 잘못 봤나? 몸이 후르르 떨린다. 애써 마음을 진정시키며 다시 우물 안을 들여다본다. 역시 노인의 얼굴이 떠 있다. 이게 대체 어찌된 일이람. 우물 턱을 잡고 간신히 몸을 지탱한다. 납량물의 단골장면이 어째서 여기 내게 나타나는 것일까. 혹시 영화를 찍는 세트장은 아닐까. 생각만으로도 어이가 없다. 뒤를 돌아본다. 노인은 보이지 않고 정과 망치와 돌의 마찰음만이 쟁쟁하다.

발소리를 죽여 처음 들어왔던 노인의 작업실로 가본다. 노인은 내가 들어온 것도 모르는지 여전히 돌에만 열중한다. 다시 우물로 가 우물 안을 들여다본다. 역시 노인의 얼굴이 마치 내 얼굴인 양 능청스레 떠 있다. 몸을 젖혀 뒤를 돌아본다. 노인은 보이지 않고 망치와 정과 돌이 맞부딪히는 소리만 쩌렁쩌렁 울린다. 아, 미치겠구나. 나는 어디 가고 노인이 나 인양 저리 천연덕스럽단 말인가.

다시 우물 안을 들여다본다. 노인의 얼굴이 명함판 사진을 찍어놓은 듯 일직선의 시선으로 나를 마주본다. 노인의 얼굴을 찬찬히 뜯어본다. 날카로운 열기를 닮은 눈빛과 시시포스를 닮은 주름살이 마치 목구멍 깊이 박힌 생선가시와도 같이 나를 욱신거리게 한다. 환장하겠군. 우물 물에 들어있는 노인을 주먹으로 내리친다. 주먹이 수면에 닿기 무섭게 물 속 어딘가에서 내 주먹을 잡아당기듯 나는 순식간에 우물 속으로 빨려든다.

"으아아아아악…."

내 목소리는 동심원을 그리며 목에 둥근 자국을 내고, 내 몸은 캄캄한 어둠이 되어 까마득히 떨어진다. 내가 보기에 나는, 무한정 떨어지기만 하는데 묘하게도 서서히, 꿈틀꿈틀, 사정하는 듯한 기분이 든다. 아릿하면서도 고독한, 강렬하면서도 슬픈, 이런 기분은 S다. S가 나를 만나러 오는 것일까. 낙하지점 없이 영원히 떨어져도 좋을 바로 이 느낌 속으로 S가 달려온다.

S는 깊고 깊은 이 우물 속, 복도처럼 생긴 기다란 이 우물 속 길에서 내 손을 잡는다. 나는 골목 같은 이 길로 떨어지며 처음으로 S와 만난다.

진동으로 놓은 휴대폰이 북북 운다. 아내와 내가 얼굴을 맞대고 찍은 휴대폰 액정판 위로 처음 보는 전화번호가 뜬다. "여보세요… 여보세요… 말씀하세요." 전화를 건 사람은 말이 없다. 스팸 전화인가? 전화를 끊으려는 순간 처음 듣는 여자의 음성이 흘러나온다. "어… 그게… 그러니까… 전화하고 싶었어."

나는 누구냐고 묻는다. 상대는 잠시 가만히 있더니 전화를 끊는다. 별 이상한 전화도 다 있군. 나는 그제야 생각이 난 듯 아내에게 별 일 없냐는, 관급용 전화 한 통을 건 후 아래를 내려다본다.

호텔 정원엔 매끄럽게 손질된 정원수와 이름 모를 꽃들이 세련된 자태를 과시한다. 꽝꽝나무는 기름을 칠해 가꿔 놓은 듯 반들반들 물이 올라있고, 그 위엔 크림색의 작은 꽃이 누가 꽂아놓은 듯이 피어있다. 전자 태그가 있어 저 나무를 건드릴 때마다 노랑, 보라, 까망, 빨강, 파랑으로 바뀐다면 꽝꽝나무는 꽝꽝나무가 아닌 꽝꽝나무가 될 것이다. 그것도 그리 나쁘진 않다. 이렇듯 매일 본 탓에 무덤덤해 보이기보다 요란스레 색을 바꿔 시선을 사로잡는 게 나을 수도 있다. 거의 습관적으로 보게 되는 꽝꽝나무는 시각의 신선도를 확연히 떨어뜨린다. 삼일 째 계속되는 강연이 피곤해진 탓이다.

진단2본부 윤 팀장이 자판기 커피 두 잔을 뽑아들고 다가온다. 윤 팀장이 내미는 커피를 받으며 의례적인 말을 던진다. "강연은 어때?" 윤 팀장이 담배에 불을 붙이며 말한다. "아무리 떠들어봐야 정책을 쥐고 있는 기관장들이 바뀌어야지 우리 같은 잔챙이들이 뭔 힘이 있겠어." 나는 고개를 끄덕이며 커피를 마신다. "그래도 별 수 있나 살아남으려면 위에서 하라는 대로 해야지." 나는 늘 하는 말에 늘 하는 말로 대꾸한다.

바지주머니에서 휴대폰이 북북 운다. 방금 전에 잘못 걸려온 전화번호다. 아무래도 잘못 걸었다는 걸 말해주어야겠다. 폴더를 연다. 여자의 음성이 한참이나 망설인 투가 역력하다. "나야… 꼬맹이…"

꼬맹이? 뭔 수작이람. 혹시 그렇고 그런 여자가 호객하는 따위는 아닐까? 나는 누구시냐고 조금은 쌀쌀맞게 묻는다. 여자는 잠시 가만히 있는가 싶더니 전화를 끊는다. 별 희한한 여자도 다 있군. 전화기를 바지주머니에 넣고 건너편 산으로 시선을 던진다.

산이 재잘재잘 피어난다. 연한 연둣빛 어린 살로 몽글몽글 뭉쳐 있는 게 영락없는 브로콜리다. 저걸 하나 뚝 떼어 집 거실에다 심으면 한 십 년 동안은 아내의 잔소리가 없어질지도 모른다. 잎이 퍼지고 퍼져 사시사철 숲 속에 사는 것처럼 되면 아내의 징징거림은 사라질지도 모른다. 내가 생각해도 어이가 없다. 브로콜리와 아내가 무슨 연관이 있다고 이런 생각까지 나는 것인지. 몸이 꼬이고 정신이 제자리걸음을 하는 때문이다.

진동음이 온다. 잘못 걸려온 전화번호다. 폴더를 열지 않는다. 윤 팀장이 왜 안 받느냐는 표정이다. 나는 잘못 온 전화라고 말한다. 윤 팀장이 정원의 꽃을 보며, 요샌 난 키우는 재미가 제법 쏠쏠하다고 말한다. 난을 키우는 것도 때가 있는지 대뜸 한물간 취미를 잡았다는 생각이 든다.

진동음이 계속 이어진다. 윤 팀장이 의미 있는 웃음을 던진다. "내가 있어 못 받는 거 아냐? 받아봐. 나 먼저 들어간다아~" 윤 팀장이 빈 종이컵을 구겨 쓰레기통에다 던진다.

진동음은 빚쟁이의 독촉 전화처럼 그칠 줄 모른다. 대체 왜 이렇게 질기담. 폴더를 연다. "예, 말씀하십시오." 딱딱하게 말하는 음성이 내가 들어도 거절하는 목소리다. 그래 그런지 전화기 저쪽에선 말이 없다. 어쩌자는 것일까. 불안을 닮은, 알 수 없는 궁금증이 엷은 막으로 퍼진다. 술집여자나 사귀자는 식의 미끼를 던지는 그런 류의 전화만은 아니라는 어떤 직감 같은 것이 작용한다.

전화를 끊을까 하다 다시 말한다. "말씀하십시오." 여자는 큰 결심이라도 한 양 머뭇머뭇 말한다. "너무 늦은 게… 아니었으면… 좋겠다…" 아무래도 처음 듣는 목소리다. 일부러 그런다고 할 만큼 나는 사무적으로 대꾸한다. "누굴 찾으십니까? 아무래도 잘못 거신 것 같습니다."

나는 말을 하고도 전화를 끊지 못한다. 어처구니없게도, 무언가 오래 전부터 기다려왔던, 미처 인식하지 못했지만 꾸준히 원해왔던, 그런 어떤 것이 지금 나를 찾아왔다는 생각이 든다. 그것은 손으로도 잡을 수 없고 눈으로도 볼 수 없는, 몸으로 감지할 수 없는 영역의 것으로, 멀고 먼 우림지대를 지나, 뜨겁게 끓어대는 화산섬을 지나, 그렇게 반가우면서도 두려운 실체로 다가오는 듯하다. 그러나 칩을 통해 들어온 여자는 더는 말이 없다. 누구일까. 전화가 끊긴다.

진단3본부 수리시설실 최 팀장이 어깨를 툭 치며 강의실로 들어간다. "삼박사일 동안 얼마만큼 머리가 개조될진 모르지만 듣긴 들어야지, 안 들어가?" 나는 전화기를 바지주머니에 넣으며 최 팀장의 뒤를 따라간다.

다시 진동음이 울린다. 들어가다 말고 다시 복도로 가며 전화를 받는다. "누구십니까? 제가 좀 바쁜데 용건이 있으면 알아들을 수 있게 말씀해 주십시오."

전화기 저쪽에선 말이 없다. 나는 점점 혼란스러워지고 당혹해간다. 기다려왔던 어떤 것, 그러나 선뜻 받아들이기엔 위험한 어떤 것, 그래서 일부러 차단시키려는 미묘한 마음의 운동 같은 것, 그런 애매한 것이 단단하게 뭉치다 풀어지다 제멋대로 섞인다. 그래 그런가 말투가 차갑게 나간다. "들을 말이 없는 거 같은데 전화 끊겠습니다. 다시 전화하지 마십시오."

상대가 다급하게 말한다. "끊지 마. 그러면 내가 전화할 수 없잖아."

나는 말문이 막힌다. 이쪽에선 상대를 모르는데 여자는 마치 오래 전부터 사귀기라도 한 것처럼 말한다. 주변의 여자들이 빠르게 스친다. 일가친척 외엔 안다고 할 만한 여자도 없거니와 내게 반말을 할 만한 여자는 더더욱 없다. 그런데 여자는 나를 꽤나 잘 알고 있다는 듯이 군다.

나는 호기심과 의아함이 뒤죽박죽 된 채 여자에게 묻는다. "제가 모르는 분 같은데… 절 아십니까?" 여자는 한참이나 말을 건너뛴다. "빨래판… 생각나? 나는… 생각나는데…" 여자는 무슨 말인가를 더 할 듯하더니 전화를 끊는다.

빨래판이라니 그게 무슨 말일까. 도무지 알아먹지도 못할 전화를 받았음에도 나는 불쾌하기보다 미루던 숙제를 한 듯 가볍고 들뜬 기분마저 든다.

약간 흥분된 상태로 강의실로 들어간다. 외부강사가 자기 혁신과 자기 계발, 문제 해결을 향상시키기 위한 갈등관리에 대해 얘기한다. 이 부장은 반쯤 졸고, 박 대리는 눈만 강사를 보고, 정 차장은 고개를 푹 숙인 채 휴대폰에 문자를 넣는다.

부웅~ 문자 진동음이 온다. 폴더를 연다. 어디로 가야 널 만날 수 있니? 꼬맹이. 나는 문자를 읽고 또 읽는다. 꼬맹이? 대체 이게 무슨 말일까. 답을 쓸까 하다 휴대폰을 닫는다. 다시 부웅~ 문자 진동음. 폴더를 연다. 초딩 때 꼬맹이 생각나? 빨래판이라는 선생님 별명은? S.

S? 초딩? 초딩이라면 초등학교 친구라는 얘기다. 나도 초등학교 여자 친구를 만나는 그런 유행의 한 자락을 탄다는 말인가. S라는 이름의 여자를 더듬어본다. 갑자기 얼굴이 달아오른다. 휴식시간이 되려면 아직 삼십 분은 더 기다려야하는데 삼십 분이 삼만 분이다.

휴식시간이 됐지만 나는 S에게 문자나 전화는 하지 못한다. 이 부장이 입이 찢어져라 하품을 하며 다가온다. "아, 고요한 밤 거룩한 밤이었어. 커피 한 잔 할래?" 나는 손을 저으며 복도 비상계단으로 내려간다.

신입직원 몇이 담배를 피우다 몸을 벽 쪽으로 돌린다. 한 층을 더 내려간다. 텅 빈 계단에 앉아 S의 전화번호를 한참이나 들여다본다. S의 얼굴은 떠오르지 않고 작고 마른 몸, 단발머리에 헤어밴드를 하고 새침하게 문제를 풀던 모습만이 생각난다.

통화 버튼에 손가락을 얹는다. 차마 누르지 못한 채 집이 저장된 압축번호 일 번을 누른다. 신호음이 끊기도록 연결되지 않는다. 압축번호 이 번을 누른다. 신호가 끊기기 직전 아내가 받는다. "왜 무슨 일 있어요?" "아니, 그냥 해 본 거야." "난 또… 하루에 두 번씩이나 전화를 하다니 별일이네요." "으응, 강의가 지겨워서. 별 일 없지?" "한 시간 만에 무슨 별일이 있겠어요."

전화를 끊고 멍하니 액정판을 들여다본다. 액정판 위엔 아내와 내가 웃어가며 얼굴을 맞댄 사진이 그럴 듯하다. 액정판을 보다 최근기록을 뒤진다. S의 전화번호가 하나, 둘, 셋, 넷…. S가 어떻게 생겼는지 기억을 더듬는다. 눈이나 코, 입매 같은 것은 생각나지 않고 희뿌연 덩어리가 슬몃 떠오르다 만다. 통화버튼에 손가락을 얹는다. 자신이, 도무지 자신이 없다.

휴대폰을 바지주머니에 넣고 강의실 쪽으로 간다. 수리시설실 강 실장이 마주오며 손을 내민다. "오랜만이야. 같은 건물에 있으면서도 보기가 어려워. 우리 방으로 놀러 좀 오고 그래." 나는 그러겠다며 강 실장의 손을 맞잡는다. 진동음이 온다. 강 실장이 내 바지주머니에 눈길을 보낸다. "전화 온 거 같은데?" 강 실장이 창가에 서서 얘기하는 실장들 쪽으로 간다.

휴대폰을 꺼낸다. 아내와 내가 얼굴을 맞댄 위로 S의 번호가 떠 있다. 폴더를 연다. "뜻밖이라 놀랐나보네." S의 음성에선 어느 새 토슈즈를 신은 발레리나의 가벼움이 배어나온다. 나는 입안이 마른다. "으… 응, 좀." S가 웃음기가 잔뜩 든 목소리로 묻는다. "나, 생각나? 꼬맹이? 너네들이 날 꼬맹이라고 놀렸던 거?" 나는 우물쭈물 대답한다. "으…응, 같이… 과외 했던 거 같은데…" S가 옆에 있는 사람에게 말하듯 한다. "그래, 맞아. 너 산수 잘 한 거 생각 나. 넌 아직도 마르고 키가 크니?"

신기하게도, 나는 빠르게 어린 시절로 돌아간다. "어, 그랬나? 지금은 그렇게 마르진 않았어. 키도 그때에 비하면 보통이고 그냥 군살 붙은 중년 남자가 돼 있어." "으응, 그래? 산수는 니가 항상 최고였는데." "어, 그랬나?" "과외반 선생님 별명이 빨래판이었던 거 생각나니? 디게 마르고 까칠했었잖아." "어, 그랬나? 생각이 잘 안 나는데…" "그래? 그렇겠구나. 두 달 만에 관뒀으니 그렇겠지." "어, 그래, 그럴 거야…" "만나고 싶은데 만날 수 있니?"

나는 S를 만날 수 있을까. 만나고 싶은가. 만나겠다는 말 대신 지금은 회사 심포지엄이 있어 청평에 와 있다고 대답한다. "그래서 문자 받고도 전화 못 했어. 지금은 휴식시간이라 전화 받는 건데 곧 들어가 봐야 돼."

S가 고개를 끄덕이듯이 말한다. "그럼 서울 오면 전화할래?" 나는 그러마고 짧게 대답한다. S가 전화를 끊으며 재차 확인하듯이 말한다. "니 전화 기다린다아~" 나는 알았다고, 전화하겠다고 대답한다.

나는 S를 만나고 싶은 것 이상 만나기 어렵다는 걸, 만나는 내내 가슴 아프게 알아야만 했다.

강사는 자신의 말이 곧 현실화 될 것처럼 호기롭게 말한다. 나는 강사의 말이 하나도 귀에 들어오지 않는다. S, S, S… S라는 이름이, 은밀한 속삭임과도 같이 나를 파고든다. 행복하다. 이런 걸 행복해해도 괜찮은가? 그래 본 적이 없고 그렇게 배운 적도 없다. 그러나 행복하다. 떨리며 꽉 차오르는 이 뿌듯함 같은 것을, 사람들은 행복이라 부른다. 솔직하게 말하자. 나는 행복하다. 언제부터인가 기다려왔을, 저 먼 세계가 나를 향해 온다. 나는 두려움을 한껏 움켜쥐고, 이래도 되는 것인가, 이래도 되는 것이 좋다, 라고 생각하며 두려움을 맞는다. 생전 처음 맞닥뜨린 이 어설프기만 한 나에게, 나는 강해지기로 마음먹는다. 그렇게 생각하자 내 안 어딘가에서 꿈틀꿈틀, 슬프고도 아픈 쾌감이 뼛속을 구석구석 후빈다. 그것은 내가 태어나기 훨씬 전부터 있어왔을 어두운 기쁨일 수도, 대낮 같은 슬픔일 수도 있다.

나는 끝 모를 터널 같은 곳으로 무한히 빨려 들어가며 몇 백 년 전에도, 그보다 더 전에도, 이런 느낌에 시달렸다는, 도무지 말이 되지 않는 생각에 버둥댄다. 지금 나는 미몽 속을 헤매고 있는 것일지도 모르겠다. 공방에서 본 낯설지만 낯익은 노인과 신비로운 우물, 그리고 이 데자뷔

와도 같은 현상은 무엇으로도 설명하기 어렵다. 자고 있어서 그런 것이라면 깨어나도 달라질 건 없다. 세상은 온통 신기루이고 나도 그 신기루 속의 신기루일 테니.

여섯

　나의 해마와 편도, 시상하부는 아직도 살아있는가. 신기루 속에 있던 나는 다른 신기루 속에 들어있는 병실을 둘러본다. 병실 안의 나는 누워 있다. 팔이며 다리조차 움직이지 못하는, 몸의 역류 상태가 역력하다. 내 몸이 나를 거역하는 데도 나는 나를 느끼고 있으니 신체야말로 신기루다. 지구의 칠십 퍼센트가 물이고 사람의 칠십 퍼센트가 물인 데도 지구나 사람이 역류하지 않는 걸 보면 신기루의 그 보호를 받고 있는 것이리라. 역류현상도 자연의 법칙 가운데 하나라면, 나는 지극히 자연의 법칙에 순응하는 중이다. 깡통에 든 저 이끼색의 암죽 같은 밥을, 도무지 밥이라 할 수 없는 밥을, 나는 이로 씹어 먹는 게 아니라 목구멍에 꽂힌 줄을 통해 흘려 넘긴다. 이런 나를 보며 사람들은 내가 그랬던 것처럼, 흔히들, 비참하다거나 저러면서 왜 사나, 어떤 결정을 내려야 하지 않겠나, 더 나아가 안락사의 찬반에 대해 쉬쉬대며 귀엣말을 나눌 것이다.
　저 간병인은 어떨까. 시각도 습관이 되면 무뎌진다는 걸 감안하면, 저 간병인에게 나는 돈벌이의 하나에 불과할지도 모른다. 내 나이 또래의 간병인이 완전영양균형식이라고 쓰인 깡통을 따 피팅 백에다 따른다.

내 의지와는 상관없이 목은 저 걸쭉한 화학물질을 호스로 받아 내 몸을 채울 것이고, 나는 맛도 모르는 배합사료를 먹어가며 방귀도 끼고 똥이며 오줌을 눌 것이다. 고농도의 영양분이 세포 속속들이 나를 살찌운다. 나는 잡아먹기 좋은 한 마리의 짐승으로 사육되어 긴긴 시간 죽어가며 살아간다.

간병인이 깡통의 밥을 다 부을 듯하더니 멈춘다. 간병인은 나를 돌아보다 깡통을 흔들어보다 하더니 깡통을 놓는다. 깡통 속엔 내 사료가 절반 정도 남아있을 것이다. 그런 간병인을 나름대로 스케치해본다. 광대뼈 주변으로 기미가 조금 있을 뿐 콧날이며 입술선이 또렷하다. 허리는 굵고 성격은 단순하나 심술이 좀 있는 편이다. 이번엔 간병인의 시간을 엿본다. 내가 S의 영어 발음에 매혹 당했을 바로 그때, 저 간병인은 엄마 심부름으로 두부를 사온다. 내가 아내와 딱 한 번 약수를 뜨러 갔을 바로 그때, 저 간병인은 생명보험을 들 것인지 말 것인지 고민한다. 내가 토요일 오후 차를 몰고 나가던 바로 그때, 저 간병인은 아들이 먹을 찌개를 끓인다.

토요일 오후는 느른하게 퍼진 살처럼 지루하고도 따분하다. 분수대 앞 벤치에 앉아 지나가는 사람들을 보는 것도 시들해진다.

벤치에서 일어나 지하주차장으로 간다. 시동을 걸고 휴대폰을 컵 홀더에 꽂는다. 차를 출발시켜 아파트를 빠져나온다. 천하장사 돼지갈비집 앞 사거리에 이르자 적색등이 켜진다. 정지폐달을 밟고 건너편 차선으로 눈을 돌린다. SM3를 탄 여자 운전자가 휴대폰으로 통화하다말고 좌회전을 한다. 컵 홀더에 있는 휴대폰을 집어 폴더를 열어본다. 전화 온 데는 없다. 폴더를 닫으려다 말고 진동으로 놓은 휴대폰을 벨로 바꾼다.

스피드 자전거점 앞 사거리에 이르도록 전화벨은 울리지 않는다. 정지신호를 받자 휴대폰 벨을 진동으로 바꾼다. KTF 대리점이 있는 사거리까지 가도록 전화는 오지 않는다. 휴대폰을 다시 벨로 바꾼다. 백 미터 전방에 주머니차선이 나온다. 잠시 망설이다 주머니차선으로 들어간다. 신호가 바뀔 때까지 전화는 오지 않는다.

좌회전 신호가 떨어지자 유턴을 해 마포대교 방향으로 간다. 마포 쪽이 가까워올수록 왜 이쪽으로 와야만 했는지 자신이 서지 않는다. 건설사에 다니는 대학 동기를 만나러 가는 것도, 두 달 전에 명퇴한 교량실 안 부장을 만나러 가는 것도 아니면서 굳이 이 길을 택한 것은 바보 같은 짓이다. 그럼에도 관성의 법칙을 충실히 따르는 자처럼 길가 쪽 차선으로 들어간다. S가 설명해준 대로라면 마포대교 타기 바로 전, 첫 번째 골목으로 들어가 우회전을 하면 카페 글로리아가 나온다.

마포대교 못 미처 서울가든호텔 건너편 골목으로 우회전을 한다. 토요일이라 빌딩 뒷골목은 한산하다. 어디다 주차를 해야 할지, 주차를 하긴 해야 할지 마음을 잡지 못한다.

이름 모를 빌딩 앞에다 차를 세운다. 천천히 사이드를 올리고 기어를 파킹에 놓는다. 빌딩 경비원이 경비실에서 나와 흘끔거린다. 흘끔거리는 것만으로는 부족한지 경비실 밖에 있던 파란색 사각 플라스틱 의자로 가 앉는다. 내 쪽을 향해 다리를 처억 꼬며 팔짱까지 끼는 것으로 감시하겠다는 의사를 노골적으로 드러낸다.

비상등을 켜고 정면을 주시한다. 눈에 들어오는 건 하나도 없다. 비상등이 톡탁톡탁 심장 뛰는 소리를 흉내 내며 깜박인다. S가 저 비상등처럼, 저 파란색 플라스틱 의자처럼, 저 경비원처럼, 바로 내 눈앞에 있다면 얼마나 좋을까.

　차에서 내려 건너편 식료품점으로 들어간다. 레종 블랙을 한 갑을 사고 일회용 라이터를 산다. 끊었던 담배를 다시 피우며 첫 번째 골목일 것 같은 쪽으로 몇 걸음 간다. 카페 글로리아도 S도 보이지 않는다. 몇 걸음을 더 가다말고 다시 돌아온다.

　경비원은 여전히 플라스틱 의자에 앉아 내 일거수일투족을 마치 자신의 수족인 양 지켜본다. 담배를 바닥에 던져 발로 비벼 끈다. 짓이겨지는 담배꽁초처럼 다 부질없는 짓이다.

　시동을 걸고 골목을 빠져나온다. 공덕동을 지나 서대문을 거쳐 광화문으로 들어간다. 이순신동상이 광화문 사거리 높은 곳에서 저 앞을 응시한다. 장군은 파업의 붉은 띠와 촛불 시위의 함성을 들으며, 전쟁으로 얼룩진 갑옷의 무게와 생존권에 눌린 핏대의 무게를 비교했을지도 모른다. 시위의 무리들은 신문고를 치듯 장군과 청와대를 향해 외쳤을 것이고, 장군은 저울로 달 수 없는 그 사연들에 적절한 안을 주지 못해 누군가가 아닌, 그저 앞만 보고 있을 수도 있다. 내가 초점 없는 눈으로 하릴없이 앞만 볼 수밖에 없듯이.

　종로를 거쳐 신설동으로 진입한다. 전화벨은 울리지 않는다. 토요일은 빌딩 대부분의 사무실이 휴무라 카페 글로리아도 한가하다고 했던 S는 지금 무엇을 하고 있는지. 전화도 걸지 않을 거면 떡이라도 사 먹어라.

　신설동 로터리에서 좌회전을 해 대광고등학교를 끼고 안암동으로 간다. 개운사 옆길을 올라 언덕 중간쯤에서 골목으로 들어간다. 차를 어머니 집 앞에 세우고 잠시 어머니 집을 바라본다. 한동안 비어있던 어머니의 집은 이제 어머니와 조선족 간병인이 산다.

내 간병인은 조선족은 아니다. 아내와 간병인이 나누던 얘길 들어보면 간병인은 간병인 협회에 등록된 사람으로, 여러 해 전에 남편과 사별했으며 아들의 대학 등록금을 마련하고자 이 일을 시작했다고 한다. 간병인은 성실한 편이고 아내는 그런 간병인을 믿는 눈치다.

간병인이 반쯤 남은 완전영양균형식이 든 깡통을 들고 화장실로 들어간다. 쪼르륵 변기 물에 깡통의 내용물을 따르는 소리가 나더니 곧이어 변기 물 내리는 소리가 난다. 간병인이 빈 깡통을 들고 나와 깡통 박스에 넣는다. 간병인은 인정도 많고 지혜롭기도 하다.

간병인이 시계를 보더니 내 다리를 주무른다. 아내 외의 여자가 내 다리를 만지다니 움찔, 다리가 절로 오므려진다. 오므려진 줄 알았던 내 다리는 목재와도 같이 뻣뻣하기만 하다. 자면서 아내의 배에 얹기도 하고 닫히려는 엘리베이터를 향해 뛰기도 하던 다리는, 벽에 걸린 추상화처럼 또렷하면서도 또렷하지 않다. 움직이지 않는 다리와 움직였던 다리 중 어느 것이 진짜 내 다리인지 이제는 그마저 알 수 없다.

간병인이 오른쪽 다리를 들어 반으로 접었다 폈다 한다. 왼쪽 다리도 반으로 접었다 폈다 한다. 감각이 살아나면 걸을 수 있을까. 걷게 되면 제일 먼저 가게 될 곳은 어디일까. 간병인의 손길이 쓸데없는 긴장과 욕구를 자극한다.

아내가 들어온다. 아내는 내 뜬 눈을 보고도 놀라거나 반가워하지 않는다. 동공반사가 없는 눈은 감은 눈만도 못하다는 걸 알아버린 것이다. 이러니 잠시나마 가졌던 희망은 못 이룰 꿈이 되고, 못 이룰 꿈은 단절이 되어 아내와 나를 객관적인 관계로 격리시킨다.

아내는 하루에 한 번 한 시간 정도 머물다 간다. 섭섭하진 않다. 하루에 한 번 와 보는 것도 시나브로 지칠 것이니, 수일 내엔 이틀에 한 번, 그 다음엔 삼 일에 한 번, 그리곤 일주일에 한 번, 그 다음엔 한 달, 그리고 더는 오지 않을 것이다. 장기 환자들과 가족들이 겪는 그 수순을 아내도 자연스레 밟으리라.

간병인이 다리운동을 시키며 아내에게 고개를 까딱한다. 아내가 수고하신다고, 매일 하는 말을 한다. 아내가 침대 옆으로 다가오자 간병인이 깡통박스가 놓인 곳으로 간다. 아내는 호스로 들어가는 내용물과 피팅 백에 든 내용물을 표시 나게 번갈아본다. 간병인이 그런 아내를 보더니 빈 깡통을 들어 보인다. "식사는 잘 허고 기세요."

아내가 내 팔을 들어 굽혔다 폈다 해가며 대꾸한다. "하루에 네 번, 넉넉히 드리는 거 잊지 마세요." 간병인이 빈 깡통을 흔들어 보인다. "아휴, 그러문요, 걱정허지 마세요. 오시기 전에 이거 한 통 다 넣어드렸는걸요."

아내는 빈 깡통을 보지 않는다. 매번 반복되는 순서다. 아내가 오고, 깡통에 대한 얘기를 나누고, 간병인이 나가고, 아내가 내게 말하는 그 순서가 아직은 그대로다.

아내가 내 오른쪽 손가락을 하나하나 주무른다. "당신, 체중 는 거 알아요? 사고 나기 전보다 무려 십오 킬로그램이나 더 나가요. 앞으로 삼십 킬로그램 더 나가는 건 문제도 아네요. 난 배가 고픈데 당신은 배부르게 먹기만 해요. 먹을 줄만 아는 건 동물이라는 거 잘 알죠? 동물이 되기 싫음 일어날 궁리 좀 해 봐요. 일어날 수 없다구요? 일어나기 싫다구요? 그럼 차라리 혀 깨물고 죽어버려요. 무서워서 못 죽겠다고요? 알았어요. 내가 혀를 이빨에 물려줄게요."

환 93

아내의 음성엔 푸른곰팡이가 잔뜩 피어있다. 곰팡이의 포자는 원망과 자포자기를 번식시키고, 어쩌면 자해 아니면 살해까지 디자인하고 있을지도 모른다.

나는 아내에게 진심으로 말한다. 당신이 죽으라고 말하는 걸 보니 난 아직도 살아있다는 말이네. 그래, 그럼 이렇게 해 봐. 주스에다 석회가루와 수은을 살살 뿌려 먹여봐. 저 이끼색 먹이에다 혈액응고제를 타서 먹여봐. 어차피 난 맛 같은 건 모르거든.

아내가 내 눈을 가만히, 가만히, 들여다보며 속삭인다. "난 당신 체중을 늘릴 거예요. 간병인이 저 깡통을 다 먹이지 않는 건 당신을 간병하기가 나빠서 일거예요. 그래도 난 당신 체중을 마구마구 늘려 고혈압과 당뇨에 걸리게 할 거예요. 더는 수술할 수 없게. 더는 이 꼴로 살지 않게. 당신은 세 번이나 뇌수술을 받았어요. 당신에게 해 줄 수 있는 건 재활치료밖엔 없어요. 무슨 말인지 알아요? 가망이 없다는 뜻이에요. 난 가망 없는 사람에게 매여 나머지를 가망 없이 살아야 해요. 너무하지 않아? 이 개자식아!"

아내가 내 손을 탁 놓더니 팩 돌아선다. 아내는 많이 씩씩해져있다. 세파에 시달리는 게 무엇인지, 세상의 풍파에 휘둘리는 게 어떤 것인지 이제야 터득한 모양이다. 그 어떤 풍파와도 견줄 수 없는 이 풍파가, 아내에게 결단을 내리게 해주었으면 한다. 나는 찬바람을 가득 품고 있는 아내의 등을 카메라로 찍듯 기억으로 잡아둔다. 아내가 결혼생활을 하는 동안 저렇게 앙칼졌더라면 어땠을까. 조금은 더 살갑게 대해주지 않았을까 하는 생각이, 참으로 어이없게도 든다.

아내가 내 쪽으로 돌아선다. 눈동자가 벌겋다. "지금이 몇 월 며칠인지 알기나 해요? 일 년이 넘었어요. 당신이 일 년 넘도록 손 하나 까딱하지 않고 있을 때 당신이 먹고 산 게 뭔지 알아요? 날 먹고 살았어요. 나를 파먹구 살았다구요. 병원비며 생활비며 교육비며… 난, 난, 흐흑." 아내가 나를 노려보며 운다. "죽을 거면 빨리 죽고 살 거면 빨리 일어나 이 빙신아, 흐흑, 흐흑."

아내의 눈물이 내 환자복에 툭툭 떨어진다. 아내는 눈물을 닦지 않는다. 가슴을 싸매며 소리죽여 울지도 않는다. 제대로 울 줄 아는 아내가 대견하고도 예뻐 보인다. 기가 막힐 노릇이다.

아내가 흐느끼며 말을 잇는다. "퇴직금은 이미 받아서 병원비하고 생활비로 썼어요. 더는 이런 호사스러운 생활은 하지 못할 거예요. 머지않아 병원에서도 쫓겨날 거예요. 더 치료할 게 없다는데 무슨 수로 버티겠어요. 앞으로 작은 요양원으로 가 죽을 때까지… 아마 거기서 죽게 될 거예요." 아내가 힘겹게 요철을 통과하더니 불에 덴 듯 병실을 나간다.

어머니도 큰 병원에서 재활치료를 전문으로 하는 작은 병원으로, 나중엔 집으로 옮겼지만 나와는 상황이 다르다. 어머니에겐 집도 있고 약간의 땅도 있고 현금이 든 통장도 있다. 딸린 식구도 없고 나처럼 뇌사에 버금가는 상태도 아니다.

내가 어머니 집 마당에 들어섰을 때 창호지를 바른 격자창은 누렇게 바래있었고, 칸나와 달리아는 흔적도 보이지 않았다. 주인의 상태를 알아보는 것인지 새로 얹은 지 얼마 안 된 기와마저 추연하게 바래있었다. 주인의 훈기가 사라진 집은 집이라기보다 하나의 건축물에 불과했다.

마루로 올라서자 조선족 간병인이 놀란 얼굴로 멀뚱히 쳐다본다. "그제 다녀가셨는디 어찌 또…"

나는 토요일마다 어머니에게 들른다. 대개는 아내가 드럼 치러 간 다음에 가지만, 그저께 남산3호 터널 점검을 마친 후 들렀던 터라 토요일 오늘은 들르지 않아도 된다. 나는 근처에 왔다가 들렀다고 대답한다. 간병인이 미숫가루를 타 줄까하고 묻는다. 나는 됐다고 말하며 어머니 방으로 들어간다.

어머니는 요에 누워 머리를 한쪽으로 돌린 채 무언가를 한다. 어머니 곁으로 가 앉는다. 어머니가 어눌한 발음으로 또 왔냐고 말한다. 뇌졸중으로 쓰러졌을 때에 비하면 어머니의 감각은 많이 살아난 편이다.

나는 무얼 하고 계시냐고 묻는다. 어머니가 입가를 심하게 실룩이며 별 거 아니라고 대답한다. 어머니가 손에 꼭 쥐고 있는 것을 펴본다. 빨갛고 파랗고 노란 원색의 고무찰흙이 한데 뭉쳐 있다. 색들은 제 멋대로 뭉쳐있지만 하나도 섞이지 않은 채 각각의 색을 고스란히 드러낸다.

어머니 손에서 고무찰흙을 빼낸다. 다섯 개의 손가락 자국과 손바닥의 손금, 손마디의 주름이 인쇄한 듯 찍혀 있다. 나는 고무찰흙을 만지작거리며 누가 이 찰흙을 주었는지 묻는다. 어머니는 내 말에는 아무런 대답도 없이 고무찰흙을 다시 가지려 손을 뻗는다. 어머니 손에다 고무찰흙을 쥐어준다. "그냥 쥐고만 계시지 말고 이렇게 조물조물해보세요. 손은 자꾸 써보는 게 좋아요. 손이 좋아지면 만두도 만들어서 저 좀 먹여주셔야죠." 어머니가 알았다는 뜻으로 눈을 끔벅끔벅한다.

마루로 나와 소파에 앉는다. 조선족 간병인이 참외를 깎아 내온다. 포크로 참외를 찍으며 간병인에게 묻는다. "저 찰흙 어디서 난 겁니까?" 간병인은 잘못을 들키기나 한 양 우물쭈물 대답한다. "저그… 그러니께… 어제 지 딸이랑 사위랑 손자랑 왔시요. 그 손자가 가지고 놀던 긴데 할마니가… 할마니가 하두 달라 하시는 통에…"
 나는 잘 했다고, 손에 감각을 살려주는 좋은 도구라고 말한다. 간병인의 표정이 밝아진다. "에휴, 뭘 잘못했나 싶어 간이 팍 떨어짓시요." 간병인은 부엌으로 들어가다 말고 다시 나와 변명 아닌 변명을 늘어놓는다. "그러니께 저그… 어제 지 식구들 온 거 말이요… 그게 그러니께 지 귀빠진 날이라서… 그래 왔던 긴데 조용히 있다 갔시요. 절대 할마니 정신 사납게 떠들고 그러지 않았시요. 자고 가지도 않았시요." 나는 짐짓 고개만 끄덕인다.
 종종, 하루 출장이나 현장 일이 어중간하게 끝나면 나는 회사로 가 퇴근하는 대신 어머니에게 들른다. 그럴 때면 마당 빨랫줄이나 마루 건조대에서 젊은 여자의 속옷이나 대여섯 살짜리 아이의 옷으로 보이는 옷이 널린 것을 보곤 한다. 어머니에겐 사람이 들락거리는 게 좋을 것 같아 막진 않았지만 은근히 신경이 쓰이는 것도 사실이다. 어머니를 혼자 방에 두고 자기네 식구들끼리 음식을 해먹고 웃고 떠들지나 않을까, 행여 반신불수의 어머니를 얕잡아보는 행동이나 어투를 사용하지는 않을까 마음이 편치 않다.
 나는 포크를 놓으며 간병인에게 당부한다. "예, 그렇게 해 주십시오. 어머닌 번잡한 걸 싫어하십니다. 그리고 보내드리는 생활비는 될 수 있으면 금액 내에서 해주십시오. 가외로 더 필요하다 싶으면 제가 들를 때 말씀해주세요."
 아내가 나서서 해주었더라면 이토록 시시콜콜 간섭하듯 말하지 않아도 되었을 일이다. 그러나 나는 단 한 번도 아내에게 그런 사정을 얘기한 적이 없다. 고대 안암병원을 다녀온 이후 나는 아내에게 아무 것도 요구

하지 않았다. 아내도 아내였지만 어머니도 아내의 손길보다는 나를 더 편하게 여겼다.
　간병인이 새로운 소식이라도 되는 양 목소리를 낮춘다. "저 찰흙 말이요. 손자가 가지고 노는 걸 보시더만 자꾸 달라 하시더란 말이요. 애기가 안 주려고 하니께 한참을 삐지셔서 식사도 안 하시고 말씀도 안 하시더라요. 우리 딸애가 애기를 때려서 갱신히 뺏은 거라요. 할마니가 샘이 많은가 봐요. 어느 땐 공연히 지한테 화도 내시고…"
　나는 소파에서 일어나는 걸로 간병인의 말을 자른다. 어머니는 젊고 건강한 걸 질투했으리라. 누워서만 보는 세계는 움직이는 모든 게 자신을 떠난, 더는 갈 수 없고 가질 수 없는 요원한 세계였을 테니 질투가 무리는 아니다.
　나는 어머니를 목욕시켜야겠다고 말한다. 그저께 시킨 목욕을 다시 시키느냐고 말할 법도 한데 간병인은 아무 소리도 안하고 휠체어를 가져온다. 나는 어머니를 휠체어에 앉힌 후 욕실로 들어간다.
　샤워기를 틀어 더운 물로 욕실 안의 공기를 덥히며 어머니의 옷을 벗긴다. 한때는 여자였을 몸이, 가리고 가려도 더 가릴 게 없나 꽁꽁 싸매었을 몸이, 여자가 아닌 사물의 하나로 여실히 드러난다.
　팬티만 입은 몸을 비누칠한 목욕 타월로 닦는다. 어머니의 몸은 주름졌다거나 늙었다는 표현만으로는 부족하다. 고목의 질감과도 같이 피부는 두껍고 젖가슴은 축 늘어져 섹스의 심벌이나 수유의 상징은 찾을 길이 없다. 깊이 홈이 파인 듯 겹겹이 주름진 몸은 수축이나 이완, 자극이나 반동과는 동떨어져 보인다. 아들의 손을 타고 있는 어머니의 몸은 이제 어머니의 몸도 사람의 몸도 아니다.

내 몸도 내 몸이 아니긴 마찬가지다. 간병인이 내 몸에다 더운물을 끼얹는다. 나는 팬티조차 입지 않은 채 비닐 침대에 누워 간병인이 하는 대로 가만히 있는다. 간병인이 비누칠한 타월로 내 몸 구석구석을 닦는다. 곧이어 닿을 신체 부위 때문인지 신경이 곤두선다. 간병인이 등이며 어깨, 팔뚝, 다리, 발가락, 가슴을 닦더니 마지막엔 성기 쪽으로 간다. 매번 겪는 일이지만 머리끝으로 삐죽이 열기가 오른다. 성기가 손처럼, 발처럼, 목처럼 드러내도 괜찮은 것이라면 얼마나 편할까.

간병인이 내 성기를, 아내밖에 본 적이 없는 내 성기를 꼼꼼히 들춰가며 닦는다. 수치심이, 뾰족이 전신을 찌른다. 간병인이 성기를 닦다말고 갑자기 움켜잡는다. 의식을 표현하지 못하는 자에겐 인격도 코 푼 휴지조각이다.

간병인이 내 성기를 조몰락거리는가 싶더니 위아래로 문댄다. 정액이라도 뽑아내고 싶은 걸까. 호기심일지도 모르겠다. 무의식 속의 성기라지만 성기가 성기 구실을 할 수 있는지 없는지 알고 싶은 그런 욕구 같은 것 말이다.

간병인이 그럴 줄 알았다는 듯 성기를 툭 던지듯 놓는다. 내 성기는 이제 성을 위한 성기가 아니다. 테스토스테론을 결박당한 채 오직 성기라는 명칭만으로 나를 희롱하고 간병인을 감질나게 한다.

간병인이 마른 수건으로 내 몸을 닦으며 푸념한다. "어휴, 점점 살이 찌니 나만 죽어나요. 아이, 이쪽으로 좀 돌려봐." 나는 꼼짝도 하지 못한다. 간병인이 내 엉덩이를 찰싹 때린다. "살만 찌면 다여? 지 몸 지가 맘대루 하지두 못함서."

간병인이 거칠게 환자복을 입힌다. 성기를 만졌을 때와는 또 다른 모욕감이 뜨겁게 치민다. 이제 내 몸은 내 몸이 아니고 내 감정 역시 내 감정이 아니다. 그런데도 모욕감이나 수치심은 내 몸보다 치열하다. 이럴 때 내 몸이 신기루라면, 내 것이라 생각했던 것들 역시 신기루가 될 터인데 신기루는 신기루로 사라져 더는 오지 않는다.

그와는 다른 신기루가 보인다. 아내다! 아내가 샤워실 문 바로 앞에 서서 옷을 입고 있는 나를 말끄러미 본다. 언제부터 보고 있었을지 모를 그런 자세로, 팔짱을 끼고 나와 간병인을 무표정으로 관망한다. 아내의 저 의도는 무엇일까. 팔다리를 움직여주는 것 못지않게 다른 여자를 통해 가장 근본적인 재활을 기대했던 건 아닐까. 재활이든 관음증이든, 아내가 보고 있었다는 사실이, 몸뚱이를 가지고 있다 사실이 죽도록 비참해진다.

간병인이 나를 침대에 옮겨 싣고 샤워실을 나간다. 잘못 본 것이 아니라면, 아내는 팔짱을 낀 그 자세 그대로 서서 나가는 나를 눈으로 쫓는다. 아내의 입가에 싸늘한 웃음이 파랗게 돈다. 별안간 시원한 밤바람이 간절히, 간절히, 그리워진다.

일곱

밤바람이 시원하다. 내 의식은 사물로부터 떨어져 둥둥 가볍기만 하다. 대기권 밖이 이럴까. 마하 속도로도 닿을 수 없는 이곳이 마음에 든다. 무작정 활시위가 당기고 싶어진다. 어느 바람, 어느 온도, 어느 습한 기운이 미립자로 뭉쳐 정신이 되고 몸이 되어 지금의 내가 되어있다는 생각마저 든다. 만약 그렇다면, 나를 둘러싼 모든 것들, 직장과 아내, 어머니와 S, 탈출 욕구와 정지 욕구 등은 미립자들의 활동에 불과하리라.

다시 생각해 본다. 내가 그런 공허에서 시작됐다면, 내 기억의 최초와 최후에는 무엇이 있었으며, 어디에 있었으며, 그것을 어떻게 찾아야 할까. 또 다시 생각해 본다. 어쩌다 그렇게 된 게 나라면, 시간을 둘둘 말아 덮고 길 한복판에 있는 듯한 지금의 이 기분은 무어라 설명해야 할까. 달은 뜨지 않았고, 패랭이꽃의 톱니 같은 잎도 없는데, 나는 내 기억의 최초를 더듬는다. 기억의 최초엔 달도 패랭이꽃도 아닌 비가 있다. 비가 초가을 밤바람처럼 시원하다.

비를 맞으며 걷는다. 너른 초원이 눈부시게 바람과 비를 노래한다. 호메로스가 영혼을 던지고 묻었을 곳이 여기 어디쯤이 아니었을까. 빗방울 하나하나가 나를 아는 듯 두근두근 내린다. 이 순간만큼은 나도 호메로스의 비가 되었으면 한다. S는 내게, 너는 계급장처럼 살더라, 라고 말했다. 계급장을 떼고 이처럼 비를 맞는, 맞을 줄 아는 나를 본다면 S는 뭐라 말할까. 칭찬 좀 해주라 S야.

눈을 멀리 두며 걷는다. 넓어진 시야 속에 초원이 가득 들어온다. 초원을 향해 초원 속으로 들어간다. 비가 오는데도 초원은 눅눅하지 않다. 코를 벌름거리며 초원의 냄새를 맡는다. 구름이 잠깐 내려앉았던 냄새, 꽃이 봉오리를 밀어 올리던 냄새, 풀잎이 가볍게 눈꺼풀을 깜박이던 냄새, 넓은 초원엔 초원밖에 없다.

벅찬 마음으로 초원을 걷는다. 빗방울이 뺨에 분말로 흩어지며 나를 홀린다. 그 자리에 멈춰 선다. 이 낯익은 질감을 어디서 만났던가. 아주 오래 전인 듯도 하고 방금 전인 듯도 한 이 홀림에 나는 망연히 서 있기만 한다.

"오래 기다렸어?" S의 목소리가 분가루처럼 날린다. 깜짝 놀라 뒤를 돌아본다. 바로 어깨 뒤에서 S가 빨강 우산을 접으며 파라솔 안으로 들어온다. 아, S가 저렇게 생겼구나. 엉거주춤 야외용 철제 의자에서 일어난다. 다리가 떨린다. 떨림을 감추려 씨익 웃어가며 앉는다.

S를 보는 건 이번이 두 번째이자 처음이다. 중학교 들어가기 전 과외반에서 보고 지금에야 보니 두 번째이자 처음인 셈이다. 안다고도 모른다고도 할 수 없는 관계지만 그런 관계성으로 따지고 싶진 않다. 저렇게 내게서 눈을 떼지 않으며 의자를 끌어당겨 앉는 것만으로도 가슴이 벅차오르는데, 너와 나의 촌수를 따진다는 건 무의미한 일이다.

S가 가볍게 웃으며 손을 내민다. "오랜만이라고 말할 수 없을 만큼 오랜만이야. 예전 모습 그대로네. 턱이며 눈이며."

사십대 후반이라곤 믿어지지 않을 만큼 S는 그때 그 모습 그대로다. 나는 S의 손을 잡으며 쑥스럽게 웃기만 한다. 만나면 무슨 말을 해야 할지, 어떤 표정을 지어야 할지 수없이 생각했던 것들이 하나도 떠오르지 않는다. 애꿎게 물 컵만 만지작거린다. 물 컵 만지는 손이 바르르 떤다. 물 컵에서 얼른 손을 떼 아래로 내린다.

S가 한 손에 턱을 괴며 말간 표정으로 나를 본다. "너 만나기 참 어렵다. 금세 올 것처럼 말하더니 계절이 바뀌어서야 등장하다니 너, 어려운 분인가 봐." 나는 그저 씨익 웃기만 할 뿐 S를 마주보지 못한다.

S가 파라솔 아래 둥근 테이블로 튀어드는 빗방울을 보며 말한다. "나

한테 이번 봄만큼 유별났던 때도 없었을 거야. 봄처럼 살고 싶었는데 그럴 수가 없었거든. 너한테 문자치고 전화걸 땐 거의 졸도 직전이었어."

 말의 내용은 우울한데 음색은 날씬날씬 헤엄을 친다. 그제야 S에게로 눈길을 돌린다. "왜? 왜 봄이 너한테 까불고 그랬어? 겁도 없이. 나한테 이르지 그랬어. 내가 혼내줄 수도 있었는데."

 말을 하고도 나는 내게 놀라며 당황한다. 몸은 여전히 떨리는데 말은 내 생각과는 달리 마구 달려간다. 무엇이 어떤 힘을 부리기에 이렇게 될 수 있단 말인가. 맥박처럼 산다고 핀잔 듣기 일쑤였던 내게도 전혀 예측할 수 없었던 또 하나의 내가 있었다니 실감할 수 없다. 실감하지 못한다.

 내가 연애깨나 해본 사람처럼 말했듯, S도 오래 전부터 알고 지내던 사람에게 말하듯 한다. "내가 봄을 추월해서 살았거든. 운동선수처럼. 그랬더니 봄이 날 미워하구 얄미워하구 증오하더라구. 지금은 이렇게 말할 수 있지만 나, 그때 좀 힘들었어. 그래서 연락한 건 아니지만… 암튼 니가 내 편을 안 들어줬어. 많이 슬펐지. 근데 뭐 하느라 이제야 연락하셨나요?" S가 고개를 살짝 기울이며 소리 없이 웃는다.

 나는 S에게 한 달 간 매일 매 시간 수십 통을 걸었으면서도 단 한 통도 걸지 못했다. 왜 그랬을까. 나는 내게 들켜버린 나를 어쩌지 못해 파라솔 밖으로 눈을 돌린다.

 초여름의 비가 풋사과로 내린다. 이 계절의 비는 도시를 잠시 떠내 보내며 꿈을 수놓는다. S가 나를 찾고 내가 S를 찾아 만나는 이런 것도 꿈이라 말할 수 있을까. 아니, 그런 것 같지는 않다. 그러면 무엇일까. 근황을 묻고, 어렵다는 사연을 듣고, 조언이나 위로를 나누는 그런 것일까.

그런 것만으로는 부족하다. 어쩌면 나는 단순한 꿈이 아니길, 비루한 내 열망의 집에 이별을 고할 그런 꿈이길, S에게 원하고 있는지도 모른다.

S에게로 눈을 돌린다. "내 연락처는 어떻게 알았어?" S가 모눈종이 모양으로 망이 뚫린 흰색 철제의자에 등을 기댄다. "천기누설이라 알려주기 싫삼."

나는 입 안 가득 몰려온 웃음을 터뜨린다. 사십여 년 동안 참았던 웃음을 터뜨리듯, 웃고 싶어 죽겠는데 웃을 일이 없어 웃을 일만 기다렸다는 듯, 시원하게 쏟아낸다. "천기누설은 무슨 천기누설? 말하기 부끄러워 그러는 거 다 알아. 너, 아이러브스쿨에 들어가서 알게 됐지?"

언젠가 나는 차 부장이 아이러브스쿨에 들어가 찾고 싶었던 동창을 찾았다는 말이 떠올랐다. 딱히 찾아야겠다는 동창이 있었던 건 아니지만 호기심 반 장난 반으로 이름을 올려놓은 것이 S에게 끈이 되어 준 모양이다. 생각지도 못한 일이다.

S가 파라솔 밖으로 손을 내밀어 빗방울을 만진다. "지레짐작하지 마소서. 아니, 지레짐작 하소서. 지레짐작은 감성과 지성을 풍요롭게 해주나니, 많이 많이 하삼." S가 빗물이 묻은 손을 내게로 튕긴다.

생전 처음 맞아보는 빗물이, S의 빗물이, 내 얼굴에 흐뭇하게 튄다. 나는 얼굴에 튄 빗방울을 그대로 둔 채 S의 팔을 훔쳐본다. 아기를 안아 키우거나 음식 찌꺼기가 두껍게 늘러 붙은 프라이팬을 닦기엔 너무 가늘고 희다. 저 팔로 누구를 안아줄 수 있을까. 안아줄 수 있다면 나였으면 좋겠다.

S가 내 눈 속으로 들어오려는 듯이 나를 본다. 나는 얼른 빗방울이 튀는 바닥으로 시선을 내리깐다. 언제쯤이면 나는 S의 저 눈을, 얼굴을, 말

하는 입술을, S의 전부를 마음껏 쳐다볼 수 있을까.

 S가 내 찻잔을 기웃이 들여다본다. "커피가 아직도 남았네? 아끼려고 남겨둔 거 아니지?" 내가 대답도 하기 전에 S가 내 잔을 가져다 홀짝 마신다. 나는 그런 S를 제지라도 할 양 손바닥을 펴 막는 시늉을 한다. "어, 어, 어, 큰일 났다. 내가 마신 데로 마셨으니 넌 이제 큰일 난 거다. 실은… 나, 에이즈 환자거든."

 S의 눈이 순간 둥그레지는가 싶더니 이내 웃음으로 가득 찬다. "어머, 어떻게 알았지? 큰일 나고 싶어 니가 마신 데로 마셨는데."

 S와 나는 오래 전부터 이렇게 하고 싶었던 듯, 이렇게 했던 듯 자연스럽기만 하다. 이런 기쁨을, 이런 벅참을, 나는, 누려도 되는 걸까.

 S는 야외 카페 건너편 쪽 숲으로 고개를 돌린다. "좀 걸을래? 비 맞고 있는 저 나무가 무지 당당해보이네. 한가롭게 빗속을 걸어본 게 언제였는지 모르겠어."

 나는 자리에서 일어난다. 벌떡 일어난 탓에 테이블에 놓여있던 커피잔이 쓰러진다. 왜 이렇게 허둥대며 서툰 것일까. 얼른 커피잔을 바로 놓고 의자 옆에 놓았던 우산을 집는다. 우산이 손끝에서 떨어진다.

 S가 어느 새 우산을 쓰고 내 옆에 와 어깨를 툭툭 두드린다. "친구여, 긴장하지 마. 나, 니가 긴장할 만큼 대단한 꼬맹이 아니거든?"

 나는 무안해진 얼굴을 우산을 펴 가린다. "긴장은 무슨 긴장. 긴장하길 바랐나보네?"

 나와 S는 빙긋 웃어가며 각각의 우산을 쓰고 초원 같은 숲을 향해 걷는다. 숨어버린 내 유년과 청춘이, 숨겨버린 내 중년과 노년이, 시원한 밤바람처럼 내리는 비가 씻어내 주길, 나는 S와 걸으며 숨죽여 기다린다.

S는 초원 속으로 사라지고 나는 그때를 찾을 양 다시 걷기 시작한다. 내가 걷는 초원엔 S의 비가 내리고 나는 그 비를 맞으며 복숭아 향기가 된다. 평화롭다는 게 이런 것인가. 무지갯빛을 달고 초원 속으로, 초원 속으로 들어간다. 초원은 S와 나란히 앉아 저녁노을을 보았던 바로 그 언덕배기와 꼭 닮아있다. 나는 이 초원이 능금의 모양으로, 고치를 뚫고 날아오르는 노랑나비의 날개로 무한히 흘러가길 바란다.

그러나 한때 나는 노련한 행복을 꿈꿔왔던 듯싶다. 행복도 비자를 받아야 한다고 생각했던 듯싶다. 신호등의 지시가 행복을 판매하는 것쯤으로 알았던 듯싶다. 위생적으로 사는 것만이 행복의 가장 떳떳한 모델인 줄 알았던 듯싶다. 막연하지만 실제적인 이 행복을 위해, 나는 사마귀도 흉내 내고 카멜레온도 흉내 내고 뻐꾸기도 흉내 내 봤으리라.

아내는 아직도 가부장이 통하는 집은 우리 집밖에 없을 거라고 했다. 그런 아내를 향해 나는 성곽을 쌓고 접근금지를 붉게 써 붙이는 것으로 가부장의 세를 단단히 했을 수도 있다. 토요일이면 옹졸한 놈 야박한 놈이 되기 싫어 드럼 치러 가는 걸 눈감아주는 척도 했을 것이다. 그러나 아내가 나가기 전까진 꼼짝도 하지 않는 걸로 은연중 남편이라는 지위를 튼튼히 하고자 했을 일이다. 나는 해부도로도 증명해 보일 수 있는 사람처럼 굴었지만 강화유리로 나를 가두고 지키고 있었던 것에 불과했다. 가감 없이 나를 나로 보는 것, 나를 나로 판단내리는 것, 그것의 정점에도 에고의 내가 있었다는 것을, 나는 이 초원에서 외롭게 감지한다.

초원의 시간엔 출발도 정지도 없다. 저녁도 밤도 아침도 없는 이 시간 속에서 나는 어디까지 갈 수 있을지 짐작조차 하지 못한다. 마음에 뒤태가 잡히려면 이 단조의 음을 언제까지 부둥켜안고 또 분산시켜야만 할지 그것도 모른다. 사는 건 미련이 있기 때문이고, 그 미련의 낱장을 하나씩 넘기다보면 넘긴 만큼 풍요로워진다는 결과가 있다면 조금은 안심이 될까. 야생의 초원은 멀어지고 평화의 고장은 요원해진다.

가던 길을 멈춘다. 생각지도 않게 직사각형의 이동식 화장실이 보인다. 느닷없이 요의가 급해온다. 뛰다시피 이동식 화장실로 간다. 화장실 손잡이를 잡는데 문 복판엔 일에서 영까지의 숫자가 박힌 커다란 번호판이 떡하니 붙어 있다. 저건 또 무엇일까. 조심스레 손잡이를 비튼다. 문은 열리지 않는다. 손잡이를 잡은 채 번호판을 살핀다. 보면 볼수록 휴대폰의 숫자판과 너무도 흡사하다.

한 걸음 뒤에서 이동식 화장실을 살핀다. 커다란 휴대폰이 따로 없다. 그러니까 휴대폰과 닮은 모양으로 만든 이동식 화장실이다. 휴대폰이 중요한 시대라지만 이건 너무하지 않은가. 어쨌든 화장실은 화장실이다. 다시 손잡이를 비튼다. 여전히 열리지 않는다. 대체 어떤 번호를 눌러야 문이 열릴까. 혹시나 하고 내 휴대폰 번호를 누른다. 손잡이를 비틀기도 전에 철컥 하고 자물쇠 풀리는 소리가 난다.

문을 열고 안으로 들어간다. 암모니아 냄새 같기도 하고 단백질 타는 냄새 같기도 한 냄새가 마치 칼로 찌르듯 역하다. 숨을 딱 멈추고 화장실 복판으로 가 바지 지퍼를 내린다. 지퍼를 내리다말고 주춤 한다. 있어야 할 변기는 없고 분해 된 것으로 보이는 휴대폰 조각들이 어지럽게 널려 있다. 화장실이 아니라 중고 휴대폰을 모아 둔 창고였나 보다.

휴대폰 조각 하나를 집어본다. 분해 된 것이긴 하나 메탈 색의 휴대폰이 대단히 눈에 익는다. 옆에 있는 다른 부품 하나를 집어본다. 본체에서

환 107

떨어진 것이지만 액정판이 분명하다. 액정판엔 아내와 내가 얼굴을 맞대고 찍은 사진이 작은 직사각형 안에서 웃는다. 대체 이 초원은 어디이기에, 무엇이기에, 어제까지의 나를 들춰내고 있을까.

아내가 초등학교 동창회를 갔다 오더니 살갑게 다가온다. "있지, 웅… 동창들 핸폰 보니까 하나같이 지 남편 아님 와이프하고 찍은 사진이 들어있더라구요. 우리 나이엔 아직 손주를 안 봐서 그렇지 손주 본 사람들은 손주 사진 일색이래요. 우리도 한판 찍어 넣어요 응?"

아내는 언제 들고 왔는지 내 휴대폰으로 사진을 찍는다. 찍은 사진을 휴대폰 액정판에 깔며 아내가 다짐하듯 말한다. "우와, 잘 찍었다. 완전 얼짱 각도네. 이렇게 이쁜 마누라 두고 당신, 바람피우면 죽을 줄 알아요. 이 사진 있나 없나 수시로 체크할 거니까 관리 잘해요." 아내가 아내답지 않게 귀엽게 눈을 흘긴다. 간사하게도 짧은 순간 아내가 사랑스러워진다.

휴대폰을 쓸 때마다 제일 먼저 보게 되는 건 아내다. 나중엔 그 사진이 그 사진이 돼 버렸지만, 한동안은 액정판을 볼 때마다 내가 누구인지를 쓸데없이 자각해야만 했다.

액정판을 던지고 키패드를 집어본다. 일에서 영까지의 숫자가 손때 묻은 채 벗겨져 있거나 희미하게 남아있다. 이 숫자들을 얼마나 많이 들여다보았던가. 이 숫자들에 얼마나 많이 애를 태웠던가. 휴대폰의 숫자는 숫자가 아니다. 번호로 압축된 사람들이자 이야기다. 저장해 놓진 않았지만 그 숫자 안엔 S가 들어있다. 눈, 코, 입, 목소리, 눈빛, 머리칼, 생각, 기다림, 그 모든 것을 가진 S가.

자음과 모음이 적힌 판에 손가락을 얹는다. 연락해연락해연락해연락해연락해… 언젠가 쓰다 만 문자가 꼬리를 물고 나온다. 키패드를 벽에다 던진다. 키패드가 산산이 부서지며 보내지 못한 문자가 낱개로 튕겨 나온다. 너를너를너를너를너를너를…. 키패드를 발로 와작와작 밟는다. 키패드가 가루로 부서지며 안에 담고 있던 문자들이 풀썩풀썩 날린다. 보고싶다보고싶다보고싶다보고싶다…

바닥에 털벅 주저앉아 널린 부품들을 집어본다. 아직도 따끈한 배터리에선 전하지 못한 문자가 신음을 토해낸다. 연락해연락해연락해연락해연락해… 배터리를 팽개치고 부품 더미에 벌렁 눕는다. 부품 어디에선가 열꽃이 타들어가는 소리가 난다. 너를너를너를너를너를너를….

벌떡 일어나 부품들을 손으로 마구 흩는다. 스피커에서 반복적인 소리들이 반복적으로 나온다. 보고싶다보고싶다보고싶다보고싶다… 부품들을 으적으적 밟으며 걸어 다닌다. 연락해연락해연락해연락해연락해…. 너를너를너를너를너를너를… 보고싶다보고싶다보고싶다보고싶다… 문자인지 소리인지 모를 것들이 뒤엉키다 흩어지다 해가며 핏빛 모자이크를 만든다. 문득 교외의 자그마한 산촌이 떠오른다.

산촌의 노을이 노랑과 핏빛 섞인 주황색으로 너울진다. 노을은 북위와 남위, 서경과 동경이라고 측정할 수 없는 곳을 떠돌다 내 시야로 들어와 물결을 일으킨다. 소쉬르도 미셸 세르도 산촌의 이 노을을 해설할 순 없으리라. 해설할 수 없어야 마땅하리라. S와 앉았던 언덕배기와 흡사한, 평평하고 너른 바위가 있는 언덕에 앉아 노을을 향한다. S는 태어나기 전 노을이었는지도 모르겠다.

S가 홍조로 번지는 노을을 보며 말한다. "우리는 언제까지 만날 수 있

을까? 저 노을이 뜨고 지는 걸 멈추지 않을 때까지? 넌 어때?" S의 음성은 벨벳의 감촉이지만 나는 아무 말도 못한 채 노을만 본다. 좋다고, 갖고 싶다고 다 가질 순 없는 노릇이다. 가질 수 없다는 걸 알기에 S는 갖고 싶어 하고, 나는 아예 입도 떼지 못한다. 새로 나온 공법을 습득해 써먹는 것과 같이 S가 이런 나를 재조립이라도 해 주었으면 싶다.

내가 아무 대꾸도 하지 않자 S는 약간 실망한 듯, 그러나 그럴 줄 알았다는 듯 가볍게 웃는다. "이런 말에도 부담을 느낄 정도면… 냉면 먹지 마. 특히 비빔냉면. 그리고 아귀찜도." 나는 그게 무슨 말이냐고 묻는다. "무슨 말은 무슨 말? 그럼 한 번 먹으러 갈래?" 나는 좋다고 대답한다. S가 내 가슴 복판을 손가락으로 콕 찌르며 동그랗게 눈을 뜬다. "내 앞에서 이쁘게 먹을 자신 있어? 부담 없이?" 나는 참을 수 없는 욕정으로 와락 S의 손을 잡아 내 뺨에 댄다. 이런 내게 나는 놀라며, 팽창하며, 알 수 없이 슬프며, 저릿하니 기쁘다.

S가 손을 빼며 다른 손으로 내 머리를 쓱쓱 쓰다듬는다. "기분 좋게 왜 이러셔요? 더 기분 좋았다간 사고 치겠어요. 나, 시방 넘 기분 좋아 덜덜덜 떨고 있거든요? 그러니 그만 내려가십시다."

나는 물총새처럼 빨갛고 파랗게 말하는 S를 힘차게 안는다. 뼈 하나 남김없이 아작아작 씹어 먹고 싶은 욕구가 고통스레 치민다. 한순간도 내게 솔직하지 못했던 나는, S로 인해 전혀 다른 나로 재구성되길 바란다. 그러나 나는, 너처럼 노을이 지고 뜨는 걸 멈추지 않을 때까지 같이 있고 싶다는 말은, 아니, 노을이 없어질 때까지 함께 있고 싶다는 말은 하지 못한다.

터질 듯한 심정과는 달리 나는 S를 놓으며 태연히 말한다. "걱정 마라,

난 태어나기 전부터 비빔냉면이랑 아귀찜이랑 숱하게 먹었다. 널 앞에 두고 이쁘게 먹으려구 한참을 끙끙대다 결국엔 이쁘게 먹는 노하우를 터득했지. 내 노하우가 어떤 건지 알고 싶지 않니?"

S가 핸드백을 어깨에 메며 말한다. "아, 그때? 나도 알아. 그 노하우를 쟁취하기까지 꼬박 삼박사일 걸린 거. 나, 그거 땜에 눈물 많이 흘렸잖아. 불쌍하고 기특해서가 아니라 그거 지켜보느라 내 발이 저리다 못해 쥐가 나서."

S와 나는 쿡쿡 웃어가며 언덕배기를 내려간다. 바람 한 줄기가 후르르 분다. 근처에 있던 소나무에서 송홧가루가 화르르 날린다. 나와 S는 황사를 닮은 송홧가루를 마치 폭죽이나 되는 양 즐겁게 맞는다.

언덕배기 아래서 아내가 올라온다. "같이 좀 가면 어때서 먼저 가고 그래요?" 아내가 선캡을 이마 위로 치켜 올리며 옆에 와 앉는다. 그때의 노을을 숨기며 아내를 돌아본다. 알맞게 튀어나온 이마가 보기 좋을 정도로 땀에 번들댄다. 장인이 그랬던가. 아내는 아껴야 할 사람이지 미워할 사람이 아니라고. 아내를 밉다고 여긴 적은 없다. 관심과 무관심, 그 어떤 것도 아닐 뿐 이혼을 생각해 본 적도 없다.

나는 애써 관심을 표하며 얼버무린다. "빨리 걸어야 운동이 된다잖아. 당신 운동 시키려고 먼저 왔어."

아내가 한 말을 S가 했다면 나는 이렇게 대꾸하진 않았으리라. 아내도 내가 아닌 다른 남자였다면 내게 말하듯 하진 않았으리라. 부부에겐 생활용어만이 가장 어울리며 효과적인 것일지도 모른다. 결혼 또한 제도이니 제도에 맞는 말을 택해 쓰는 건 지극히 자연스러운 일이 아닐 수 없다.

아내가 선캡을 벗어 얼굴을 부친다. "맨날 운전으로만 돌아댕겼더니 이 정도 가지고도 숨이 차네. 아휴, 힘들어." 아내가 내 어깨에 머리를 기댄다. 머리칼을 만지고 싶다거나 안아주고 싶은 마음은 들지 않는다. 그렇다고 떼어 내고 싶게 싫은 것도 아니다. 서글프게도, 아내는 매일 타는 자동차 혹은 밥그릇, 신발장에 진열된 구두들, 또는 안경과도 같은 느낌일 뿐이다.

아내가 여전히 머리를 기댄 채 웅얼거린다. "우리도 늙어가나 봐요, 약수를 뜨러오다니. 아직은 약수 뜨러 다닐 나이는 아닌데."

나는 아내의 말에 아무 반응도 보이지 않는다. 딱히 약수를 뜨러 오고 싶어서 온 것도 아니고 걷고 싶어서 온 것도 아니다. 지루함도 피로감도 아닌, 그러나 무지근하게 누르는 무료함 같은 것에 눌려 약수를 핑계 삼아 나선 길이다.

아내가 약수 타령을 하는 것은 약수보다는 골프가 더 좋고, 걷기보다는 수영이나 헬스가 더 그럴 듯하다는 얘기를 우회적으로 하는 것에 불과하다. 아내는 내게 운동이든 취미든 잡아보게 하고 싶어 애를 쓰는 눈치지만 나는 그럴 마음이 전혀 없다. 아내가 그러면 그럴수록 나는 아내가 권하는 그런 운동이나 취미생활에 냉담해진다. 어쩌면 아내 쪽에서 골프나 헬스를 운운하지 않았다면 내 쪽에서 먼저 시도했을지도 모를 일이다. 요지부동 움직일 줄 모르는 남편을 포기했을 법도 하건만, 아내는 잊었던 기억을 되찾은 양 종종 말을 돌려가며 운을 뗀다.

내가 더는 말이 없자 아내가 내 어깨에서 머리를 떼며 말한다. "우리… 언제까지 같이 살게 될까요?"

나는 노을이 있던 곳으로 눈을 돌린다. 하늘은 흐릿하게 푸르고 작은 구름덩이들이 섬처럼 점점이 떠있을 뿐 노을은 보이지 않는다. 저 구름

섬 사이를 벌거벗고 헤엄쳐 다닐 수 있다면, 나는 구름 섬으로 있는 S를 만나러 가리라. 오늘이 일요일이라 문자도 보내지 못하고 있을 S에게, 문자 대신 이메일을 보내고 있을 S에게, 이메일을 보낸 후 수시로 수신 체크를 하고 있을 S에게, 카페 글로리아에서 밖을 내다보며 검정 소나타를 찾고 있을 S에게, 나는 나를 보내지 못하는 나를 못마땅하게 여기는 것밖엔 할 일이 없다.

나는 바위에서 일어나며 지독히도 재미없게 대꾸한다. "사는데 까지. 못 살거나 안 살게 될 때까지."

나는 빈 페트병이 든 작은 배낭을 걸머지고 앞장 서 걷는다. 아내가 말 없이 뒤따라온다. 사는데 까지 산다는 것, 나와 아내와 S는 언제까지 만나고 또 언제까지 살 것인가. 그들 중 하나가 사라지면 나는 어떻게 될 것이고 아내는, 또 S는 어떻게 될 것인가. 이런 생각이 더는 자라지 않길 바란다. 내 이전과 그 이전, 그 이전의 이전, 혹은 이후, 그 이후의 이후까지 추적하는 일은 우주의 시간을 침범하는 짓이다.

빈 페트병에 물을 채운다. 물이 채워지듯 사람의 마음도 이렇게 채워진다면 S는 사라질 테고 아내도 나도 사라질 것이다.

아내가 물병을 배낭에 넣으며 나를 올려다본다. "저녁은 집에서 먹지 말고 비빔냉면이나 아귀찜 먹으러 갈래요?"

아내는 누구이기에 이런 말을 하는 것일까. 아뜩해지는 심정을 겨우 추스르며 퉁명스레 답한다. "어젠 비빔냉면 먹었고 그저껜 아귀찜 먹었어." 아내의 입이 잔뜩 부어오른다.

나는 배낭을 걸머지고 약수터를 내려온다. 올라올 때 앉았던 언덕배기 너른 바위로 가 두 손을 깍지 껴 머리를 받치고 눕는다. 구름 섬으로 있던 하늘엔 홍조를 띤 노을이 서서히 내려앉는다. 휴대폰을 꺼내본다. 통화나 문자 온 기록은 없다. 전화기를 바지주머니에 넣고 오던 길을 돌아본다. 아내가 휴대폰에다 문자를 치며 내려온다.

바위에서 일어나 배낭을 멘다. 아내가 나를 보더니 멋쩍게 웃는다. 아내의 웃음을 못 본척하고 아래로 내려간다. 바람 한 줄기가 후르르 분다. 주변에 있던 소나무에서 송홧가루가 화르르 쏟아지며 흩어진다. 나는 단비를 맞듯 송홧가루를 맞으며 아내를 돌아본다. 아내는 문자를 치느라 송홧가루가 쏟아지는지 마는지도 모른다.

한 걸음 반 정도 되는 골짜기 물을 건너뛴 다음 아내를 기다린다. 아내가 골똘한 표정으로 문자를 치며 온다. 나는 돌아서 내려가며 휴대폰을 꺼내본다. 통화나 문자 온 기록은 없다.

한길로 나와 뒤를 돌아본다. 아내가 빠른 걸음으로 다가온다. "나… 골프하면 안돼요? 초딩 동창 중에 골프연습장 하는 애가 있는데 내가 오면 공짜로 가르쳐 주겠대요."

때 없이 상기된 표정이 마뜩찮다. 나는 초등학교 동창 누구인지, 이름이 뭔지 묻지 않는다. 여고 동창회나 대학 동창회는 안 나가면서 초등학교 동창휜 왜 그렇게 빠지면 죽는 줄 아는지에 대해서도 언급하지 않는다. 의사, 변호사, 회계사들이 많이 나와서 그러냐는 말도 하지 않는다. 나는 목구멍까지 치미는 말을 삼키며 어정쩡하게 대답한다. "글쎄… 생각 좀 해보자."

말이 끝나기 무섭게 아내의 휴대폰에서 진동음이 운다. 아내가 흘깃 나를 보더니 휴대폰을 꺼내지 않는다. 나는 빠른 걸음으로 앞서 걷는다. 아내가 뒤처져오며 휴대폰을 꺼낸다.

나는 보내지도 못할 문자를 빠르게 머릿속으로 친다. 연락해연락해연락해연락해,… 보고싶다보고싶다보고싶다보고싶다… 너를너를너를너를너를너를….

나는 으적으적 밟거나 벽에다 내동댕이친 휴대폰 부품 그 어느 중간쯤에 있는지도 모르겠다. 하나의 결정과 또 하나의 결정, 하나의 열망과 또 하나의 열망, 그 사이에서 나는 번듯한 출구를 찾으려 초원을 탐닉했던 모양이다.

별안간 가슴이 쥐어짜게 아프고 눈물이 볼을 타고 흘러내린다. 나답지 않게 이 무슨 꼴이람. 눈을 끔벅이며 사방을 둘러본다. 변기도 없는 이동식 화장실이 빡빡하게 조여 온다. 지퍼를 마저 내리고 아랫도리에 힘을 준다. 힘을 주면 줄수록 방광은 막히고 오줌의 줄기는 통로를 찾지 못해 절절맨다. 아랫도리가 점점 뻐근해온다. 아랫도리를 드러낸 채 이동식 화장실을 뛰쳐나온다.

초원을 상실한 나는 저 멀리, 혹은 바로 가까이에 있는 초원을 향해 뛴다. 터질 듯한 방광을 열고 초원 복판에다 오줌을 내깔긴다. 비 내리는 초원이, 흠뻑 우는 것처럼 쏟아내는 내 오줌이, 초가을 밤바람인양 시원하다.

여덟

"어휴, 많이도 쌌다." 간병인이 내 엉덩이를 들추며 기저귀를 살핀다. "아니 꼭 목욕시킨 다음이면 싸더라." 간병인이 짜증스레 기저귀를 갈아 채운다.

내가 그랬던가? 그랬을 것이다. 어떤 방법으로든 간병인에게 복수가 하고 싶었을 게다. 이제 간병인은 나를 목욕시킬 때마다 너무도 당연히 내 성기를 가지고 논다. 손가락으로 툭 튕겨보기도 하고 터지도록 꽉 움켜잡기도 한다. 아프다고 소리치지만 내 말은 통하지 않는다. 나는 없고 타인이 내가 되어 나를 관리한다. 그럴 때마다 내 초원은 나를 부르고, 나는 초원의 유두를 빨며 시원한 밤바람이 된다.

간병인이 내 엉덩이를 찰싹 때리며 환자복 바지를 올린다. 우두머리가 된다는 게 무엇인지 실감난다. 간병인의 두목놀이는 아내가 다녀간 게 꽤 되었다는 걸 암시한다. 아내가 오지 않는다고 해서 야속하거나 심심하진 않다. 마들렌 과자로 아가위나무와 콩브레와 첨탑이 있는 성당을 오가던 마르셀처럼, 나는 나만의 나로 초원과 사막, 그리고 병원과 노을을 오가며 지낸다. 그렇게 현실성과 무관해진 나는, 앞으로의 내가 어떻게 될 것인지 뻔뻔스러울 정도로 궁금하다. 간병인과 지내는 시간이 무르익어갈수록 나는 아내 보다는 간병인에게 익숙해진다.

간병인은 내가 청평에 있는 호텔에서 S의 문자를 받기 훨씬 전부터 간병인 일을 했던 듯싶다. 아들의 과외비며 대학 등록금 때문에 시작했다고는 하나 나는 그 아들을 본 적이 없다. 본 적이 없는 그 아들을 상상하는 것도 좋다. 이미 대학을 졸업해 직장생활을 하고 있을 것 같은 그 아들을 두고, 간병인은 방문객 중 누군가가 언제 이 일을 시작했는지 물어보면 항상 같은 대답을 한다. 아들의 과외비며 대학 등록금 때문에 시작했노라고. 나는 그런 간병인을 존경한다. 진한 모성애를 느껴서가 아니라 일관성으로 자신을 굳게 밀고 가는 그 저력이 탐스러워서다.

아내는 어떨까. 이렇게 현실과는 동떨어져 있는 존재 아닌 존재를 두고 아내는 병원비며 생활비, 교육비를 어떻게 조달할까. 친정이 그럭저럭 사니 친정의 도움을 받고 있을 수도 있다. 아니면 저 간병인처럼 어느 병원에서 간병인 일을 하고 있거나. 이제 아내의 얼굴은 흐릿한 윤곽으로 떠오르다 만다.

간병인이 이끼 색 먹이에다 소금을 넣는다. 어제보다 소금의 양이 많다. 나는 짠 맛도 모르면서 간간해진 먹이를 받아먹을 것이다. 이제 내 위와 장은, 혀의 감각 위에 군림하면서 어제의 나트륨 농도와 그저께의 나트륨 농도를 체크하며 나를 유지시킨다. 나는 내가 아닌 위와 장으로 살아가며, 꼬박꼬박 나오는 세금고지서처럼 저 환멸스런 먹이를 받아먹으며 죽어간다. 내가 살이 찌길 바랐던 아내는, 고혈압과 당뇨가 나를 지배하길 원했던 아내는, 그래, 그렇지, 착한 사람이다. 간병인을 매수해 소금의 양을 늘리기도 하니 이보다 더 슬기로운 사람이 어디 있을까. 그런 아내가 진심으로 고맙고 모처럼 보고 싶어진다. 약수를 뜨러 가고, 골프 배우길 원하고, 상기된 얼굴로 문자를 치던 그 아내는 지금 무엇을 하고 있을까. 골프 연습장이라도 내서 같은 초등학교 동창을 공짜로 배우게 해주는 선심도 쓸 줄 알았으면 한다.

간병인이 뜨악한 표정으로 병실 입구로 얼굴을 돌린다. "오랜만…이

환 117

시네요." 간병인이 하기 싫은 인사를 마지못해 한다.

아내가 자잘한 꽃무늬의 시폰 원피스를 살풋 날리며 들어온다. "예, 수고가 많으세요." 아내는 하이힐 소리도 선명하게 또각또각 걸어 내 곁으로 온다. 경직된 발걸음 소리와는 달리 아내에게선 커피향이 난다. 알 수 없는 일이다. 아내가 어째서 S가 달고 다니던 향을 달고 왔을까.

아내는 내가 식사 중인 걸 유심히 보더니 간병인을 돌아본다. "식사는 충분히 잘하시지요?" 아내의 질문은 하루에 십이 그램씩 네 번 주라고 한 의사의 지시를 무시하고, 양과 횟수와 소금의 간을 늘렸는지를 확인하는 말이다.

간병인이 눈으로 내 팔다리를 가리키며 조금은 거만스레 말한다. "보시는 대로 예요."

나는 통통 부은 것과는 구별할 수 없이 살이 찐 팔다리를 거뜬히 내보인다. 아내의 만족감은 살찐 내 신체처럼 통통해진다.

간병인이 입을 삐죽이며 나가자 아내가 의자를 끌어다 내 곁에 앉는다. 아내는 내 목에 끼워진 호스를 만지작거리며 말한다. "의사가 그러는데 목에 살이 차올라 다시 수술해야 한대요. 어떻게 했으면 좋겠어요? 수술을 안 하면 가래도 뽑아내지 못할 거라는데… 어쩌면 숨도 쉴 수 없을지 몰라요. 가래에 막혀서."

아내는 둥그렇게 부은 내 손등을 쓰다듬는다. 뼈의 윤곽도 핏줄의 불거짐도 없이 허옇기만 한 살덩이는 내 모순 된 감정만큼이나 혐오스럽다. 아내는 그런 내 손등을 고약한 농담을 하듯 계속 쓰다듬는다. "난 수술 같은 거 안 시키고 싶어요. 그럴 돈도 마음도 없거든요. 어때요, 죽을 각오는 돼 있어요?"

죽음은 각오해야만 하는 것인가. 스스로 찾아와 함께 놀다 같이 가는 그런 것은 아니었던가. 업어주고 재워주고 먹여주는, 그런 보살핌과도 같은 것이라고 생각하고 싶다.

아내가 무덤처럼 둥그레진 내 발등을 손바닥으로 쓸어가며 말한다. "당신은 살도 오르고 보기도 좋아졌는데 난 당신 간병인 값도 못 댈 지경까지 왔어요. 사람들이 왜 그렇게 팍팍하게 구나 했더니 내가 그랬졌어요."

아내의 어조가 앙상해진 화살나무 가지다. 무슨 말인가를 해야 할 것 같은데 나는 아무 말도 하지 못한다. 가장으로서의 책임, 한 생명으로서 최소한의 사회 활동, 그런 기본적인 생활마저 할 수 없어진 나는 등 돌리는 일 외엔 할 게 없다. 몰염치 해지고 파렴치 해진 나를 받아주고 안아줄만한 데가 아쉬워진다. 갈 수 있는 데를 알아봐야겠다. 그렇지, 바로 그곳이다. 오색의 비둘기와 광야, 얼음산과 늪지는 내가 나를 저당 잡히지 않아도 되는 곳이다. 그곳은 내 기억과 기억의 저편과, 기억 저편의 저편과 그 너머와 너머를 너른 빈터로 내어준다. 나는 그 빈터에서 나를 공백으로 두며, 혹은 허공으로 두며, 때론 고독하게, 때론 괴팍하게, 더디고 더딘 슬픔을, 또 기쁨을 맛본다. 이제야 나는 사춘기를 만나 성장통을 끌어안고 성장이 무엇인지를 질문한다.

아내는 마치 에세이를 읽어주듯 나직나직 말한다. "나, 집 팔고 이사 했어요. 우리 집이랑 같은 평수 전세로. 집 판 돈으로 뭘 했는지 알아요? 작은 커피 전문점 냈어요. 으리번쩍한 한정식 집 사장님 좀 돼 보려고 했는데 턱없이 모자라더군요. 병원비며 간병인 값을 대고 나니 남는 게 그 정도밖엔 안 됐어요."

아내는 이렇게 의식 없이 누워만 있는 건 죄악 중의 죄악이라고 일깨운다. 나는 멀건 눈으로 어딘지도 모를 곳을 헤맨다. 돌도끼로 짐승을 잡고 땅을 파고 움막을 짓던 때는 어디로 갔을까. 깃털을 꽂고 연기를 피워 올리며 맨발로 쿵쿵 땅을 울리며 춤을 추며 하루에 족했던 때는 어디로 갔을까. 하늘을 숭배하고 바람과 물과 추위와 더위를 존중하며 살던 때는 영영 마감된 것인가. 진정 그런 것인가.

아내가 호스를 타고 들어가는 내 먹이를 보며 말한다. "당신이 먹는 저 밥값이 얼만 줄 알아요? 하루 간병인 값이 얼만 줄 알아요? 나, 커피 부지런히 팔아야 해요. 당신도 당신 간병인도 내가 먹여 살려야 하거든요. 집에서 커피와 도넛을 먹던 시절은… 그때가 좋았다는 거, 그걸 인정할 때가 오리라는 거… 꿈에도 몰랐어요." 아내가 긴 한숨을 굴곡으로 내쉰다.

아내는 투명하지만 질긴 거미줄 망 속 세계로 파편을 끌어안고 파편으로 걸어간다. 커피향이 아니라 단내를 풍기며, 미덥지 못한 자신을 얼기설기 배치해가며, 허리를 꼿꼿이 세우려 안간힘을 쓴다. 베란다에서 뒤로 울던 때를 접고 뒤늦게 악다구니로 악다구니를 배우려 진액을 쏟는다. 그래야 한다면 그럴 일이다. 하늘이 파랗기만 한 게 아니라 먹구름과 곪고 곪은 뇌우를 품고 있듯, 전업주부였던 아내는 아내 속에 들어있던 비와 천둥과 바람으로, 투명한 거미줄의 망을 자르기도 하고 자신에 맞게 새로 짜기도 해야 하리라. 간병인이 아들의 대학 등록금을 대려 간병인 일을 하고, 아내는 그 간병인의 비용을 대려 커피를 팔아야 하는, 이 꿈꿈한 순환의 물결을 아내는 어렵지만 그런대로 잘 타는 듯하다.

아내가 내 팔뚝을 주무르며 말한다. "나 같은 게 뭘 할 수 있나 걱정되지 않아요? 아니, 걱정 같은 건 안하겠죠. 당신은 원래 당신밖에 모르는 사람이니까. 생각해보니 당신은 나랑 살 때도 지금처럼 그렇게만 살았다는 생각이 들어요. 누워서 꼼짝 안 하면서 자신만 보게 하고, 자신에게만 시선을 집중하며 살았다는 생각이.”

아내가 병실 창밖으로 시선을 돌린다. 후회와 채 영글지 못한 꿈이, 마치 담배연기처럼 아내에게서 스름스름 빠져나간다. 갈 곳을 찾지 못해 성글성글 떠돌던 욕망은 이제 다른 자리를 향해 발걸음을 떼어놓으려 한다. 그럴 수 있다. 참말이지 그럴 수 있다. 그때에도 아내가 지금처럼 그랬더라면 사정은 어떻게 달라졌을까.

아내가 분위기 좋은 와인 바를 안다며 내 손을 잡아끈다. 나는 읽던 책에 눈을 둔 채 혼자 갔다 오라고 말한다. 아내는 한동안 서 있기만 하더니 책을 탁 덮는다. "당신은 당신만 중요해요?" 말하는 아내를 올려다본다. 눈 속엔 벌써 눈물이 글썽인다.

나는 다시 책을 펴며 말한다. "나, 와인 같은 거에 흥미 없어. 혼자 가기 뭣하면 친구 불러서 갔다 와."

아내가 그 자리에서 꼼짝도 안 한다. 아내를 두고 계속 책을 읽는다. 얼마나 지났을까. 아내가 내 어깨를 주먹으로 탁 친다. "와인 먹자는 얘기가 아니잖아요!" 아내가 발을 퉁퉁 울리며 거실로 나간다. 달래줘야 하나… 아, 귀찮다.

다시 책에 눈을 박는다. 사백오십 쪽에 달하는 책을 다 읽고야 덮는다. 사흘 만에 읽어치웠다는 포만감이 뿌듯이 차오른다. 컴퓨터를 켜고 간단히 독후감을 써 저장한다.

벽시계가 새벽 두 시 이십오 분을 가리킨다. 서재에서 나와 안방으로 간다. 자고 있을 줄 알았던 아내가 보이지 않는다. 거실로 나와 베란다 밖을 내다본다. 겨울바람이 거세다. 와인 바에라도 간 걸까. 곧 들어오겠지. 포스트잇을 꺼내 몇 줄 적는다. 출근시간 늦지 않게 깨워줘. 잠 방해 하지 말고 조용히 들어와 조용히 잘 것. 포스트잇을 안방 문에다 붙이고 방문을 닫는다.

선뜻한 기운에 이불을 끌어당기다 말고 눈을 뜬다. 침대와 붙다시피 있는 베란다 쪽 방 유리문이 십 센티미터 정도 열려있다. 문을 닫고 다시 이불을 끌어당겨 덮는다. 주방 쪽에서 그릇 부딪히는 소리와 북어국 끓이는 냄새가 난다. 뒤척거리다 일어난다.

"에취!" 재채기를 해가며 주방으로 간다. 아내가 등을 돌린 채 가스레인지 앞에 멍하니 서 있다. "에취!" 연신 재채기를 하며 식탁에 놓인 신문을 집어 욕실로 들어간다.

샤워와 면도를 하고 식탁으로 간다. 아내가 북어국을 식탁에 놓는다. "해장국이야?" 북어국을 한 술 뜨다말고 재채기를 한다. 아내가 아무 대꾸 없이 빤히 나를 본다. 아내의 눈에 비릿한 조롱기와 야유가 얼룩진다. 대체 저 눈은 뭐지? 출근도 하기 전에. 아내를 무시하고 신문을 읽으며 밥을 먹는다. 아내가 거실 저쪽, 베란다 창으로 시선을 돌린다.

S도 아내처럼 시선을 돌려 창밖을 향한다. "너를 알 수가 없어. 만나기로 하고선 갑자기 취소하고… 그리곤 변명도 연락도 없이 딱 끊고. 대체 왜 그러니? 내가 뭐 실수한 거라도 있니?" S가 의혹과 멍울이 한데 섞인 눈으로 나를 쏘아본다.

S의 눈을 피해 유리잔으로 시선을 내린다. 잔 바닥에 남은 와인 얼룩이 말라간다. S가 와인 잔을 만지작거리며 말한다. "넌 잘 나가다 엑스표

로 나가더라. 왜 그러는 거니?"

나는 아무 대꾸도 하지 못한다. 나를 설명하기가, 나도 모르는 나를 설명하기가 쉽지 않다. 돌아서기도 전에 다시 붙잡고 싶어지는 그 마음이 어떤 것인지, 그러면서 다시 만나선 안 된다고 다지고 다지는 그 마음은 또 어떤 것인지, 나는 이런 나를 말하기가 어렵다. 비열한 놈이 되는 건 싫어하면서 비열한 놈이 돼 버린 건 손 놓고 보기만 한다.

"전화는 왜 안 받아? 문자는? 이메일은?" S가 질책하듯이 묻는다. 내리꽂는 날카로운 음성이, 그 시선이, 전신을 자극한다. 참을 수 없는 더위에 찬물을 뒤집어쓰는 기분이 이럴까. 그런 것만으로는 양에 차지 않는다. 익을 대로 익은 종기를 짜낼 때의 통증과 후련함 같은 것이 어떤 성취감처럼 녹아내리면서 천천히, 그러나 통쾌하게 나를 집어삼킨다.

급히 일어나 화장실로 간다. 벅벅 세수를 하며 거울 속의 나를 본다. 공기업 부장의 얼굴이, 한 여자의 남편의 얼굴이, 그에 따른 사위며 아빠며 아들의 얼굴이, 삐죽삐죽 덧니를 드러낸다. 거울에다 물을 끼얹는다. 번듯하기만 한 얼굴이 얼룩얼룩 일그러진다. 저런 얼굴로 살 수만 있다면.

화장실을 나와 자리로 간다. S는 가고 없다. 진동으로 놓은 휴대폰을 꺼내 탁자 위에 놓는다. 짙은 갈색의 와인바 창으로 빗물이 주르르 흘러내린다. 거울이 된 유리창엔 목울대가 불거진 지평선 하나가 나를 마주 본다. "넌 지평선이야. 실체는 없지만 있는 그런 지평선. 지평선을 잡아 본 사람이 있을까?" S가 보낸 이메일엔 목 메인 소리로 가득하다. 생각지도 않게 참회라는 말이 떠오른다.

내가 한 시간만 있다 어머니한테 가야한다고 말했을 때 S는 노여움과 무안함을 감추지 않았다. "내가 니 시간 땜빵용이니?" 나는 그게 아니라고 말한다. 말을 하면서도 나는 뭐가 아닌지 설명하지 못한다.

S가 입술로 입술을 깨물더니 짜증 섞인 목소리로 말한다. "넌 번번이 그러더라. 매번 한 시간이라고 말하진 않았지만 나랑 만나 조금 지나면 시계를 보고, 갈 때쯤 되면 안절부절 못하고. 넌 시간의 주인이고 난 시간의 부속품이니?"

나는 S의 손을 잡는다. "그게 아니야, 그러니까 그게 말이야 토요일이면 어머니한테 가는 게 내 일이라서 그래. 쭈욱 그래왔어." S가 잡힌 손을 뺀다. "난 너를 만나러 온 거지 니 가정을 만나러 온 게 아니야. 가정을 끌고 오지 마."

내가 다시 S의 손을 잡는다. "에이, 한 번만 봐 주라. 담부턴 안 그럴게." 그제야 S는 웃음이 든 눈을 내게로 흘긴다. "싫어, 봐 주기 싫어. 쉽게 봐 주면 상습범 될 거고, 그렇게 되면 난 범죄자 하나 기르는 꼴이 되는데?"

나는 내 머리를 내가 때리는 시늉을 하며 말한다. "에이, 봐 주라, 산수만 잘했지 영어는 못해서 그래. 영어 잘하는 사람은 산수 잘하는 사람보다 인정도 많고 맘도 넓다는 통계가 나와 있어. 이건 내가 한 말이 아니라 어느 석학의 연구보고서에 나온 거야. 진짜야, 진짜라니까."

S는 픽 웃더니 팔을 어긋나게 끼며 말한다. "그렇게 말하니 삼십 퍼센트는 용서해주겠다. 그리고 말이야 나두 그 말 진짜인 줄 알고 있어. 맞아, 영어 잘하는 사람이 산수 잘하는 사람보다 인간적이야. 그래서 하는 말인데, 너… 니 머리 때리기 힘들면 내가 도와줄까? 나, 디게 인간적이거든? 그리고 나, 이래 뵈도 주먹 세단다."

나는 S의 화가 풀렸다는 걸 알자 그럴 수 없이 푸근해진다. "그래, 때려주세요. 제발 마구마구 때려주세요. 그러면 나머지 칠십 퍼센트는 탕감해 줄 거지?" S는 입가에 웃음기를 그대로 둔 채 말한다. "근데 왜 번번이 한 시간이야? 어머니 집으로 가는 거면서? 혹시 와이프랑 만나서 가려고 그러는 거야?" 나는 S의 손을 으스러지게 잡는다. "아니, 나 혼자가. 항상." S가 고개를 끄덕인다. "그런데 왜? 왜 꼭 한 시간만 있다 가야 해?"

나는 S가, 또 내가, 그 문제에 대해 더는 아무 말도 하지 않길 바란다. 그런 바람으로 나는 S의 손등을 내 입술에 댄다. 박하향이 싸하게 목을 타내려간다. 애타게 미어지는 가슴처럼, 아물지 않은 상처의 쓰라림처럼, 나는 주체할 수 없어진다.

바지주머니에서 휴대폰이 북북 운다. S가 조용한 눈으로 나를 본다. "받아봐." 나는 받지 않는다. 휴대폰이 계속해서 운다. S가 자리에서 일어나며 말한다. "나 땜에 못 받는 거 같은데 먼저 나갈게. 한 시간도 다 됐다."

그렇게 S는 가버리고 나는 S를 잡지 못한다. 카운터로 가 계산을 하고 받은 영수증을 아무렇게나 바지주머니에 쑤셔 넣는다. 같은 장소, 같은 요일, 같은 시간대, 같은 금액의 영수증이 하나 둘 늘어간다. 언젠가는 이 늘어나기만 하는 얇고 작은 인쇄물도 정지 구역 안으로 들어가리라. 그때가 오면 나는 어떻게 될까. 무엇으로, 이 흉터투성이의 발열체를 지탱할 수 있을까.

자동차로 가 우두커니 앉는다. 서풍을 앞장세워 쏟아지던 비가 천천히 사색하듯 내린다. 하늘이 어둑하다. 어린 벚나무와 단풍나무가 차 바로 앞에서 계절의 옷을 입고 비를 맞는다. 멈췄던 서풍이 다시 분다. 별 모양의 새빨간 단풍잎이 새침을 떨며 파르르 떤다. 올해 처음 꽃 피웠을 어린 벚나무가 서풍을 타고 꽃잎을 날린다. 여린 벚꽃 잎이 나풀나풀 자동차 앞 유리창에 떨어진다. 꽃비라는 말이 생각난다. S도 꽃비였을까. 휴대폰을 꺼내 폴더를 열어본다. 아내와 내가 얼굴을 맞대고 행복을 카피하고 있는 모습이 위선에 대한 경고로 보인다.

  액정판의 얼굴을 지우고 휴대폰을 컵 홀더에 꽂는다. 그대로 가버린 S에게선 문자나 전화는 없다. 자동차의 시계가 S와 만난 지 꼭 한 시간이 흘러가있음을 알린다. 와이퍼를 돌려 빗물을 지우며 핸들을 꺾는다. 내가 나와의 불화를 와이퍼로 지우듯, 그렇게 지워지길 바라며 어머니에게로 간다.

  어머니가 입원해 있던 병실에서 내가 창밖으로 시선을 돌렸듯, 아내도 병실 창밖에 시선을 둔 채 말한다. "목 수술은 안 할 거예요. 나도 살아야죠." 아내가 고개를 돌려 병실 어딘가를 뜻 없이 보며 말을 잇는다. "시간이 돈이라는 말은 맞아요. 당신이 여기에 한 시간 누워 있는 동안 나는 그 한 시간을 충당하려 커피 몇 잔을 팔아야 하는지 알아요? 알고 싶지 않겠죠. 나도 그래요. 당신은 여기서 시간을 죽이고 나는 그 시간을 커피와 손님과 날씨를 계산해가며 살아요. 아이러니예요, 당신도 나도 시간도."

  아내의 시간과 내 시간은 엇갈리며 겹치다 교차하며 멀어진다. 사람과 사람 사이에 낀 시간이라는 것은 일치하는 순간이 있는가 하면 전혀 없기도 하다. 독립적으로 움직이며 이 사람에겐 행운을, 저 사람에겐 고통을 던지기도 한다. 만인에게 평등한 듯하면서도 불평등하게 집권하며 행과 불행이라는 느낌을 생산해낸다. 그렇게, 내 목은 시간이 비만해질 때를 기다리며 차츰, 차츰, 비대해 질 것이고 나는 살덩이로 있다 살덩이로 죽을 것이다. S에게 왜 한 시간만 고집했는지 말해야 하면서도 말하지 못했을 때에 비하면 죽음은 오히려 신선하고 명쾌하다.

아내가 환자복 상의를 당겨가며 반듯하게 편다. "목 수술, 안 하겠다고 하면 의사는 날 간접살인으로 고발할지도 몰라요." 아내가 환자복 하의를 복사뼈까지 당겨 판판하게 편다. "당신은 죽는 게 무섭겠죠. 난 사는 게 무서워요. 당신이 오래 살면 살수록 난 사는 게 점점 더 무서워질 거예요."

사는 것과 죽는 것의 차이는 없어 보인다. 아내가 핸드백을 어깨에 멘다. 자잘한 꽃무늬의 시폰 원피스가 바람에 날리듯 살풋거린다. 아내가 무겁게 사는구나. 나는 눈을 감은 채 아내의 무게를 체감한다.

아내는 감은 내 눈에 대고 말한다. "작지만 내가 낸 커피 전문점에 놀러 와요. 공덕동에서 마포대교 타기 바로 전 골목으로 들어오면 있어요. 사무실이 많은 빌딩을 끼고 있어서 그럭저럭 잘 돼요. 초등학교 동창 모임도 종종 거기서 해요. 내가 나가지 못하니까. 그리고 커피도 팔아준다고."

아내가 병실을 나간다. 언제 다시 볼 수 있을까. 나는 거짓과 진실 사이에서 절묘하게 줄을 타는 심정으로 아내가 나가는 것을 느낀다. 내 시간이 아내를 배웅한다. 문득, 아내의 커피점 상호를 묻지 않았다는 게 생각난다. 그래, 글로리아라고 지어주자. 카페 글로리아. 새 출발을 하려면 큰 기쁨이 필요할 테니.

간병인이 입을 잔뜩 내밀며 들어온다. "아니, 오랜만에 왔으문 팔다리

운동이라도 시켜주고 갈 것이지 냉정두 하다. 좋다구나 살 섞을 땐 언제 구, 흥!' 간병인이 내 볼을 쓰다듬는다. S의 감촉과는 다른, 골지고 둔탁한 느낌이 턱뼈를 관통해 머리끝으로 몰린다. "에구, 불쌍혀라. 돈 벌어 처자식 먹여 살린다구 진탕 돌아댕겼을 틴디 이전 몸 잃어 마누라 잃어 쯧쯧." 간병인은 다른 때와는 달리 뭐가 그리 못 마땅한지 계속 주절거린다. "어지간히 싫어진가벼. 한 달 만에 코빼기를 내밀더니 홀랑 가버리네."

아내와 나의 인연은 소멸하는 빛이 되어 구름 섬을 떠돌다 언젠가는 스러지리라. 그때가 오면 나는 나로, 아내는 아내로, 원래 있던 자리를 찾아 떠날 것이다. 유감은 없다. 원자였는지도 모를 작고 작은, 크기로 가늠할 수 없는 존재들의 나들이가 슬프면 얼마나 슬프고 기쁘면 또 얼마나 기쁘겠는가.

간병인이 내 턱을 자꾸만 쓸어댄다. "에구, 벌써 수염이 이리 자랐네. 수염 자라드끼 정신이나 번쩍 들면 좋겄구먼. 그렇게 되문 나랑 삽시다. 저 여시 같은 마누라는 늑대 같은 놈 만나러 갔을 거니 싹 잊어버리라구."

간병인이 사물함에서 전기면도기를 꺼낸다. 드륵드륵 수염 잘리는 소리가 드릴 돌리는 소리만큼이나 이물스럽다. 더 이물스러운 건 간병인의 말이다. "아니, 누구 맘대루 병원을 옮기겠다는 겨? 이제 정이 함빡 들었구만. 옮기기만 혀 봐. 저 밥에다 독약을 타 멕이든 가래로 숨통 콱 막혀 죽어도 썩션은 안 해줄 것잉게."

나는 정지된 물체가 된 게 틀림없다. 나를 좌지우지하는 건 내가 아닌 타인들이다. 필요에 따라 버리기도 하고 택하기도 하는 그런 대상의 하나가 된 것이다. 괴롭거나 회한이 들거나… 그렇게 생각하지 않기로 한다.

간병인이 면도를 끝내더니 한 발짝 뒤로 물러나 나를 채점한다. "에구메, 이쁘기도 혀라. 이렇게 이쁜 것을 뺏겨?" 간병인의 손이 내 환자복 바지 속으로 쑥 들어온다. 등골을 타고 소름이 돋는다. 소름 알갱이들이 툭툭 터지며 진물이 흘러내린다. 언제였을까. 어디서였을까. 이 진물 같은 느낌에 몸서리를 친 적이 있다.

나는 가물가물 기억의 장으로 빠지려는 나를 안간힘으로 버틴다. 기운은 바닥나고 나는 제어할 수 없는 힘에 끌려 어딘가로 미끄러져 들어간다.

아홉

밤바람으로 시원했던 비는 사라지고 나는 흐름 없는 공기 속을 홑겹으로 걷는다. 그때의 초원은 역사의 한 페이지에 눈물 한 방울도 찍지 못했을 터이나, 나는 가나안의 언저리를 맴돌았던 것 같기도 하다.

나의 가나안은 여호수아의 우렁찬 외침이나 하늘을 향한 염원과는 다르다. 실향민의 심정과도 같이 나는 잃어버린 그리움이나 만나야 할 그 누군가를 가나안으로 찾으려했던 것인지도 모른다. 허기진 영혼 한 조각을 채우려 마흔 여덟 개의 붉디붉은 날개를 파르르 떨며, 비 내리는 초원을 맘껏 비상할 줄 알았던 게다.

만약 비상의 끝에 붉은날개의여왕을 만났더라면, 나는 수억 년 전 오늘, 화요일 오후 네 시의 날씨가 어땠는지를 붉은날개의여왕과 추억하며, 기도도 잘하고 이메일도 잘 쓸 줄 아는 로봇아내들은 세레모니를 어떻게 할까 하는 얘기와, 신의 욕망은 어떤 것이며 어느 때 어떻게 행해질 것인가에 대해서도 논했으리라. 꽃잎이 마르고 꽃잎의 이미지마저 찾을 수 없을 때쯤이면, 여왕은 오늘을 낚시하고 내일을 포획해 시간을 조정하려드는 인간에 대해 까르르 숨넘어가며 손가락질했을지도 모르고, 나는 이면지에 인쇄된 내용보다 이면지 뒤에 적힌 내용이 왜 더 궁금한지에 대해 얘기했을지도 모른다. 여왕은 수많은 날들이 어째서 계단을 밟아 오르듯 하루하루를 거쳐야하는지 내게 물어봤을 것이고, 나는 사람과 사람을 더하면 무엇이 나오는지에 대해 물어봤을 것이다. 붉은날개의여왕을 만나게 되면 나는 내 속에 웅크려 나를 떠나지 않던 의문을 털어놓으리라.

가나안의 그곳엔 붉은날개의여왕이 있을 것인가. 텅 빈 공간이 아무것도 없지만 무엇인가로 가득 차 있는 것처럼 붉은날개의여왕은 그 속에 있거나 없을 수도 있다. 그러나 한 발, 한 발, 여왕을 찾아 간다는 게 아슴하니 풋풋한 기운을 준다.

서풍을 타고 붉은 색조 같기도 한 것이 너풀 보이는가 싶더니 까무룩 사라진다. 저것은 무엇일까. 서풍이 부는 쪽을 향해 가고 또 간다. 붉은 색조는 바람에 나부끼는 깃발처럼 내 쪽을 향해 너풀거리며 일렁인다. 움직이는 모양이나 색깔로 치면 뜨거운 기를 느껴야 하건만 뜨거운 기는 조금도 없다. 궁금증과 알 수 없는 두려움이 멀미처럼 울렁댄다.

두려움 때문인지 별 생각이 다 난다. 지금의 이 상황에서 침팬지나 말,

혹은 캥거루나 토끼라면 어떤 궁금증과 두려움을 가질 것인가. 그것들에도 궁금증이나 두려움 같은 게 있을 것인가. 아마… 있을 것이다. 삼십육 점 오 도를 넘지 못하는 나도 이렇듯 불안한 궁금증이 이는데, 삼십육 점 오 도를 웃도는 포유류들이라고 없을 순 없으리라. 그 동물들이 있다면 나는 저 붉은 기가 무엇인지, 가까이 가도 되는 것인지에 대해 물어봤을 게다. 그들은 추리소설을 읽으면 나온다고, 타로카드로 점을 치면 나온다고, 허풍과 지레짐작과 말장난으로 실컷 수다를 떨 수도 있다. 그래, 그럴 것이다. 그렇게라도 해야 할 것이다. 물리학으로도 증명할 수 없는 저 이상한 붉은 기는 차라리 웃어가며 맛볼 수 있는 농담의 조각케이크라도 되어야 한다.

엉뚱한 생각이 날만큼 나는 지금 몹시도 불안하다. 그렇게, 나는 붉은 기가 넘실대는 쪽으로 다가간다. 가면 갈수록 붉은 기는 커다랗게 덩어리져 이글거린다. 태양이라도 떨어진 것일까. 태양은 이카로스를 삼켜버린 일을 두고두고 업적으로 여기리라. 태양이 생각하는 그 업적이란 또 다른 업적을 만들어낸다. 너도 이카로스를 뛰어넘어보라고, 유혹이 유혹을 물고 늘어져 선거유세장을 뜨겁게 달구고, 카피라이터를 고민하게 하고, 몇 만 화소를 몇 십만 몇 백만 화소로 끌어올리려 연구실의 불을 밝히게 한다. 이카로스는 죽는 것으로 늠름한 궤적을 남겨 명예와 과학과 상상에 설렘을 준다. 이카로스의 비상과는 다른 흥분을 안고 나는 붉은 덩어리 쪽으로 가까이 간다.

붉은 덩어리는 불타는 산으로 연기 하나 없이 시뻘겋기만 하다. 그렇다고 잉걸불 같지는 않다. 치맛자락이 바람에 휘날리듯 불길은 사방으로 활활 거리며 춤을 춘다. 이카로스가 마지막으로 보았던 건 연기도 재도 없이 타기만하는 바로 저런 불덩어리는 아니었을까.

나는 그 자리에 우뚝 서 죽음을 포란하고 있는 듯한 불덩어리를 그저 보기만 한다. 생각해 보면 그렇다. 생명이란 불덩어리로 시작해 불덩어리를 물고 덜컹 세상 바닥에 떨어져 그 불덩어리로 사는 것이다. 불덩어리가 차츰차츰 소멸하여가는 과정이 살아가는 과정이고, 그 불덩어리가 다 되면 죽음이라 불리는 것이 되리라. 살아있을 때의 모든 에너지를 한꺼번에 끌어다 태우고 있는 듯이 보이는 저 불덩어리가 죽음으로 보이는 까닭이다.

붉게 타는 산 저만치 아래서 무엇인가가 꿈지럭거린다. 꿈지럭거리는 물체는 언뜻 보면 동물 같기도 한데 어찌 보면 사람 같기도 하다. 나는 거기 누구냐고 소리쳐 묻는다. 물체는 고개를 돌리거나 대답을 하지 않는다. 나는 조금 더 가까이 가며 소리쳐본다. 물체는 고개를 숙이고 뭔가를 할 뿐 아무 반응도 보이지 않는다. 혹시 외국인인가? 독일어로 물어본다. "베어 진트 지?" 역시 응답이 없다. 출장 갔을 때 겨우 한마디 배운 스페인어를 동원한다. "끼엔 에스 우스뗏?" 물체는 귀가 먹었는지 들은 척도 하지 않는다. 마치 달팽이처럼 등이 잔뜩 부푼 몸체로 양 한 마리를 들여다보기만 한다.

양이 물체를 올려다보며 메에에~ 메에에~ 메에에~ 세 번을 운다. 울음소리가 영락없는 곡소리다. 등이 부푼 몸체가 양을 쓰다듬으며 말한다. "잘 했다. 너는 너를 위한 레퀴엠을 불렀다." 그 말이 끝나자 양이 조용히 눈을 감는다.

때맞춰 등이 둥글게 솟은 몸체가 엉거주춤 일어난다. 달팽이집처럼 둥글게 솟았던 등은 눈짐작으로 봐도 몸의 삼분의 이 정도다. 저 무거운 것을 달고 어찌 살까 싶은데, 달팽이집을 한 몸체는 의외로 가볍게 몸을 돌리더니 두껍고 짧은 칼로 양의 목을 내리친다. 느닷없이 내 목이 예리하게 잘리는 기분이 든다. 목을 움켜잡고 그 자리에 주저앉는다. 양의 피가 솟구쳐 내 얼굴로 튄다. 내 몸에서 빠르게 피가 빠져나가는 느낌이 든다. 알 수 없는 황홀감이, 무어라 표현할 길 없는 아득함이 전신을 나른하게 감싼다. 두 동강이 난 양도 지금의 나처럼 묘한 어지러움과 들뜸을 느꼈을지도 모른다. 그래서 잠시 뒤에 일어날 자신의 죽음을 메에에~ 메에에~ 노래로 불렀던 것일 수도 있다.

나는 간신히 몸을 추스르고 둥근 등의 물체에게 소리친다. "지금 무슨 짓을 한 겁니까?" 양을 치던 손이 일순 멈추더니 나를 돌아본다. 나는 너무 놀란 나머지 한 걸음 뒤로 물러난다. 얼굴엔 옥수수염처럼 누렇고 긴 머리칼이 온통 뒤덮여 있고, 지푸라기보다 더 푸스스한 머리칼엔 피가 튀어 흡혈귀가 따로 없다. 그것도 양반이라고, 그 물체가 이를 드러내며 웃자 몇 개 남지도 않은 누런 이와 검붉은 잇몸에서 꺽꺽거리는 소리가 나온다. 딴엔 웃는다고 웃는 것일 터인데, 그 소리는 마치 캄캄한 터널 속에서 터널이 울리도록 부르짖는 괴성과 다름없다. 도대체 저런 생물이 있다는 자체가 인식의 차원을 넘어선다.

거기다 그 괴상한 물체는 이거 보라는 듯, 피로 얼룩진 칼을 혀로 쓱쓱 핥는다. 혓바닥은 뱀의 혀처럼 둘로 갈라져 있고, 혀끝은 칼을 핥을 때마다 동그랗게 말렸다 펴졌다 한다. 저게 사람인가 짐승인가. 키메리안일지도 모르겠다.

키메리안이 이번엔 피가 뚝뚝 떨어지는 양의 목을 번쩍 들더니 상체를 구부려 하체에 댄다. 몸은 공처럼 둥그레지고 팔은 하늘을 향해 뻗는다. 영락없이 제물을 바치는 시늉이다.

　그것도 잠시, 키메리안이 공처럼 된 몸을 서서히 펴자 달팽이집 같던 등이 뒷목에서부터 뚜껑처럼 열린다. 키메리안은 그 속에다 양의 목을 넣더니 몸을 일으킨다. 공처럼 생긴 몸뚱이가 뒤뚱, 휘청거린다. 이게 꿈인가 생시인가.

　키메리안이 불타는 산을 향해 걸음을 옮긴다. 나는 키메리안의 뒤를 쫓아가며 성마르게 묻는다. "지금 어딜 가는 겁니까?" 키메리안이 뒤도 돌아보지 않은 채 대꾸한다. "우편번호가 없는 곳으로 간다." "우편번호가 없는 곳이라면… 혹시 저 산을 말하는 겁니까?" "그렇다." "불타는 산을 어찌 가겠다는 겁니까?" "불타는 산이라 간다."

　키메리안이 불타는 산 바로 아래에서 나를 돌아본다. "저길 가 본 적이 있나?" "아니, 없습니다. 저곳엔 무엇이 있습니까?" "가나안이 있다." "가나안이라니요?" "모두가 찾는 가나안 말이다." "저런 곳에 가나안이 있다니요? 가나안을 가는데 왜 양을 죽여가지고 갑니까?" "가나안으로 가려니 양을 죽여야 한다." "그건 그렇다 치고, 저도 갈 수 있습니까?" "갈 수 있다." "어떻게 갈 수 있단 말입니까? 저렇게 불타는 산을 말입니다." "불타는 산이라고? 눈이 멀었군. 잘 보아라. 저것은 불이 타긴 하나 얼음산이다. 너 같은 중성체와도 같은 산이다."

　나는 키메리안이 말하는 산을 찬찬히 본다. 아닌 게 아니라 불덩어리가 널름대고 있는 속은 온통 얼음덩어리다. 그것도 흔히 보는 산 모양의 얼음산이 아니라, 마치 커다란 얼음덩이를 톱으로 썰어 크고 작은 직사각형의 얼음덩이를 얼기설기 붙여 삼각형으로 만든 듯한 얼음산이다. 아니 어떻게 저렇게 생긴 산이 다 있담. 더구나 불타는 얼음산이라니. 나는 의문에 가득 찬 눈으로 불타는 얼음산과 키메리안을 번갈아본다.

키메리안은 자일이나 아이젠도 없이 벌써 직각의 빙벽을 타기 시작한다. 불 속 빙벽을 오르는 키메리안의 몸은 타지 않을 뿐더러 달팽이집처럼 둥글게 솟은 등은 붉은 심장과도 같이 벌떡거린다. 그럴 리 없겠지만, 키메리안은 실리콘화합물을 바르고 방화복을 입었는지도 모르겠다. 아니면 특수 로봇이던가. 사람이라면 섭씨 사십 도가 넘으면 단백질이 굳어 죽을 수도 있는데, 아무렇지도 않게 불 속을 올라가는 걸 보면 키메리안이 어떤 종류의 생물인지 도무지 알 길이 없다.

키메리안이 나를 내려다보며 말한다. "올라와라."

키메리안이 말을 마치고 고개를 돌리는 순간 휘릭 한 줄기 서풍이 분다. 옥수수염 같던 머리칼이 사방으로 흩날리자 백 년도 더 된 듯한 주름살과 안경 낀 얼굴이 그대로 드러난다. 헉! 저 얼굴, 저 얼굴은 안경만 빼면 오두막에서 라오콘군상을 조각하던 노인이다. 저 노인이 어떻게 키메리안이 되었으며 왜, 무엇 때문에 여기 이곳에서, 마치 내게 보여주려는 듯 저런 짓을 한단 말인가. 의문은 그것 말고도 또 있다. 키메리안의 안경, 그것은 내가 쓴 안경과 똑같은 무테안경으로, 내 안경을 가져다 쓴 것처럼 보인다. 나는 얼른 내 얼굴을 만져본다. 안경이 없다! 언제 없어졌는지 모르게 안경은 없는데 이상하게도 키메리안과 불타는 얼음산이 똑똑히 보인다. 이게 어찌된 일일까.

나는 숨이 막힐 듯한 심정으로 급히 불 속에다 한 발을 내딛는다. 놀랍게도 나 역시 키메리안이 된 듯 불은 무섭게 타기만 할 뿐 나를 태우지는 않는다. 하지만 무슨 수로 저 직각의 빙벽을 올라갈 수 있단 말인가. 저만치 올라가고 있는 키메리안은 손과 발을 빙벽에 대고 마치 네 발로 걷듯 올라간다. 스파이더맨도 저럴 순 없다. 그러나 달리 방법이 없다. 나도 혹시나 하고 키메리안을 흉내내본다. 믿을 수 없게 나 또한 방바닥을 기어가듯 아무런 무게도 느끼지 못한 채 빙벽을 탄다. 이런 일이 어떻게 가능할까. 나는 지금 몇 천 년 후를 당겨 살고 있는 건 아닐까. 아니면 붉은날개의여왕이 힐문했던 것에 대한 답으로, 몇 억 년 전의 내가 하루하루를 거치지 않고 훌쩍 뛰어넘어 여기에 와 있는 것일까. 어느 누구에게도 생길 수 없는 일이 왜 나한테 생기는지 그저 아연하기만 하다. 나는 영화 속에 있거나 공상소설이나 만화, 혹은 그림의 한 컷으로 존재하는 것인지도 모른다. 그렇다면 지금의 이 감정은 뭐라 설명해야 할까. 키메리안에 대한 당혹감과 이질감, 그러나 이상하게도 뿌리칠 수 없는 끌림, 불타는 빙벽에 대한 호기심과 두려움, 이런 것들은 대체 무엇이란 말인가. 행여, 영혼이 어떤 것인지 실습하는 중이라면 어서 결과를 봤으면 한다.

빙벽이 불길을 세우며 활활 탄다. 주황과 노랑과 핏빛의 꽃불이 넘실넘실 파도친다. 꽃불 속을 기어오른다. 불이 전신을 감싸나 뜨겁거나 차지는 않다. 사십오억 년 전이 이럴까. 아니, 삼억 년 이후? 이십억, 삼십억, 숫자로 계산할 수 없는 세월의 더께 속에 들어있는 기분이다. 이때, 전지전능으로 추앙받기만하는 과학은 오만한 얼굴로 이렇게 말할지도 모르겠다. 아무리 까불어봐야 넌 존재하지 않아. 존재하지 않는 게 무엇인들 못하겠느냐.

나는 존재의 권좌에서 밀려난 것일까. 그렇다면 존재를 인정하는 존재 또한 무엇으로 그 존재를 증명할 수 있을까. 앞서 가는 저 키메리안의 무덤 같은 둥근 등판과 그 속에 든 양의 머리, 양의 목에서 솟구치던 피,

그런 것들 역시 존재하지 않는 것이라면 나는 단호히 말하리라. 존재를 넘어선 존재도 분명 있다고. 신만이 존재를 넘어선 존재라면 측정할 수 없이 무수히 많은 것들 역시 신일 수밖에 없다. 그렇다면 그것들은 대체 무엇으로 존재를 정의해야 한단 말인가.

머뭇대는 동안 키메리안은 보이지 않는다. 부지런히 빙벽을 탄다. 타면 탈수록 빙벽 너머가 눈에 어른거린다. S가 좋아하던 뚝방 저 너머처럼, 빙벽 너머엔 아름다운 가나안이 있을지도 모른다. 그곳에 가면 새벽의 그 차디찬 신비로움을 왕관으로 쓴 붉은날개의여왕이 하프 음으로 나를 기다리고 있을지 누가 알겠는가.

빙벽 모서리가 손에 닿는다. 이제야 정상인가보다. 두 손으로 빙벽 모서리를 잡고 몸체를 끌어올린다.

드디어 얼음산 꼭대기다. 아래서 짐작했던 것과는 딴판으로 빙벽 위는 광야처럼 평평한 얼음 대지가 한눈에 들어오지 않을 정도로 드넓기만 하다. 시간이 벌거벗은 곳이 아닐 수 없다. 그래서 키메리안은 우편번호가 없는 곳이라고 말했던 모양이다. 지도에선 결코 찾을 수 없는 이 극점과도 같은 곳이 마음에 든다.

키메리안을 찾아 얼음 대지를 걸어간다. 한참을 걸어도 키메리안은 보이지 않는다. 키메리안을 소리쳐 부른다. 산도 없고 물도 없고 골짜기도 없어서인지 내 목소리는 메아리가 되기는커녕 목 안에 갇혀 겉돌기만 한다.

무작정 걷고 또 걷는다. 어디쯤에서일까. 키메리안이 봉분 같은 등을 열고 양의 머리를 꺼낸다. 서둘러 가까이 간다. 키메리안 앞에는 얼음으로 된 거대한 라오콘 상이 있고, 키메리안은 그 상 앞에다 양의 머리를 놓는다.

　키메리안이 양의 머리를 놓더니 머리와 다리를 동그랗게 말아 달팽이집 같은 등 속으로 들어간다. 나는 키메리안의 등을 톡톡 두드린다. "왜 이럽니까? 날 여기까지 오게 하더니 왜 숨는 겁니까?" 키메리안은 대답이 없고 달팽이집 같은 등에선 아련하고도 감미로운 하프의 음이 흘러나온다. 키메리안과 하프 음이라니, 나는 그만 뒤통수를 얻어맞은 기분이 든다.

　그것도 잠시, 나는 나도 모르게 하프 음에 빠져든다. 들으면 들을수록 그 음은 달팽이집에서 나온다기보다 시간의 저 먼 곳에서 이슬을 타고, 바람을 타고, 달빛을 타고, 그렇게 여기 빙벽의 벌판으로 날아온 듯하다.

　생각에 빠져있는 사이, 라오콘 상 쪽에서 말소리가 나온다. "마침내 오셨군요." 나는 하프 음에 빠져있다 말고 라오콘 상을 돌아본다. 처절하리만큼 온 몸의 근육을 뒤틀고 있는 상이 전신을 찌른다. 대체 저놈의 라오콘은 왜 이렇게 나를 따라다니는가. 무슨 인연으로 가는 곳마다 내게 낯짝을 들이대며 숨통을 조이는가.

　나는 울컥대는 심사를 애써 삼키며 지금 무슨 소릴 하는 거냐고 묻는다. 라오콘 상 중간 어디쯤에서 말소리가 난다. "나를 만나고 싶어 했던 거 아닌가요?"

　천만에다. 나는 나를 닮은 저 괴물을 만나러 여기까지 온 것은 아니다. 어쩌다보니 키메리안을 만났고 키메리안이 오라는 소리에 온 것뿐이다. 누군가를 만나고 싶어 했다면 나는 여기보다는 서초동 예술의전당 야외 카페, 또는 산촌의 언덕배기나 시화호를 찾았을 것이다.

　나는 그렇지 않다고, 절대 그렇지 않다고 손사래까지 친다. 라오콘 상이 아쉬운 듯 서운한 듯 말한다. "내가 붉은날개의여왕이랍니다."

아니, 그럴 리가 없다. 내가 만나고 싶어 했던 붉은날개의여왕은, 트로이 전쟁에 원인을 제공했던 헬레네이거나, 운명을 예언하는 능력은 받았으나 자신의 운명은 비껴가지 못했던 카산드라지, 저토록 괴로워하는 상은 아니다. 더구나 여왕이라면 왕관은 아니더라도 길고 주름진 옷에 홀을 들고 있어야 하지 않는가. 피 흘리는 양의 머리를 제물로 받는 여왕이라면 내가 생각한 여왕은 아니다. 과연, 어째서 저런 뒤틀린 상이 감히 붉은날개의여왕이라고 칭할 수 있을까. 천만에다. 그럴 바엔 메릴린 먼로를 붉은날개의여왕으로 모시겠다.

나는 조금 격앙된 음성으로 딱 잘라 말한다. "나는 쓸 데 없이 피나 밝히는 여왕을 보러 온 게 아닙니다." 붉은날개의여왕은 약간은 딱하다는 투로 말한다. "저 양은 내게 바치는 양이 아니라 당신에게 바치는 양입니다."

이건 또 무슨 소리인가? 내가 언제 양의 머리를 원한 적이 있던가. 원치도 않는 양의 머리를 누가 내게 준단 말인가. 아, 그렇구나. 몹쓸 놈의 키메리안! 나는 주위를 두리번거리며 키메리안을 찾는다. 달팽이집을 달고 하프 음으로 나를 유인했던 키메리안은 그 어디에도 보이지 않는다. 입안이 바짝 마른다.

이러지도 저러지도 못하는 내게 붉은날개의여왕은 말한다. "키메리안을 찾습니까? 당신의 키메리안은 여기에 있습니다. 바로 이 라오콘군상 속 말입니다." 나는 기어이 화를 내고야 만다. "당신의 키메리안이라니요? 내가 언제 키메리안을 고용이라도 했단 말입니까?"

나는 괴상하기 짝이 없는 이 얼음 벌판을 벗어나려 라오콘 상을 등진

환 139

다. 두어 발짝 떼기도 전에 마치 오르페우스가 연주하는 듯한 하프 음이 나를 에워싼다. 나는 독방에 갇힌 자처럼 그 자리에서 꼼짝도 하지 못한다. 홑이불처럼 가벼우나 영혼의 뼈마디 하나하나와 속삭이듯, 하프의 음은 교태 없이 나를 매혹시킨다. 나는 나도 모르게 음이 흘러나오는 쪽으로 몸을 튼다.

얼음 라오콘 상 뒤, 그 곳에서 나는 멈칫 선다. 상 뒤는 뻥 뚫려 있고 그곳에선 하프 음이 안개인 듯 물결인 듯 공명으로 흘러나온다. 내 발은 맨홀에 빨려들 듯 뻥 뚫린 라오콘 상 안으로 들어간다.

제일 먼저 눈에 들어오는 건 달팽이집 같은 등을 가진 키메리안이다. 키메리안은 내가 책에 빠져있던 것처럼 컴퓨터에 빠져있다. 나는 한참이나 멀뚱히 서 있기만 한다. 컴퓨터를 하는 키메리안이라니 상상 밖이다. 거기다 하프 음이라고 들었던 음은 컴퓨터에서 나오는 음으로, 클릭 몇 번만 하면 언제든지 무슨 곡이든지 들을 수 있는 흔하디흔한 매체의 하나였을 뿐이다.

나는 벌쭉하니 붉어진 얼굴로 키메리안에게 다가간다. "어디 있었나 했더니 여기에 숨어있었군요." 키메리안은 여전히 컴퓨터 모니터에 눈을 박고 있을 뿐 나를 돌아보지 않는다. 나는 키메리안의 등 뒤에서 언성을 높인다. "대체 댁은 누구이기에 나를 이렇게 당혹스럽게 합니까? 댁더러 언제 양의 목을 베어달라고 한 적이 있습니까?"

키메리안은 여전히 컴퓨터에 열중하며 대꾸한다. "생각으로 죽어버린 자를 조문하려면 제물이 필요하지 않겠습니까."

나를 두고 하는 말 같은 것이 어째 속이 뒤틀린다. 헌데 번뜻 붉은날개의여왕이 했던 말이 떠오른다. 저 양은 내게 바치는 양이 아니라 당신에게 바치는 양입니다… 나는 버럭 소리 지른다. "누가 생각으로 죽어버렸다는 겁니까? 댁도 붉은날개의여왕도 다 한통속이로군요. 왜 납니까? 왜 나를 지목해 죽이지 못해 안달하는 겁니까?"

그제야 키메리안이 나를 돌아본다. "내가 바로 붉은날개의여왕입니다."

눈이 닳게 봐도 수직의 빙벽을 타고 오르던 바로 그 야만스럽기 짝이 없는 키메리안이다. 대체 이곳엔 저런 키메리안이 몇이나 되기에 너도 나도 붉은날개의여왕이라고 자처하는 것일까. 어쩌면 다 같은 모양새라 너나 할 것 없이 붉은날개의여왕 행세를 하는지도 모른다. 아프로디테를 꿈꾸진 않았지만 적어도 저런 해괴한 모양의 생물체를 붉은날개의여왕이라고 생각해 본 적은 없다.

나는 무참해진 나를 추스르지도 못한 채 키메리안이 하는 말을 듣는다. "누가 당신을 죽인단 말입니까? 누가 당신을 죽일 수 있단 말입니까? 저 벽에 붙어 있는 당신을 보십시오. 당신은 당신의 생각으로 죽어버린 겁니다."

키메리안이 가리키는 벽은 라오콘의 뒤틀림처럼 울퉁불퉁 튀어나오기도 하고 움푹 들어가기도 했는데 그곳엔 A4용지가 빼곡히 붙어있다. 얼핏 봐서 A4용지엔 무슨 글인지 모를 글들이 듬성듬성 쓰여 있기도 하고 빡빡하게 쓰여 있기도 하다. 나는 벽면 가까이로 가 A4용지의 글을 읽는다.

44. 물질명사

비누 건전지 수첩 화분 볼펜 노트 각티슈 옷걸이 커튼 호텔 버스 노트북 꿀 술병 점퍼 사진첩 나팔 이어폰 도자기 골대 탈취제 쟁반 병풍 랩 굴삭기 가운 분무기 낫 침목 물병 도시락 스프레이 모자 테이프 알약 계란 양말 멍석 수제비 모기장 페인트 아이스박스 보청기 설탕 가면 떡 치마 수영복 고구마 샌들 선글라스 단추 오디오 김치 비데 머리빗 가위 가야금 휠체어 수표 메달 리본 믹서 모기장 붕어 뿔 묘지 기린 식초 도장 딱따구리 도마 농구공 쌀통 봉투 침낭 두더지 대포 우유 소금 회충 부삽 사과 아령 쓰레기통 팥빙수 수의 칼 소설책 트럭 이빨 나뭇잎 인두 작두 안마기 파 탬버린 영화관 톱날 장구 식혜 풋마늘 다리미 젓가락 간장 체중계 국자 붕대 물병 제비 머리카락 기름 항아리 집게 콩나물 저수지 돗자리 잠수함 폭탄 배지 대야 아롱사태 손수건 딸기 새우 논 어뢰 지폐 냄비 칫솔 보리 잡지 교자상 디스켓 탕수육 청소기 어항 에어컨 스프링클러 정수기 상추 도장 숯 방향제 샤프심 지팡이 홈통 계량기 독서대 머리핀……………

세상의 모든 명사로, 물질명사로 그렇게 사는구나, 너.

157. 변신

그레고리 잠자는 멀쩡히 살다 어째서 느닷없이 한 마리의 갑충으로 변했을까. 너도 혹시 그런 충동을 느끼진 않는지? 너와 나의 관계는 그런 엄청난 변신으로 답을 얻기엔 너무 과하거나, 무겁거나, 혹은 가볍? 가볍?가볍?

82. T세포와 B세포의 비밀

기생충을 비롯한 항원을 인식하는 세포라나. 면역의 역할도 한다나.

T세포와 B세포의 근력을 강화시키는 방법은 사랑이라나. 그렇게 흔하다는 사랑도 너무 흔해서 슈퍼마켓에선 팔지 않는다나. 길거리에서도 주울 수가 없다나. 모두가 짓밟고 다녀서 그렇다나. 새 사업을 구상해 본다. 백 원짜리 동전 한 개를 넣고 사랑이라 써진 버튼을 누르기만 하면 떼구르르 굴러 나오는 사랑 자판기 사업. 네게 백 원짜리 동전 한 개를 주면 모욕이 되려나.

101. 자살의 방식.

1) 안이한 자살 - 손가락 마디를 한 개씩 분지른다. 한 손에 열네 개, 두 손이면 스물여덟 개. 다 분질러도 자살은 불가능. 손목까지 분지른다. 그래도 불가능.

2) 통증 없는 자살 - 수면제. 의사한테 가서 자살용 수면제 주세요 해 봐? 웃긴.

3) 용감한 자살 - 알카에다 수하로 들어가 자폭용 도구가 되는 것. 어디서 알카에다를 찾지?

4) 축복된 자살 - (1) 비행기 사고 (2) 지진 (3) 핵폭발 ; 어떤 걸 찍으면 제일 기쁘게 죽을 수 있을까. (1) (2) (3)을 동시에? 로또 개발하듯 그런 거 개발하면 대박날 것. 너를 생각하는데 왜 이런 생각이 나는지 모르겠다. 일요일, 카페 글로리아의 빈자리엔 네가 너무 자주, 너무 오래 죽치고 있어 싫구나.

5) 상상 자살 - 여관으로 가자. 여관이 좋다. 벗은 몸에서 쏟아져 나오는 그 솔직한 냄새가 몹시도 그립다. 정액을 분산시켜 여자 애벌레 하나 낳고, 또 한 번 정액을 뿌려 남자 애벌레 하나 낳고, 그렇게, 그렇게, 낳

고, 낳고, 또 낳으며 꿈도 없이 죽어가는 일, 감격이 물결로 인다.

49. 관제탑
 명사를 지워야 하는 일은 자신을 부인하는 일. 동사로 살아야 하는 일은 불규칙동사를 외워야 하는 것만큼이나 힘든 일. 그래서 관제탑에 프로그래밍된 이착륙 시간은 꼭 한 시간. 참 쉽다, 관제탑으로 살기.

172. 의혹.
 나는 스탈린 시대 무솔리니 시대를 살고 있다. 그들이 얼마나 인민을 사랑했는지, 아내나 연인은 사랑하지 못해도 인민은 얼마나 사랑했는지. 너를 보면 왜 그 말이 생각나는지, 네가 왜 내 곁에 있는지, 내가 왜 네 곁에 있어야 하는지, 의구심이 지치지도 않고 거인으로 자란다.

 키메리안은 내 이메일을 열어 S가 보낸 편지를 무작위로 뽑아 프린트한다. 프린트한 용지를 내 속 같이 생겨먹은 벽면에다 빼곡히 붙인다. 나는 S의 편지를 더는 볼 수 없어 몸을 돌린다.
 키메리안의 말대로 나는 생각으로 죽어있거나 죽어가는 중인지도 모르겠다. 가나안이란 겨우 이런 곳이었던가. 내가 알고 있고 모두가 원하던 가나안은 이런 데가 아니다. 그러면 내가 아는 가나안은, 내가 찾는 가나안은 어디서 어떤 모양으로 있을까. 어떻게 찾아가야 할까. 라오콘 상 안을 비추던 빛이 반으로 갈린다. 나 또한 빛에 갈려 반쪽이 된다.

열

　반으로 갈린 나는 어디서 무엇을 하고 있을까. 굴곡 없는 선, 단조로운 음, 무색무취의 도형으로 살았던 내게 빚을 진 느낌이다. 실로 무책임한 느낌이 아닐 수 없다. 붉은 띠를 두르며 거리를 행진하고, 주먹 쥔 손을 불끈불끈 세우던 몸부림은 내겐 요원한 지대였다. 민주화를 외치던 그 복판에서도 나는 골방 다락에 구겨 박힌 인형의 꼴로 있었다. 전단지가 어지럽게 공중을 날고 대형 걸개그림이 노골적인 얼굴을 드러낼 때, 나는 피비린내를 맡으며 무참히 부러져 짓밟히기를 원하며 또 원치 않았다. 나는 비겁하기 짝이 없는 나를 비웃긴 했으나 거역하진 못했다. 취업 준비는 안전한 현실이었고 최루탄에 맞서는 일은 불안한 현실이었다.
　오월은 내게 잔인한 달이다. 뉴스를 통해 오월의 역사가 반복될 때마다 나는 눈을 돌린다. 아내는 그때 당신은 어디에 있었느냐고 묻는다. S도 무엇을 하고 있었느냐고 묻는다. 나는 돌멩이라도 쥐고 있어야 했다. 운동화 끈이라도 꽉 잡아매고 있어야 했다. 골목을 이리저리 뛰어다니기라도 했어야 했다.
　나는 도서관 문이 닫히기 직전에야 도서관을 나온다. 화장실에 들러 소변기 앞에 선다. 순간 뒤에서 누군가가 내 목을 휘어 감는다. 최루탄 냄새가 따갑게 찌른다. "이런 씹쌔기! 저만 살겠다구!" 목이 조여 오고 어깨에 둘러멘 가방이 바닥에 떨어진다. 다른 누군가가 화장실 문을 잠그더니 내 뒤로 온다. 나는 목이 조인 채 눈을 까뒤집으며 숨을 몰아쉰다. 문을 잠근 자가 뒤로 다가와 내 바지 벨트를 푼다. 바지가 흘러내리

환 145

자 바지를 벗긴 자가 내 팬티를 내린다. 나는 고스란히 드러난다. 바지를 벗긴 자가 내 것을 툭툭 건드린다. "이건 왜 달고 다니냐? 동기랑 후배들이 잡혀가도 너만 살면 된다 이거지?"

그 언젠가부터 감추어 왔을 부끄러움이 투둑투둑 솟는다. 천 년을 거슬러, 천 년을 앞질러, 또 하나의 내가 나를 보며 킬킬 웃는다. 눈을 내리깐다. 국방색 발목 보호대를 찬 전투화가 내 흰색 운동화 옆에서 으르렁거린다. "우린 할 수 없어 니들과 싸우지만 그래도 니 새끼처럼 비열하진 않아!" 진압봉이 어깨를 후려친다. 전투화가 허리를 걷어찬다. 주먹이 턱을 치고 배를 찬다. 부끄러움이 알집을 터뜨리며 눈물처럼 흘러내린다. 때리는 대로 걷어차이는 대로 가만히 있는다. 골진 응어리가 끈적끈적 기어 나온다. 근질근질 아프기도 하고 물컹물컹 징그럽기도 하다.

전투화 둘이 나를 질질 끌어다 소변기에다 얼굴을 처박는다. "니 새낀 바로 이런 새끼야!" 나는 하체가 벗겨진 채 소변기에다 얼굴을 박으며 히죽 웃는다. 자학하기가 자만하기보다 힘들었던 내가 비로소 숨통이 트인다. 심호흡을 한다. 그렇게 원하던, 그러나 두려워하던 피비린내가 코를 타고 티셔츠를 적신다. 면죄부 하나를 건졌구나.

거울을 보며 얼굴을 씻는다. 피로 얼룩진 티셔츠가 훈장만하다. 벌겋게 부풀고 살갗이 까진 얼굴이 무척이나 잘생겨 보인다. 쓰라리며 화끈거리는 감각이 즐겁게 뼈대를 흔든다. 이대로, 이 흔적대로 오래오래 살고 싶구나.

화장실 문이 열린다. 경비원이 호들갑을 떨며 달려온다. "이런 시상에, 으떤 놈이 학상을… 개자식들 같으니라구." 경비원이 연신 화장실 입구를 흘끔거리며 침을 튀긴다. "앞장섰다 이지경이 됐구먼. 근디 여긴

으떡케 들어온 겨? 경비가 삼엄하던디. 집에 갈 수는 있것남?" 경비원이 부축할 양으로 내 겨드랑이에 팔을 낀다. "그래두 학생 겉은 사람이 있으니께 민주화가 되긴 될 거구만." 갑자기 오한이 전신을 덮친다. "학상, 무슨 과 누구여? 학보사에다 알려주까." 나는 고개를 저으며 경비원의 팔을 뺀다. 수치스러움이, 저 먼 먼 곳에서 복병처럼 숨어있었을 수치감이 전언처럼 나를 덮친다.

나는 내게 진저리를 치며 도망쳐 나온다. 갈 곳이 없다. 숨을 곳도 없다. 몸과 정신이 하나로 엮여있다는 게 이토록 거추장스러울 수가 없다. 정신을 담는 주머니라는 게 옆구리 어디쯤에 달려있어 필요할 때마다 떼거나 붙일 수 있다면 얼마나 좋을까. 자신이 자신에 대한 치욕을 감당해내며 사는 사람들은 몇이나 될까. 어떤 방법과 무기로, 치고 들어오는 이 치욕감을 막아낼 수 있을까.

기억의 창은 가시덤불로 나를 찾아낸다. 혐의자, 용의자, 수배자의 얼굴로, 계절의 여왕 오월을 단열과 침전의 오월로 바꾼다.

아내는 오월의 뉴스를 보며 말한다. "그때 난 데모하고 싶었어요. 근데 시기를 못 탔어요. 입학하던 해에 민주화 선언이 됐거든요. 당신은 어땠어요? 그 성격에 보나마나 맨 앞에 서서 구호 외치고 으쌰으쌰했겠죠. 난 그런 선배들이 대단해 보였어요. 그 나이 때에 있어야 할 정의감, 패기, 뭐 그런 게 당연해 보이기도 했지만 또 위대해 보이기도 했거든요."

나는 참지 못하고 채널을 돌린다. 아내가 흘깃 나를 돌아본다. 나는 굳어지는 얼굴을 묵묵히 감춘다. 나만을 쳐다보며 살았던 그 시절의 나는 닭장차로 끌려가는 동기와 후배들을, 그들의 정신을, 성추행했던 것인지도 모른다. 그리고 태연히 살아가는 나를, 졸업 전에 대기업에 취직 한 나를, 시대의 흐름을 꿰기라도 한 양 지금은 신들도 부러워 한다는 공기업으로 옮겨 차근차근 호봉수를 늘려가는 나를, 나는 대견하게 여기고 있는지도 모른다. 아니, 무료함마저 느끼며 애인 같은 아내라는 광고 문구에 침을 흘리기까지 한다. 이런 나는 벌을 받아야 마땅할까. 때때로 미끌미끌 기어 나오는 죄의식을 그나마 위안으로 삼는 것은 더 나쁜 짓일까.

시화호의 갈대숲을 바라보며 S는 말한다. "오월만 되면 나는 나를 소환하는 기분이 들어. 내가 내게 재판을 청구하고 형을 때리면서 그때 너의 최선은 무엇이었냐고 따져. 기분 나쁘지. 난 그때 솔직히 유학을 갈까 취직을 할까 결혼을 할까 그런 것에만 관심이 있었거든. 데모하는 애들을 보면 구질구질해 보이고, 어떤 면에선 어따 풀 수 없는 스트레스를 데모로 위장한다는 생각도 했으니까. 근데 말이야, 지금은 그때의 나를 생각하면 진짜 미안해 죽을 맛이야. 그때 넌 뭐했어?"

나는 아무 대꾸 없이 시화호의 갈대숲에만 눈을 꽂는다. 시화호의 가치나 환경오염에 대한 투쟁보다는 저 갈대숲이 멋지고, 갈대숲을 끼고 흐르는 자그마한 냇물이 아기자기하고, 곁에서 조잘대는 S가 좋다는 게 전부다. 민주화가 되지 않았다면 나는 지금 어떤 심정으로 살고 있을까. 시화호를 보는 시각은 또 어떤 형태를 이루었을까. 현재를 살고 있을 때는 그것이 역사라는 거창한 용어에 편입된다는 사실을 모른다. 빨치산이 투쟁하던 당시는 굶주림과 공포지 역사가 아니다. 알타미라 동굴에 벽화를 그릴 당시는 그림을 그리는 것이지 역사가 아니다. 굽타 왕조가 세력을 확장할 당시는 조공과 지배지 역사가 아니다. 이제 나는, 역사라는 페이지에 열등한 얼굴이 되어 아무 말도 하지 못한다.

수치스러운 게 어디 그뿐일까. S의 이메일은 정직하지 못한 내게 수치감을 준다. 명사로 산다는데, 대중은 사랑하면서 바로 곁에 있는 여자는 사랑하지 못한다는데, 그 따끔한 지적 앞에 무어라 답을 보낼 수 있을까. 게릴라처럼 살고 싶은 마음을, 유목민처럼 살고 싶은 심정을, 어찌 S에게 알릴 수 있을까. 보장된 직장, 편리한 제도, 안정된 계급으로 선선히 사는 내가, 무슨 수로 그 터를 허물 수 있을까.
　누구일까, 무엇일까. 호두 껍데기로 사는 나를 누군가가 어루만진다. 손끝이 축축하다. 감각이 찐득하다. 무생물의 일종이 되어 가는 나를 그래도 찾는 손길이 있다니 무엇을 기대하는 것일까. 내 몸은 그 어떤 기대도 채워줄 수 없다. 코와 목에 줄을 꽂은 것으로 봐 내 얼굴은 이미 내 얼굴이 아니게 되었을 터이고, 손 하나 까딱할 수 없는 것으로 봐 내 몸은 내 몸이 아니게 되었을 터이다. 우적우적 씹어 먹고 훌훌 마시는 대신 나는 물과 포도당, 아미노산과 각종 비타민과 전해질이 들어있는 링거액으로 산다. 이렇게 살아도 살아있다고 할 수 있나. 어쨌거나 혈압, 맥박, 호흡, 심장박동수만 있으면 산 사람으로 취급한다. 몸도 수라는 규칙에 의해 작동되니 그럴 수 있다. 언젠가는 이 규칙도 불규칙이 될 것이고, 그 불규칙이 규칙이 될 때에 내 몸은 나와의 타협을 거두고 모두에게로부터 동떨어지게 되리라.
　아직은 그때가 아닌 모양이다. S의 손길과는 딴판인 손길이 계속 나를 만진다. 손으로 만족할 수 있는 한계의 끝을 시험하고 있는가보다. "안 줄 거야, 안 뺏길 거야, 코빼기하곤 한 달에 한 번 비칠까말까 한 주제에 흥, 이이는 내 꺼야. 내가 없음 누가 닦아주고 씻겨준담." 간병인이 내 것을 만지다 허벅지와 엉덩이를 만지다, 만지다, 입술에 입술을 댄다. 울컥, 역겨움이 인다. 그때의 아내도 이런 역겨움을 맛보았을 게다.

아내의 표정이 뭐라 말하기 어렵다. 입가엔 칼로 그은 듯한 냉소가 질깃하게 번지고 눈동자엔 검붉은 조소가 파동을 친다.

나는 현금 다발을 거실 테이블에 놓으며 짐짓 아내를 외면한다. 아내가 한동안 그 자리에서 꼼짝도 안 하더니 현금 뭉치를 집으며 말한다. "이번 달엔…" 나는 아내의 말을 자른다. "알아, 어머니 생신도 있고 당신 조카 결혼식도 있고. 그건 그때 줄 테니 그런 줄 알아."

말은 안 해도 아내는 치사한 놈이라고 욕을 할 것이다. 생활비를 줄 때마다 반복되는 일이건만 나나 아내는 같은 방향 같은 모양 같은 질량으로 신경을 곤두세운다.

아내가 돈 뭉치를 들고 나를 따라 서재로 온다. 나는 읽다 만 책을 펼친다. 아내가 돈 뭉치를 책 위에다 탁 얹으며 가시 돋친 음성으로 말한다. "식모도 월급을 받아요. 그것도 통장으로. 겨우 생활비만 떼어 주면서 왜 굳이 현금뭉치로 주는 거죠?"

아내를 돌아보며 쏘아붙인다. "식모? 겨우 식모야? 식모는 월급 받을 때 고분고분해. 식모하고 비교하려면 고분고분 하는 것부터 배워. 그리고 그 돈으로 못하고 사는 거라도 있나?"

아내가 이번엔 별렀는지 물러나지 않을 기세다. "말 돌리지 말아요. 식모 얘기가 아니라는 거 알잖아요. 요즘 세상에 이렇게 사는 사람은 나밖엔 없을 거예요. 얼마나 자신이 없음 월급 관리를 남자가 하는지 생각해봤어요? 결혼해서 지금까지예요."

나는 돈 뭉치를 집어 옆에다 치운다. "그래, 난 자신 없게 산다. 그래서 생활비만 주고 현금뭉치로 준다. 그러니까 여러 말 할 것 없이 싫으면 관두고 그래도 낫다 싶으면 가져 가."

나는 책에다 눈을 돌린다. 아내의 쌕쌕거리는 숨소리가 내 등짝에 달라붙는다. "난 여태도 당신 월급이 얼마인지 몰라요. 아내의 권리를 빼앗았다는 생각은 안 들어요?" 나는 책에다 눈을 박은 채 시큰둥하게 대꾸한다. "아내의 권리라는 게 뭔데? 어디서 시답잖은 얘길 듣고 와서 말하는가본데 나가서 커피나 타 와."

나는 책 읽기에서 더는 나아가지 못한 채 글이 아닌 활자만 내려다본다. 글자는 하나하나 분해되어 낱말이 되지 못하고 뜻이 되지 못한 채 먼지처럼 풀풀 떠다닌다. 먼지에도 의미가 있을까. 죽음이라는 게 있고 탄생이라는 게 들어있을까. 먼지에서 의미를 캐는 나와, 금전 관리에서 의미를 주장하는 아내, 이 둘의 의미는 의미가 되어 줄 것인가 말 것인가. 의미만이 의미가 된다면 의미 없이 던진다는 말이나 표정은 무엇인가. 의미 없는 것도 의미라 부르는 걸 보면 먼지에도 탄생과 죽음이 있다는 말이 된다. 그래서 어쨌다는 거지? 의미 사전이라도 만들란 말인가?

두서없는 생각 위로 비아냥거리는 소리가 떨어진다. "커피나 타오라구요? 다방에다 시켜요. 티켓걸이 오토바이로 쌩 배달해 줄 테니까. 이왕 시킬 거면 내 거도 시켜요. 돈이 저렇게 많은데 저 돈 다 어따 써요?"

나는 책을 소리 나게 덮으며 아내를 돌아본다. "왜 그래? 입때 해 오던 거, 새삼 왜 그러는데?" 아내의 눈빛이 파닥파닥 튄다. "입때 해 오던 거는 계속해야 한다는 법 있어요?"

나는 정색을 하고 아내에게 묻는다. "그럼 어떻게 했으면 좋겠어?" 아내가 입을 옹송그리며 나를 쏘아본다. 나는 아내의 눈빛을 맞받아친다. "월급봉투 째 다 달라는 말이군. 그렇게는 안 돼. 난 용돈 받아쓰는 짓 같은 건 못 해."

나는 다시 돌아앉아 책을 편다. 아내가 경멸어린 투로 중얼거리며 나간다. "흥, 책이나 읽으면 뭐해? 같이 사는 사람한텐 눈곱만한 배려도 할 줄 모르면서."

머리가 띵 해온다. 아내를 믿지 못해 그런 건 아니다. 용돈을 받아써야 한다는 게 불편하긴 하나 꼭 그래서만도 아니다. 신혼 초 아내에게 돈을 맡긴다는 게 미덥지 못하긴 했다. 그 미덥지 못한 게 지금까지 이어져 온 듯하나 그게 전부인 것 같지는 않다. 아내 말대로 아내의 권리를 도둑질 했던 것인지도 모른다. 그러나 돈은 내가 벌었고 생활비도 모자라지 않게 주었다. 내가 번 돈을 아내가 관리해야 한다면 내 권리는 어디에 있고 어디서 찾아야 한단 말인가. 얼마나 자신이 없으면 금전 관리를 남자가 하냐고 힐책하던 아내의 말은 맞을 수도 있다. 아내는 나 외에 다른 세계를 알아가는 모양이다. 어쩌면 그게 두려워 아내가 아닌 내가 월급을 관리하고 있었는지도 모른다.

책 옆에 누가 가져다 놓았는지 모를 액자가 눈에 들어온다. 액자엔 어미 물꿩이 새끼들을 데리고 우윳빛 도는 노란색 물양귀비 꽃 사이를 은은하게 다니는 그림이 들어있다. 저렇게 좀 살면 안 되나. 아내가 닫고 나간 서재 방문이 영원히 열릴 줄 모르는 철문으로 보인다. 서늘함이, 시원함과는 다른 써늘함이, 켜켜이 성애를 이루며 닫힌 방문에 늘러 붙는다. 그 언젠가도 이랬다.

눈을 뜬다. 자기 전에 분명 닫은 것 같은데 베란다 쪽 방 유리문이 십 센티미터 정도 열려있다. 거 이상하네… 문을 닫고 이불을 끌어당겨 덮는다. 주방에서 북어국 끓이는 냄새가 난다. 뒤척거리다 부스스 일어난다. "에취!" 재채기를 하며 주방으로 간다. 아내가 등을 보인 채 가스레인지 앞에 서 있다. "북어국이야? 에취!" 아내가 아무 대꾸도 하지 않는다. "우리 집에 누구 해장할 사람 있나… 에취!" 아내가 여전히 등을 보인 채 아무 말도 하지 않는다.

닫힌 서재 문이 등을 돌린 채 서 있는 아내다. 아내와 나는 닫힌 문으로 사는지도 모르겠다. 돈으로 네 권리와 내 권리를 주장하는 건 억지 모노드라마다. 소강상태로 아슬아슬하게 방음벽을 치고 사는 것, 그것을 나는 부인하지 않는다.

아내는 이십 층 베란다에서 아래를 내려다보며 죽음을 꿈꾼다. 죽음을 꿈꾸는 행위는 행복을 꿈꾸는 것보다 진솔하다. 수시로 자신을 불러내 깊은 정을 나누니, 죽음을 꿈꾸는 것이야말로 진정한 자기애일 것이다. 하지만 나는 아내의 죽음에 대한 꿈을 인정하지 않는다. 상대를 향한 한갓 헛된 복수극에 불과한 것을 왜 놀라워해야 한단 말인가. 모두에게 주어진 그 평등하고 고귀한 권리를 누가 엉망으로 만들어도 된다고 했던가. 누가 그렇게 싸구려로 전락시켜도 된다고 했던가. 나와 아내는 죽음의 분기점 바로 그 지점에서 각각 자신의 입술에 입을 맞추며 역겹게 살아가는 것이리라.

역겨움이, 마치 바늘 끝으로 실핏줄 하나하나를 찌르듯 참기 어렵다. 내장이 뒤집히게 구역질을 한다. 간병인의 입술이 구역질을 막는다.

"거, 뭐하는 겁니까?" 굵직한 목소리에 간병인이 화들짝 놀라 입술을 뗀다. "아… 예… 저… 써… 써… 썩션을…" 간병인이 어물쩍 둘러댄다. "썩션을 입으로 합니까? 나가세요! 별 웃기는 아줌마 다 보겠군." 씩씩거리는 목소리가 그럴 수 없이 정겹다.

환 153

정 차장과 이 부장이 다가온다. 저들을 보고 싶다. 눈을 크게 뜨고 저들의 손을 잡고 마구 흔들고 싶다. 저들과 시시껄렁한 잡담을 주고받으며 밥을 먹고 싶다. 저들의 건강하고 씩씩한 웃음과 술잔도 부딪치고 당구도 치고 싶다. 눈을 뜨려 기를 쓴다. 손을 잡으려 온 힘을 다 한다. 눈도 손도 마음대로 되지 않는다.

정 차장이 내 손을 잡는다. "어휴, 부장님 얼굴 좋아지셨습니다. 얼굴 좋아진 만큼 욕심도 좀 내십시오. 일어나기만 하면 복직 신청은 제가 다 하겠습니다."

이 부장이 의자를 끌어당겨 앉는다. "얼굴만 좋아지면 뭘 해. 당신 없으니 술맛도 안 나고 당구 칠 사람도 없고 시시해 죽겠어. 빨리 일어나라구."

걸걸한 목소리에 눈물이 그렁그렁하다. 저 목소리들과 어깨를 나눈 게 바로 엊그제 같은데 시간은 얼마나 흘렀을까. 저들을 처음 만났을 때 나는 젊었고 저들도 젊었다. 젊음이 무엇인지 모르며 나나 저들은 일에 몰렸고, 스트레스 타령을 해가며 입담을 풀어놓았고, 그것을 공기업에 다닌다는 자부심으로 돌려 막기 하느라 많은 양의 술과 담배를 소비했다. 이제 저들은 나를 잊게 되리라. 잊어야 하리라.

정 차장이 잡은 손에 힘을 준다. "부장님, 같이 출장 가십시다. 이번에도 치악터널입니다. 지난 번 갔을 때 생각나십니까? 4구간 벽에 금 가고 물 새던 거 말입니다. 그거 다시 점검해야 합니다." 정 차장의 말이 바로 그때 그 터널 속에서 말하듯 웅웅 울린다. 성대를 타고 밖으로 나온 말은 그때의 얘기가 아니라 지금 이 순간의 몸이 되어 나를 깨운다.

이 부장이 바로 어제 일을 말하듯 한다. "야, 그때 니들 보신탕 원조

집에서 신나게 먹었다며? 나도 좀 끼워주지 그랬냐. 서울서 원주, 까짓 거 두어 시간도 안 걸리는데 의리도 없게 지들끼리만 먹다니!'

S는 아직도 보신탕을 먹지 못할까. 그립다는 말이 이토록 살을 저미게 될 줄은 몰랐다. S는 어떻게 됐어? 내가 이렇게 된 거 알고나 있나? 나는 들을 수도 없는 말을 정 차장에게 던진다.

정 차장이 내 검지에 낀 옥시메타와 모니터를 번갈아보며 말한다. "부장님은 왜 그 시간 그곳엘 갔을까요? 사모님 말로는 그쪽엔 갈 일이 없었다던데." 이 부장이 길게 한숨을 내뱉으며 말한다. "낸들 아나. 사고가 나려면 언제 어디가 중요하겠어." 정 차장이 침울한 목소리를 낮게 깐다. "부장님 의식은 영 돌아오지 않을까요?" 이 부장이 수액이 떨어지는 링거로 눈을 돌린다. "글쎄… 거의 가망이 없다고 들었는데."

나는 저들의 말을 듣고, 저들에게 묻고, 저들과 함께 하는데, 저들은 내가 가망이 없단다. 그런 것인가. 내가 나를 주장을 해도 옥시메타가 표시하는 혈중 산소 농도와 뇌의 움직임, 혈의 흐름과 심장의 박동수나 백혈구의 수치가 기어이 나를 정하는 그런 것인가. 나는 내가 아닌 의학 기술에 의해 제거될지도 모르겠다. 아직도 이렇게 S를 기억하는데, 피가 마르게 궁금해 하는데, 과학은 이런 나를 감지하지도 못하면서 최고의 기술이라 으스댄다. 그렇게 으스댈 것이면 내가 혈거인으로 살았던 때를 밝힐 수 있어야 한다. 정 차장이 짐승을 사냥해 가죽을 벗기던 그 순간, 이 부장이 계곡에서 무엇을 잡았는지도 밝혀낼 수 있어야 한다. 내가 화살촉을 갈며 들었던 바람소리와 그 바람에 실려 온 딱정벌레 알 하나의 감성도 증명할 줄 알아야한다.

나는 저들과 함께, 그리고 S와 함께, 멀고 먼 시간 속에서 같이 살다 같이 이곳으로 왔는지도 모른다. 대기권 밖으로 쇳덩이를 쏘아 올리고 해저 깊은 곳을 끄떡없이 돌아다니는 일들이, 혈거인들의 생활이었다고 말할 그때가 오리라는 것을, 과학은 생각해둬야 한다. 그때쯤이면 나와 S는 혈거인이었던 지금을 이야기하며, 후- 불면 마음을 찍어 보낼 수 있는 메모지를 주고받을 수도 있으리라. 기억하는 것이 동시에 화면에 찍히는, 그런 휴대용 스크린을 지갑으로 가지고 다닐 수도 있으리라. 그때를 살게 되면 행복해질까. 고 기능의 기술을 사기 위해 더 많이 일하고, 더 많이 질시하고, 더 많이 시달려야하는 건 아닐까. 지금이 좋다. 오색의 비둘기를 보고, 시원을 닮은 광야를 뜨겁게 헤매고, 아내와 S를 동시에 생각해도 되는 지금이 더없이 좋다.

　정 차장과 이 부장이 빠른 회복을 당부하며 나간다. 저들이 가는 곳은 어디인가. 일산에 있는 현대아파트와 여의도에 있는 한양아파트인가. 아니면 치악터널과 팔당댐인가. 저들과 함께 본 것은 부식지점과 그에 따른 안전에 대한 평가다. 저들과 함께 나눈 대화는 회사의 구조적 비합리와 직원들의 에피소드, 때론 집에서 있었던 가벼운 실랑이다. 그러나 저들 안에도 바람의 입자들과 그늘의 고적함, 빗줄기의 욱신거림과 땡볕의 외로움이 있을 것이다. 저들이 입 밖으로 내지 못했던 채송화 모양의 추억과 강아지풀을 닮은 그리움, 잠자리를 설치게 했던 욕망의 외풍을, 나는 저들 대신 뜨겁게 찾아 나선다.

열하나

 빛에 갈린 나는 빙판에 쓰러져 잠이 든다. 어디선가 지열을 닮은 목소리가 두런거린다. "감은 눈을 보니 베이스바리톤이군. 손 길이를 보니 번개를 좋아하겠어. 관자놀이는 세상의 모든 누이를 탐하게 생겼군. 갈비뼈는 독선적이고 발톱은 고집깨나 있겠어. 발꿈치와 팔꿈치는 영 부패하지 않겠는 걸? 옳지, 그렇군. 넌 곧 미라가 될 거야!'
 나는 기진맥진 웅얼거린다. "미라? 그럼 난 시간의 포로가 된다는 말인가?" 지열을 닮은 목소리가 옹골지게 말한다. "두말하면 잔소리! 영구동토층에 갇혀 꼼짝달싹 못하는 미라가 될 걸? 그렇다고 실망할 건 없어. 언젠가는 무엇에 의해 발견될 수도 있으니까. 아오~, 그렇게 되면 신나는 판이 벌어지겠군. 지금의 그 꼴은 유도 아니게 될 걸? 과학자들은 너를 부검하고 싶어 몸살이 날 테고, 너는 CT촬영과 전기드릴과 핀셋과 시약의 세례를 받으며 너라는 인간이 무엇인지 낱낱이 까발려지게 될 거야. 네 이빨에 함유된 산소 동위원소가 분석되고 위에 남은 음식찌꺼기까지 파헤쳐진 다음, 넌 유리관에 근사하게 전시돼 관광객들의 호주머니를 털게 되겠지. 자, 이러니 결국 넌 없어지는 꼴이야. 아니, 아니, 네가 만약 너와 다른 종이 사는 시대에 발견된다면, 넌 멸종된 고생물 중의 하나로 판정이 돼 복제가 될지도 몰라. 그렇게 된다 치면 너와 똑같은 생물은 끔찍하게 많아져 지구는 돌연변이를 일으키겠지. 그게 어떤 결과를 가져오는지는 말 안 해도 알겠지? 먹거리 부족 땜에 박 터지게 싸우다 싸우다 끝내는 휘발유며 바윗덩이까지도 먹어치울 수 있게 생리변화가 일어날 거라구. 거참 재미나겠는 걸. 자, 이래도 가만있을 텐가? 미라가 되기 싫음 어서 일어나라구. 일어나서 부지런히 찾아보라니까."

 뭘 찾으란 말이지? 간신히 눈을 뜬다. 나를 가른 빛은 보이지 않고 너른 빙원만이 눈이 아프게 부시다. 빙원을 몇 번이고 둘러본다. 방향을 가늠할만한 것도, 플라스마 현상이 빚어낸 오로라나 신비의 오로라 공주도 없다. 느닷없이 빙원 속을 파보고 싶다는 생각이 난다. 파고 또 파면 바다가 나올까 산이 나올까. 어쩌면 지구의 핵이 나올지도 모르겠다. 그곳은 지구 한가운데에 둥실 떠 있는 것으로, 둥그마한 꽃밭이다. 꽃밭엔 융단처럼 깔린 잔디와 작은 꽃들이 피어있다. 그곳에서 오로라 공주는 저 붉은날개의여왕과는 전혀 다른 얼굴로, 애틋한 추억의 실을 풀어 내게 옷을 만들어 준다. 공주가 만든 옷을 입게 되면 나는 무엇이 되어 어떤 존재로 이름 붙여질까. 전혀 다른 내가 되어 나는 나를 알아보지 못할 수도 있다. 그렇게 되면 나는 새로운 나를 나로 받아들이며 언제까지나 있고 싶어 할지도 모르겠다. 그래, 그랬으면 좋겠다. 그럴 수만 있다면, 그렇게 되었으면 좋겠다.

 S가 바란 것도 그런 종류의 나였을지 모른다. 하지만 나는 관제탑으로 사는 게 편하다. 갈래가 많은 것 중 어느 것을 택해야 하는 것보다, 주어진 것을 주어진 것으로 사는 게 수월하다. 나와 다른 나와 조우하려는 것은 내 능력을 넘어서는 일이다. 날개 없이 산 사람은 날기보다는 걷기에 익숙한데 어찌 날개도 없이 날기를 꿈꿀 수 있을까. 관제탑으로 사는 건 S의 말대로 쉬운 일이다. 그러나 남몰래 관제탑 너머를 희번덕거리는 이 위태로운 관능의 줄을 나는 놓지 못한다. 이러니, 결국, 나는, 그 자리에서, 쩔쩔매는 짓밖엔 아무 것도 하지 못한다.

할 일이 없구나. 아무 것도, 할 일이 없구나. 더구나 아무 것도 없는 이 빙원에서 내가 할 일이란 눈 씻고 봐야 없다. 빙원이 문제는 아니다. 눈 앞에 직장이 없고 점검해야 할 터널이 없는데 내가 무엇을 할 수 있단 말인가. 빙원은 여태도 침묵으로 꿈쩍도 하지 않고 야생의 시간, 날것의 시간으로 있기만 한데 나는 그저 손놓고 있기만 한다.

내가 이러고 있는 동안 세상은 몰라보게 바뀌었는지도 모른다. 신설동 고가차로나 서대문 고가차로, 혜화동 고가차로는 이미 철가가 돼 그 자리엔 UFO가 물로 고층빌딩을 지었을 수도 있다. 사람들은 성층권까지 올라간 물의 빌딩과 UFO에 마음을 빼앗겨, 가지고 있던 주식과 펀드를 몽땅 투자하느라 난리치고 있을지도 모른다.

이런 상상은 별로 이롭지가 않다. 다잡으려던 마음을 마구 흩어놓을 뿐만 아니라 공상만 더하게 한다.

공상이 가는대로 이 침묵의 벌판에다 자전거를 그려본다. 바퀴를 열 개 그린 후 안장에 오른다. 두 발로 페달을 열심히 굴려 나침반이 작동하는 곳으로 달린다. 머리칼이 흩날리고 목덜미로 땀이 솟는다. 눈에 익은 도로가 나오고 가로수며 상점이 보인다. 가쁘게 숨을 쉬며 방송국 앞을 지난다. 귀에 익은 앵커의 목소리가 저녁 뉴스를 말한다. 뜻하지 않게 마음이 편안해진다. 다시 자전거를 굴려 가볍게 달린다. 생맥주집 간판을 지나고 사람 모양의 긴 풍선이 허리를 휘휘 돌리는 광고물 앞을 지난다. 회사에서 한 블록 떨어진 해수사우나탕 앞을 지나 회사 정문 앞에 선다. 자전거에서 내려 차단기 앞에 선다. 순간, 매연에 들뜬 바람이 휘릭 분다. 나는 자전거와 함께 매연의 바람을 타고 멀리 휘말려 올라간다.

다시 빙원이다. 과연, 빙원은 빙원답게 생각 이상을 생각하게 한다. 나침반 없이도, 방향을 가늠할만한 빛 없이도, 이 빙원은 떠도는 그리움과 사귄다. 그러니 나는 나침반 바늘 밖에 있는 것도, 실종된 것도 아니다. 아니라고 우겨본다.

솔직히 말하면 문명과는 한참이나 떨어진 채 빙원을 걷는다는 게 가슴 저리다. 감정을 냄새나 색깔로 측정하거나 찍는 나침반이 없는 건 다행이다. 스마트나 나노 기술을 발전시킨다 해도 그런 것만은 제발 개발하지 말았으면, 말았으면 싶다. 원숭이의 혀와 고릴라의 혀, 사람의 혀에서 침을 추출해 이렇게 사는 게 방향대로 사는 것이라는 나침반을 만든다 해도, 침에 들어있을 기억마저 찾아내는 일은 부디 없길 바래본다.

별별 생각을 다해보지만 적적함이 아프다. 이렇게 아프기보다 나는 어디로 달려가 누구를 만나고 있는지 모를 시간을 내 곁으로 끌어온다. 그래서인가보다. 언젠가는 만나게 될 그런 운명의 일부처럼, 그런 운명의 어디쯤을 걷는 것처럼, 서서히 어떤 기대감 같은 것이 차오른다. 이불을 뒤집어쓰고, 때론 옆으로 돌아누워 S의 생각에 골몰했을 때가 이런 느낌과 흡사하다. 생각에도 공간이라는 게 있다면 이 빙원처럼 눈에 다 들어오지 않을 만큼 넓기도 할 것이고, 이백육십오 밀리미터 내 신발 사이즈만큼이나 꽉 들어차게 있기도 할 터이다.

나는 나만이 아는 그 공간에서 S를 만난다. S는 새빨간 씨앗을 입에 물고선 포르르 포르르 날아 내게로 온다. 저 생생함을, 저 육감을, 차마 똑바로 볼 수가 없다. 가녀린 어깨가 살짝 들썩이며 웃는다. 희고 둥근 저 어깨를 콱 깨물어 이빨자국이라도 낼 수 있었으면. 생각만으로도 가슴이 뛴다. 나는 짐짓 딴청을 부리며 장난을 건다. "니 코가 왜 그래?" "내 코가 어때서?" "코딱지가 붙었잖아, 그것두 왕코딱지." "어머! 정말? 아이, 난 몰라!' S가 얼굴이 빨개지더니 작은 손거울을 꺼내 들여다본다. 나는 짐짓 딴 데를 보며 픽 웃는다. "뺑이야!' S가 눈을 흘기며 물 잔에 손가락 다섯 개를 살짝 넣더니 물이 뚝뚝 떨어지는 손가락을 탁 튕겨 내게 뿌린다. S가 뿌리는 물을 기분 좋게 맞는다.

 병원은 생각의 공간을 확장시켜 있지도 않은 일마저 조각하게 한다. 이러한 병원을 S는 알고 있을까. 걸어본 적이 있을까. S를 데려와 이곳을 보여주고 싶다. 내가 이 시간 속에서 성장해 여기까지 왔듯, S도 그랬으리란 생각이 든다. S와 내가 만나고 헤어지며 느꼈던 그 순간의 점들, 그 돌기들, 그 희망과 절망들이 여기일지도 모르겠다. 심호흡을 해본다.

 한여름 S와 올림픽대로를 달릴 때, 살수차는 도로에 물을 뿌렸고, 한강의 물빛은 느적거리게 더웠고, S의 조잘거리는 목소리는 미니아타이끼밤나방의 진분홍빛 날개를 닮았었다. 건설교통부에 들어갈 시설안전 네트워크 운영시스템에 관한 자료를 검토하고 있을 때, S가 추돌을 당해 언쟁을 하고 있다고 알려왔지만 당장 달려가지 못했던 내 입장이 생각난다. S의 전화를 놓칠까 전화기에서 눈을 떼지 못하면서도 걸려온 전화를 받지 않았던 때의 불안감이며, 그래서 한 달여 동안 만나지 못했던 것도 떠오른다.

 시간의 두터운 덩어리를 밟는다는 게 신기하다. 병원엔 과거와 현재, 미래가 없다. 구분 없이 한데 공존하는 속에서 과거와 현재, 미래라는 게 왜 있어야 하는지, 이곳을 아는 사람이라면 넉넉히 알 수 있으리라. 그렇다. 나는 시간이 없는 곳에서 시간이 없는 것으로 시간을 즐긴다.

 저것은 시간 너머에 있는 것일까. 희고 둥근 물체가 눈에 들어온다. 얼음으로 된 언덕 같기도 하고 커다란 이글루 같기도 하다. 걸음을 재게 놀려 물체 쪽으로 다가간다. 물체는 얼핏 봐선 이글루인데 이글루는 아니다. 앞은 뻥 뚫려 있고 높이는 건물 삼 층 정도의 높이로, 굳이 말하면 얼음으로 된 굴이다.

입구에서 안을 들여다본다. 천장은 궁륭의 형태로, 왁스로 윤을 낸 듯 반들반들해서 마치 커다랗고 둥근 거울을 붙여 놓은 듯하다. 조금은 두근거리는 심정으로 소리쳐본다. "누구 안 계십니까?" 소리는 굴 어디쯤으로 들어가는 게 아니라 바로 내 발밑으로 떨어지는 듯하다. 왜 그럴까. 잠시 머뭇거리다 안으로 들어가 본다.

굴의 천장과 양 벽은 얼음인데 바닥엔 하얀 솜을 깔아놓은 듯 눈으로 푹신하다. 눈 위에 벌렁 눕는다. 거울을 닮은 천장엔 누워있는 내가 들어 있다. 굽슬굽슬하게 숱이 좋은 머리칼, 쌍꺼풀 없이 크지도 작지도 않은 눈, 갸름하게 빠진 턱선. 내 얼굴이 맞긴 한데 어쩐 일인지 나라는 실감이 나지 않는다. 어째서 나는 저 얼굴을 나라고 여기며 살아왔을까. 어째서 내가 아니라는 의심은 한 번도 해 본 적이 없을까. 나를 보는 눈들이 나라고 하는 한, 저 얼굴은 내 얼굴이 된다.

천천히 일어나 눈 바닥에 앉는다. 바닥엔 레일 같은 두 줄의 자국이 눈 위로 길게 뻗어있다. 굴속에 레일 자국이라니 기차라도 다니나? 헌데 굴속에 눈이 있다는 게 어째 앞뒤가 맞지 않는다. 누군가 눈을 퍼다 굴 안에 퍼 놓았을 수도 있고, 아니면 눈 위에다 얼음 굴을 조각해 놓았을 수도 있다. 전위예술 혹은 설치미술을 하는 사람이 이런 굴을 만들었다면 사람이 있다는 얘기다. 그렇다면 발자국은 왜 없는 것일까. 얇은 기대감 끝에 의혹이 불안스레 스친다.

일단 레일 자국을 따라가 보기로 한다. 레일 자국은 끝이 보이지 않을 정도로 굴 저편으로 뻗어있다. 레일 자국을 밟으며 문득 뒤를 돌아본다. 있어야 할 내 발자국은 보이지 않는다. 나는 죽은 것인가? 발로 레일 자국을 흩어보기도 하고 꾹꾹 밟아보기도 한다. 레일 자국은 지워지지 않고 내 발자국은 생기지 않는다. 오차원의 세계란 바로 이런 곳을 두고 한 말은 아닐까? 블랙홀로 빠져든 것인지도 모르겠다.

나는 굴 안을 걸으며 누구 없냐고 몇 번이고 소리친다. 성대를 통해 나왔을 내 목소리는 어디로 가는 게 아니라 발밑으로 떨어져 순식간에 뾰족한 물체로 바뀌는 듯하다. 왜 그럴까. 놀이동산의 요술방 같은 곳인가? 할 수 없다. 가는 데까지 가 보자.

레일은 굴의 휘어짐에 따라 두 가닥으로 평행을 이루며 이어지고, 나는 그 평행 위를 걸어간다. 서서히 기운이 빠진다. 전방 삼백 미터에 무엇이 있다든지, 일 킬로미터만 가면 어디가 나온다든지, 그런 사전 지식이라도 있다면 이렇게 지치지는 않을 것이다. 내비게이션에 길들여진 인식이 이럴 때는 도움이 안 된다. S가 있다면, S와 함께 이 길을 간다면, 나와 S는 소풍으로 걸을 것이다.

S가 그릇 바닥에 남은 비빔냉면을 싹싹 긁어모아 젓가락으로 감으며 말한다. "너랑 과외 할 때 말이야, 나, 니 눈에 띠려고 열공한 거 몰랐지? 간신히 니 눈에 띨랑말랑 했을 때 왜 그랬는지 모르지만 넌 과외를 관두더라. 니 별명을 지을 새도 없이. 그때 나, 존심도 상하고 화딱지도 나고 그랬어. 본때를 보여주고 싶은 그런 심보랄까… 하여간 너랑 같은 대학엘 가면 되겠구나 그런 생각을 했어. 말이 난 김에 나, 솔직히 고백할까? 고백하고 싶어. 중고딩 때 별이 빛나는 밤에 라는 라디오 심야 음악프로 있었잖아. 거기다 나, 노래 신청 많이 했거든? 그때 누구랑 듣고 싶다, 그

런 거 적어 보내잖아. 그때 니 이름을 댈 순 없고 해서 다른 이름을 적어 보내곤 했댔어. 혹시라도 니가 그 프로에서 내 이름을 듣고 연락해 오진 않을까 기대하면서. 내 신청곡이 여러 번 나왔는데 넌 그 프로를 듣지 않았든지 나라는 앨 전혀 기억하지 못했든지 아무튼 연락이 없었어. 나중엔 니가 토목과에 간 걸 알았어. 그리고 결혼한 것도. 그때 널 잊기로 했지. 잊는다는 것도 맘대로 되지 않는다는 거, 너도 잘 알지? 니 결혼소식 듣고 속 많이 쓰렸어."

말을 듣는 내 속도 쓰리긴 마찬가지다.

"S야! S야!" S를 부르며 레일 위를 뛰어간다. 뛰고 또 뛰어가면 S가 저 끝 어디에선가 눈물로 반겨줄 것만 같다. 내 눈물처럼, 나를 반기는 눈물로, 그렇게 동이 트듯 와 있을 것만 같다.

유월 팔일 새벽 네 시, 정 차장과 나는 작업복으로 갈아입고 숙소를 나온다. 대리 한 사람과 직원 둘은 이미 작업용 트럭에 시동을 걸고 우리를 기다린다. 정 차장이 휴대폰으로 아르바이트 인부 몇을 체크한다. 정 차장이 코란도에 오르며, 인부들이 네 시 삼십 분까지 현장으로 올 것이라고 말한다. 나는 알았다고 대답하며 코란도 조수석에 앉는다. 정 차장이 차를 몰아 숙소를 빠져나간다.

유월의 원주 새벽은 사람에게 딱 알맞을 만큼 맑고도 차다. 치악터널 쪽으로 가는 동안 어둠이 조금씩 벗어진다. 시야 속으로 길가 숲이며 도로가 희뿌옇게 드러난다. S와 나는 아직도 희뿌옇게 보이는 저 사물과도 같이 명확하지 않다. 빛이 있어도 드러나지 않는 것들 중엔 S와 나도 있다. 한 번 만나고 두 번 만나고 앞으로 수없이 만난다 해도 S와 나는 지금보다 더 나은 진전은 없을 것이다. 이름과 연락처를 알고 직장과 나이, 가족 관계를 알아도 그런 것들과는 무관하게, S와 나는 우리라는 호칭을 쓰지 않는다. 실은 우리라는 것보다 더 가깝고 우리라는 것보다 더 깊게 느껴질 때가 많은데, S와 나는 한 번도 우리라고 말해 본 적이 없다. 우리를 원하면서도, 우리보다 더 우리가 되어 있다는 것을 알면서도, S와 나는 우리가 아닌 S와 나로만 있다. 빛이 있을 때 사물이 사물로 확정된다면 자의로 그 빛을 차단했던 건 나였을 것이다. 뚜렷이 보이는 하나의 작은 점, 빈 틈 없이 짜인 직물의 조직, 전자현미경으로 낱낱이 까발려지는 세포의 구조보다, 나는 모네의 그림처럼 수증기에 싸인 듯한 그림이길 바랐던 게다.

금대리에 도착하자 해는 아직 뜨지 않았는데 날은 제법 훤해져 있다. 도로에서 철길 아래로 나있는 낮은 건널목을 지나 납작한 기와집 앞 공터에 차를 세운다. 정 차장이 차에서 내려 으아! 하고 큰소리를 내며 기지개를 켠다. 어느 집에선가 닭 우는 소리가 시냇물 소리에 섞여난다.

차에서 내리기 무섭게 시골 새벽 공기가 눅눅하게 뺨에 와 닿는다. 숯이 다 탄 직후에 나는, 새벽의 시골에서나 맡을 수 있는 냄새가 마치 연기라도 피운 듯 산 밑자락 마을을 채운다. 철로 옆의 고추밭엔 고춧대가 세워져 있고 옥수수는 아직 어린잎을 달고 있다. 콩잎은 제법 무성하게 퍼져있고 이슬을 맞은 잎들은 어제의 잎들과는 다르게 성큼 자라 푸르고 싱싱하다.

정 차장이 뒷좌석에서 헬멧과 마스크를 꺼내든다. 나는 회사 작업복 위에다 겨울 파커를 걸치고 카메라와 헬멧을 챙겨든다. 철로 저쪽에서 철도공사에서 나온 김 과장이 아는 척을 한다. 나는 김 과장과 악수를 하며 단전을 했는지 묻는다. 김 과장은 삼십오 분에 단전시켰다고 대답한다. 트롤리를 밀 인부가 정 차장에게 인사를 하고, 정 차장은 인부에게 도구들을 챙겼는지 일일이 점검한다. 나는 정 차장에게 접지를 했는지 알아보라고 말한 후 철로 위로 올라간다. 우리가 있는 건너편엔 중앙고속도로가 거대한 하늘 다리처럼 걸려있고 간간이 속력을 내는 차들이 새벽을 뚫는다.

철로 위를 걸어 터널 앞으로 간다. 터널 안은 조도가 낮아 창자 속처럼 컴컴하고 길게 휘어져 끝이 보이지 않는다. 터널 안에 갇혀있던 바람이 탁한 냄새를 쏟아내며 내 쪽으로 분다. 내 속에 있는 바람도 저러하리라. 아내는 내 속에 무엇이 들어있는지 모르겠다고 한다. 나도 내 속이 어떤지 잘 모른다. 아내가 바라는 나, 내가 바라는 나, 사회가 바라는 나, 그게 어떤 것이든, 나는 내게 붙여진 명칭대로 살려고 애를 쓴다. 애를 쓰는 만큼 채워지는 건 아니다. 어느 누구에게나 어떤 정황에서나 한 톨의 실수도 없이 매끄러울 수 있다면 나는 신보다 더한 위치에 있어야 마땅하다. 아내도 나도 사회도, 신이 될 수 없다는 것을 알면서도 신이 되길 바란다. 과욕, 과욕이다.

철로 저 쪽에선 사람들이 각자 맡은 일을 하느라 분주하다. 사람들이 아무리 부지런을 떨어도 신이 될 순 없다. 다람쥐가 혼신을 다 해 쳇바퀴를 돌려도, 쌈닭이 투계로 상대 닭을 쓰러뜨려도, 암소가 기네스북에 오를 만큼 다산을 해도, 신이 되진 못한다. 그래서 다행이다.

직원들과 인부들이 철로 밖에 놓여있던 트롤리를 들어 철로 위에다 놓는다. 트롤리는 네 귀퉁이에 쇠막대로 기둥을 세우고 그 안 바닥에 합판을 깔아 두 층으로 높게 세운 것으로, 터널 천장을 점검할 때 쓰는 일종의 간이 차량이다.

인부 한 사람이 발전기를 트롤리에다 얹는다. 나는 헬멧과 마스크를 쓰고 정 차장과 직원 한 사람, 인부 한 사람과 트롤리에 오른다. 인부가 발전기에 달린 줄을 잡아당겨 가동시킨다. 발전기 돌아가는 소리가 고막을 메운다.

트롤리가 터널 안으로 들어간다. 컴컴하고 습한 열정과도 같은 바람이 터널 속을 휘젓고 다닌다. 발전기와 연결된 라이트를 켜고 터널 벽을 훑어본다. 벽은 얼룩지고 열화[3]가 된 채 6.25 때 맞은 총알 자국을 선연히 드러낸다. 터널 벽을 점검하는 이 시간의 나와, 까지고 피멍 든 군화 속 발을 질질 끌며 사격했을 그때의 장병은, 다른 시간 속에 있지만 같은 시간 속에서 만난다. 나는 그 장병의 엄호사격을 받으며 터널 안을 지그재그로 달린다. 적이 쏜 총이 내 심장을 뚫는다. 나는 쓰러지고 총소리와 탄피 떨어지는 소리는 터널 같은 내 속에 구멍을 낸다. 나는 고꾸라진 채 소리에 미쳐가며 소리를 향해 마지막 총을 발사한다. 기대와 좌절, 두려움과 머뭇거림으로 떨던 내 속이 깨끗하게 빈다. 죽음을 선택할 수 있다면, 나는 안이한 자살이나 통증 없는 자살보다 이런 죽음을 택했으리다.

정 차장이 5구간을 라이트로 비춘다. "부장님, 저기 2240[4]에 균열이 심하게 간 것 같은데 사진 안 찍으십니까?"

---

3) 터널을 시공할 때 콘크리트를 타설하는데, 시간이 지나면 콘크리트에 들어있는 시멘트 성분이 얼었다 녹았다 하면서 푸석푸석해진다. 이를 일반적으로 콘크리트 라이닝의 열화라고 한다. 라이닝은 시멘트와 골재를 혼합한 후 굳어진 것을 뜻한다.

4) 터널 시점을 0m로 봤을 때, 시점으로부터 2,240m 떨어진 위치를 말한다. 참고로 치악터널의 총 길이는 3,650m다.

시간은 급속히 건조되고 나는 그제야 정신을 차리고 디지털 카메라를 꺼낸다. "스톱!" 내가 소리치자 트롤리를 밀던 아르바이트생이 트롤리를 세운다. 트롤리에서 내려 2240 벽면을 찍는다. 벽엔 균열이 심할 뿐 아니라 물까지 샌다.

아내와 나, S와 나, 이 벽에도 금이 가고 물이 샌다. 아내는 내 지방 출장을 은근히 기다리는 눈치고 S에게선 연락이 없다. S가 일본 여행을 간다는 말을 들은 게 이 주 전이니까 매일 이메일을 보낸 것을 생각하면 꽤 긴 시간의 공백이다. S의 공백이 목을 누른다. S로선 서운했을 일이지만 나로선 그 서운함을 어째보지 못한다. S는 이런 나를 두고 갈증요법을 쓰냐, 꾼이냐, 농담 섞인 질책을 하지만 내가 그 정도만 되었더라도 금이 가거나 물이 샐 정도까지 방치하진 않았을 것이다. 진전을 원하는 나, 더 이상의 진전은 없다고 못을 박는 나, 이 둘의 대치는 내가 없어질 때까지 같은 모양의 직선 그래프를 그을 게 뻔하다. 참으로 한심스럽다.

사진을 찍고 트롤리에 오른다. "출발! 수질 검사용 물 받는 거 잊지 마!" 내 외침에 직원이 무균 채수병을 아르바이트생에게 건네며 어느 구간의 물을 받아야 좋을지 묻는다. 나는 조금 더 가 보자고 대답한다.

트롤리는 4구간을 향해 간다. 터널 밖에서 일었을 바람이 터널을 타고 제법 세게 분다. 터널 어디쯤에서 떨어졌을 검댕이 정 차장의 눈썹 위에 붙는다. 내 얼굴에도 검댕이 붙었을 것이다. 내가 볼 수 없는 검댕을 아내는 보고 있으니, 다름에 대한 합일점은 찾기 힘들다.

4구간 중간 쯤 천장에서 물이 떨어진다. "스톱! 여긴 어디지?" "2290입니다." "엔진 좀 꺼 봐." 정 차장과 나는 트롤리 꼭대기로 올라간다. 정 차장이 휴대용 플래시를 천장에 비춘다. 천장은 구멍이 뚫려 있고 구멍을 중심으로 사방엔 굵은 균열들이 심각함을 말해준다. 망치로 천장을 두들겨본다. 콘크리트가 힘없이 부스러진다. 떨어지는 콘크리트 부스러기를 받아 들여다본다. 열화가 진행된 지 한참이나 된다. 디지털 카메라로 구멍 난 천장과 천장 주변을 찍고, 측정 데이터 보고용지에다 상태를 꼼꼼히 기록한다.

삼 미터도 채 가지 못해 천장에서 물이 샌다. 정 차장이 천장을 망치로 두들겨본다. 같은 스판span⁵⁾인데도 2290 구역보다 상태가 더 나쁘다. 왜 그럴까. 온도와 습도와 바람, 그리고 기차가 달릴 때 발생하는 충격은 비슷했을 터인데도 열화의 상태는 각기 다르다.

나와 S 역시 같다면 같은 스판이지만 열화 상태는 다르다. 내가 사회적 인식, 양심의 결림, 관계에서 느끼는 부자연함, 그런 망치질에, 아니, 망치만 생각해도 쉽게 부스러질 때, S는 망치를 잡아채어 새로운 걸 만든다. 내가 심한 불규칙으로 누수 되어 갈 때, S는 자연스러운 풍화작용으로 받아넘긴다. 이런 차이 때문일까. S와 내가 만나기도 하고 헤어지기도 하는 것은.

진회색 바람이 터널 안이 비좁다 싶게 몰려다닌다. 터널 입구 쪽으로 고개를 돌린다. 입구는 보이지 않고 짙은 회색의 바람만이 방향을 잡지 못한 채 이리저리 떠돈다. 이런 바람마저 절실했던 적이 있다. 풀 한 포기 없던 광야에서, 침침하게 고여 있기만 했던 병실에서, 나는 나를 허물어줄 바람 한 점을 찾아내려 허둥댔다. 그 바람이 사막과 병원을 지나, 이십 층 베란다와 오버브리지를 지나, 이곳 트롤리가 멈춘 2290 구역까

---

5) 라이닝콘크리트 타설 시, 약 10m 내외로 이음을 두는데, 한 스판은 같은 날(시간)에 타설 된 콘크리트를 말한다.

지 와 나와 해후한다. 이제야 나는 그 바람을 이해한다. 양의 목에서 흘러나오던 피의 향기는 신선하며, 메에에~ 슬피 울던 노래는 다정하고, 나의 제단에 내가 제물이 된 건 유쾌한 일이다.

"출발!' 정 차장의 외침이 요란한 모터 소리에 섞여 난다. 트롤리가 설 때마다 나는 천장을 점검하고 열화가 진행된 상태를 찍고 적는다. 정 차장은 트롤리 운전자에게 연신 스톱! 출발! 스톱! 출발!을 반복하며 천장을 망치로 두들겨보기도 하고 상태를 말하기도 한다. 트롤리는 요란하게 울려대는 모터 소리와 함께 출발과 정지를 오간다. 나 또한 출발과 정지를 오간다. 어쩌면 출발도 정지도 아닌, 출발과 정지 그 사이에 끼어 사는 것일지도 모른다. 언제나 출발인데 언제나 정지인 듯한 그런 기분을 떨쳐내기가 쉽지 않다.

3구간으로 가자 아르바이트생이 토끼굴을 가리키며 내게 소리친다. "물을 받아야 하는데 저기서 나오는 거 받으면 안 됩니까?'

터널 중간 벽 쪽엔 안으로 쑥 들어간 공간이 있는데 일명 토끼굴이라고 부른다. 토끼굴에선 산에서 터널을 뚫고 내려온 물이 제법 흘러나오고, 우리 팀원들은 가끔 그 물에 세수도 하고 그 구석 한편에서 요의도 해결한다. 내가 모터소리보다 큰소리로 대답한다. "지표수가 그대로 나와서 안 돼! 조금 더 가보자!'

나는 천장 점검을 정 차장에게 맡기고 트롤리에서 내린다. 토끼굴에서 2구간 쪽으로 가며 벽면을 검사한다. 노후 된 터널은 벽면이 떨어지고 균열 간 곳 투성이다. 사진을 찍고 기록을 해가며 1구간 쪽으로 간다. 손봐야할 지점이 너무 많다. 이렇게 노후 된 터널이 아직 사고 없이 터널 구실을 한다지만 그것은 잠시의 일이다. 부식되고 노후 되어 가는 게 어디 이곳뿐이랴.

　아내는 나 몰래 드럼을 치며 일탈을 만끽하고, 내 눈을 피해 문자를 날리며, 남자일 게 뻔한 초등학교 동창과 골프를 계획한다. 자유와 차이를 인정하는 양 모른 척 하지만 관심도 무관심도 표방하지 않는다. 그저 귀찮다는 느낌 때문이겠지만 그게 전부가 아닐지도 모른다. 어쩌면 나는 허한 중년을 방치한 게 아니라, 졸렬한 놈이라는 소리가 듣기 싫어서가 아니라, 그것을 빙자로, 그 틈을 이용해, 나만의 자유를 가지고자 했을 일이다. 아내에게 자유를 주는 만큼 나도 그만큼의 자유는 누릴 자격이 있다는 계산이 전혀 없다고 말할 자신이 없다.

　1구간 쪽으로 갈수록 터널 안이 훤해온다. 나는 트롤리에다 대고 소리친다. "물은 2와 3구간 사이에서 받아!" 내 입에서 허연 입김이 나온다. 아르바이트생이 무균 채수병을 들고 트롤리에서 뛰어내린다. 안전모 사이로 삐죽이 나온 머리칼이 습기와 바람으로 지저분하게 날린다.

　1구간 입구가 보인다. 빛이 터널 안으로 미끄러져 들어온다. 빛을 향해 뚜벅뚜벅 걸어간다. 혹시 터널 저 밖에서 S가 기다리고 있진 않을까. 가슴이 조금씩 툭툭거리다 이윽고 터질 듯 벅차오른다.

　"S야! S야!" 나는 터질 듯한 가슴으로 굴 입구라 여기는 쪽을 향해 내달린다. 내 목소리는 젖어있고, 그 자리에 떨어진 소리는 조각조각 부서져 저 어딘가로 숨어버린다. 나는 내 소리를 찾아 얼음 굴 끝을 향해 미치게 달린다.

　어디까지 달렸을까. 나는 그만 미끄러진다. 얼음 굴이 내 위로 무너져 내린다. 나는 얼음 더미에 눌려 얼음이 된다. 얼음이 된 나는 누군가의 말 대로 미라가 되려한다. 미라가 되기보다 먼지가 되었으면 좋겠다. 먼지가 되기보다 바람이 되었으면 좋겠다. 맑은 바람으로, 저 굴 밖에서 오래 기다렸을 S에게 입맞춤으로 갔으면 한다. 그래, 그렇게 하자.

얼음 더미를 손으로 부순다. 손톱이 부러지고 손끝에 물집이 생긴다. 물집이 차츰 커지더니 애드벌룬처럼 부푼다.

뺑! 커질 대로 커진 물집이 일순 터지며 내 피와 땀은, 억눌림과 욕망은, 사방으로 줄줄 흐른다. 내 몸의 모든 액체는 S가 있는 쪽을 향해 흘러 기체가 되고, 기체가 된 나는 더는 분리될 수 없는 상태로 증발한다. 나는 차선 없는 허공을 둥글게, 둥글게, 달리며 S에게로 간다. S는 바람이 된 나를, 입맞춤으로 찾아가는 나를, 알아볼 수 있을까. 알아볼 수 있길, 제발, 알아볼 수 있길.

열둘

둥글게, 둥글게, 몸이 이리저리 쏠린다. 토악질이 날만큼 어지럽다. 나는 정말 기화된 것일까. 누군가 내 몸을 들어 바퀴 달린 침대에 눕힌다. 몸이 잠시 공중에 뜬다. 이렇게 한 시간만 허공을 떠다니며 보고 싶거나 만지고 싶거나 말하고 싶은 걸 할 수만 있다면.

비현실이란 공상이나 상상에만 있는, 허무맹랑한 것이기만 한 건 아니다. 매트리스에 알박기라도 한 양 누워만 있기만 하다, 지상 일 미터 남짓 되는 높이로 운반되고 있는 것도 비현실이다. 그렇다. 이것은 허구일 수도 있다. 나는 기계와 의학이라는 거대한 진리 속에서 내 의지를 주장하지 못한다. 두개골은 무영등 아래서 열리고, 대뇌와 소뇌, 연수와 뉴런은 기계로 측정되어 내가 누구인지를 밝혀낸다. 허공을 놀이터로 놀던 나는 뇌파나 혈액검사에는 들어있지 않다. 이것은 허구다. 허구가 된 나는, 의식불명자라는 판정으로 의학 앨범에 한 줄도 못되는 전문용어로 기록될 것이다.

바퀴 달린 침대가 엘리베이터를 타고 아래로 내려간다. 칠백사 호실에 고여 있던 공기와는 다른 공기가 나를 찌른다. 울컥, 가슴이 아려온다. 살아있는 공기, 비록 수선스럽고 메스껍긴 해도 이것이야말로 살아 움직이는 몸이라고 상기시킨다. 살아있다는 게 무엇이기에 나는 이런 미미한 변화에도 의미를 부여하는가.

일 층에 도착하자 엘리베이터 문이 열린다. 사람들의 웅성거림과 냄새가 참을 수 없이 비위에 거슬린다. 살아있다는 것이, 사는 것이, 이런 냄새였던가. 병실을 나왔을 때보다 속이 더 울렁거린다.

간병인이 아내에게 들으라는 듯이 말한다. "오메, 저 인상 쓰는 것 좀 봐. 여길 나가는 게 싫은가벼."

아내는 아무 대꾸 없이 침대 뒤를 따라온다. 나는 가볍게 들려 응급차로 들어간다. "아아니, 저런 냥반을 요양원에다 모시다니 에구 워쩐다냐." 간병인의 볼멘소리가 듣기 싫었던지 아내가 한마디 던진다. "병원에서 더는 치료할 게 없으니 나가라잖아요. 그렇게 안타까우면 같이 가서 간병해 주시던가요." 간병인이 입을 다문다.

응급차 문 닫히는 소리가 나고 나는 어딘지도 모를 곳으로 이동한다. 그동안 나를 소유하며 심심풀이로 자신의 욕구를 임상실험 하던 간병인은 이제 다른 대상을 찾아야 할 것이다. 아내는 스스로 간병인이 될까 다른 사람을 간병인으로 쓸까. 누가 됐든 나는 나를 얘기할 수 없고 내 얘기를 들을 수 있는 사람도 없다. 단절이란 바로 이렇게 동행을 거부하며 일방적으로 거대해지기만 한다.

병원 구급차가 사이렌을 울리며 달린다. 세이렌이 불렀던 노래도 저런 소리는 아니었을까. 세이렌이 펄떡거리는 심장으로 자신을 노래했듯, 나는 나만의 심장으로 S를 부른다. S는 내가 보낸 세이렌의 음을 듣고 문자를 친다. 시내 출장은 언제? 나는 문자로 답을 보낸다. 오늘. S가 답을 보낸다. 일 끝나면 잠깐 볼래?

나는 건대 앞 지하철역에서 내려 역사 바로 오른쪽에 있는 복합건물 이 층으로 올라간다. 유리문엔 스콜이라는 상호가 필기체로 적혀있다.

S는 생각에 골몰한 얼굴로 창가 자리에 앉아 있다. 나는 S 맞은편에 앉으며 빙긋 웃는다. "뭘 그리 생각해? 나 계단 내려오는 거 봤니?" "생각은 무슨. 전동차 오가는 거만 봤어." "오래 기다렸니?" "아니." "뭐 시켜야지." "응." "뭐 먹을래?" "핫초코." "어린애 같긴." "언내가 되고 싶었나 부지." "너도 그럴 때가 있니?" "응." "언제?" "지금." "왜?" "너 만났으니까." "그럼 나 안 만날 땐 어른이고?" "응." "왜?" "묻지 마. 너한텐 어려운 거니까." "그래? 그렇담 큰일이다." "뭐가 큰일이야?" "뭐긴 뭐야 말도 안 되는 소리에 말도 안 되게 나도 핫초코가 시키고 싶어진다는 거지. 여기 핫초코 둘 주세요."

S와 나는 같은 시간에 같은 언어로 같은 핫초코를 마신다. S는 내게 스콜이다. 세차게 내리쳐 저 먼 곳에 있을 나를 만나게 해주는 스콜.

스콜은 간 데 없고 나는 구급차에 실려 작은 요양원으로 들어간다. 수인 번호를 달 듯 나는 백삼 호라는 병실 호수를 달고 언제가 될지 모를 시간을 이곳에서 보내게 되리라. 간병인이나 아내가 들락거릴 것이고, 나를 포기한 의사는 의례적인 진찰과 물리치료를 권할 것이다. 아내는 물리치료를 해야 할 것인지를 두고 고민할 테고, 예전의 그 간병인이 온다면 물리치료를 해야 한다고 우길 터이다.

남자 둘이 나를 들어 침대가 아닌 요에 눕힌다. 칠백사 호실의 공기보다 더 압축된 공기가 폐에 들어찬다. 여긴 작은 온돌방이다. 방의 크기로 봐 나 혼자 쓰는 방인 듯하다. 아무도 없는 방에서 나는 누구와 사귀어야 할까. 비둘기 나라를 찾아가던 나와, 사막 깊은 곳에서 피아노를 치던 소녀의 이야기, 스콜에서 만났던 S를 들어줄 사람 하나쯤은 있었으면 싶다.

아내가 소지품을 수납장에 넣으며 말한다. "당신을 어떻게 해야 좋을지 모르겠어요."

나도 나를 어떻게 해야 좋을지 모르겠다. 아내나 나는 대상 없는 대상을 향해 글러브를 낀 주먹을 휘두른다. 그래도 나는 아내보다는 낫다. 처치 곤란한 물건을 앞에 두고 버릴 수도 끼고 있을 수도 없어 난감해 하는 아내보다, 무엇인지 모를 시간과 노닥거리며 지내는 내 처지가 훨씬 간단할 테니.

반쯤 체념 섞였던 아내의 목소리가 일순 파랗게 날을 세운다. "평생 당신 손으로 관리하던 봉급, 그거 못해서 어떻게 누워있어요?"

나는 할 말이 없다. 더 할 말이 없는 건 두 아이의 학비와 생활비, 병원비를 무엇으로 해결하는지 생각해 본 적이 없다는 점이다. 커피를 팔아 나오는 수익금이 얼마나 되는지 몰라도 그것으로 모든 걸 충당한다는 건 무리일 것이다. 더구나 연봉이라는 것이 생활은 물론 사회적 평판의 다림줄이 되어주는 이 시대에, 아내는 연봉 없이 어떻게 견디고 있는지 알 수 없다.

아내가 물티슈를 뽑아 내 머리맡 방바닥을 닦는다. "월급이 없어진 거, 잘 된 일인지도 몰라요. 나, 당신 월급 같은 거 없이도 살 수 있다는 걸 알았어요. 당신 연봉에 비하면 형편없지만 그래도 난 내가 벌어먹고 살아요. 내가 번 돈으로 당신 치다꺼리도 한다구요."

잘 된 일이다. 그동안 내가 먹여 살렸으니 이젠 아내가 나를 먹여 살릴 차례다. 입이 닳게 동등함을 외쳤으면 이러한 일에도 동등해져야 하지 않을까. 아내가 은연중 내 생명을 쥐고 있다는 메시지를 던지는 것도 마음에 든다.

아내가 핸드백을 열어 손거울을 꺼낸다. 붉은 립스틱을 덧바르고, 눈과 눈 밑을, 코와 코 옆을, 볼과 볼 옆을 샅샅이 살핀다. 아내가 돌연, 나를 돌아본다. 단장한 얼굴 속엔 혐오와 증오가 부글거린다. "당신, 거울 본 지 꽤 됐죠? 당신 얼굴이 어떻게 됐는지 궁금하지 않아요?"

내 얼굴이 그 새 다른 얼굴이 되기라도 했단 말인가. 하긴, 키메리안을 보고 내 얼굴이 떠오른 걸 보면 바뀌었는지도 모르겠다. 그렇다고 뭐가 달라졌으며 달라질 것인가.

아내는 달라진 네 꼴을 똑똑히 보라는 듯 손거울을 들이민다. "자 봐요. 얼마나 잘났는지."

나는 눈을 뜨고 거울 속의 나를 응시한다. 굵은 웨이브 파마를 한 듯한 검은 머리칼도, 테 없는 안경도, 아집으로 똘똘 뭉친 눈도 보이지 않는다. 나는 어디로 간 것일까. 홍채는 닫히고, 맹점은 중심을 잃고, 간상체와 원추체는 막히고, 후두엽은 끊어지고, 외측 슬상핵은 모든 상을 차단한다. 병실이라는 풍토병에 걸려 안면실인증에라도 걸린 것일까.

아내가 거울을 바짝 들이민다. "안경이 없어서 안 보여요? 그때 자동차랑 안경 다 박살났잖아요. 대체 그 시간에 거긴 왜 갔어요? 거기에 뭐가 있다구."

아내가 말하는 그때라는 때는 언제일까. 한 시간 전? 이 년 삼 개월 전? 아니면 사 년 육 개월 후? 그 시간이 언제가 됐든 나는 이제 숫자 속에 들어있지 않다. 시간은 물리적으로 드러날 때나 시간이 되지 생각으로 떠도는 자의 시간이란 그림자보다도 못한, 인정할 수 없는 시간인 것이다. 아내는 아내의 시간을 말하고 나는 내 시간을 말한다. 그렇다고 내 시간은 거짓이고 아내의 시간은 진짜라고 말할 수도 없다. 나는 빙벽에서도, 초원에서도, 비둘기와의 첫 만남에서도, 피와 살을 가진 나로 있었다. 아내는 약수터에 있었을 때에도, 교회에서 기도를 하고 있었을 때에도, 가스레인지 앞에서 등을 돌리고 있었을 때에도, 과학으로 증명할 수 없는 시간 속을 돌아다녔다. 누가 현실에 거주했고 현실에 합당하게 살았냐고 묻는다는 게 어리석다.

아내는 내 어리석음을 질책하듯이 같은 말을 반복해서 묻는다. "그때 거긴 왜 간 거죠? 누굴 만나려고 비 오는 그 밤 그 시간에 그 먼 데까지 간 거냐구요."

아내가 말하는 그때 그 시간, 나는 어디에 있었던가.

뢴현상에 말려든 것처럼 정신없이 차를 몬다. 오버브리지는 실타래처럼 이리저리 이어져 있고 나는 비 내리는 오버브리지를 타고 어딘지도 모를 곳으로 간다. 한강 물빛은 S와 보았을 때와는 완연히 다르다. 비가

환 177

오긴 하나 다리에서 쏘아대는 여러 색의 조명은 예쁘기는커녕 조잡해 보이고, 급하게 분칠하고 손님을 맞이하려는 창부처럼 억지웃음을 띤다. 여기가 어디인지 무엇 때문에 이 길을, 이 시간에 가는 것인지 알지 못한다. S는 글로리아에도 없고 이메일에도 문자에도 없다. 뙤약볕에 시원하게 서 있는 미루나무로 다가와 톡톡 가시를 세우며, 때론 선한 바람으로 봉숭아꽃을 피우더니 소식이 없다. 아주 가버린 것은 아닐까. 살아 있으면서, 같은 도시에 있으면서, 어쩌자고 이렇게 모질기만 할까. S가 꿈이 아니길 바란다. 나를 위해 내가 만든 꿈이 아니길, 진정 바란다. 그래, 꿈은 아니다. 오늘 아침에도 S가 준 살구색 스킨로션을 바르고 나왔는데 어찌 꿈으로 몰아 부칠 수 있을까. 그런데도 S는 없다. S와 나를 설명할 길이 도무지 없다.

"내가 설명해 줄까요?" 아내가 나를 설명하겠단다. "당신은 뇌수술을 세 번이나 받았어요. 덕분에 내가 좋아하던 그 탐스럽던 곱슬머리는 없어졌어요. 빡빡 밀었다구요. 이 호치키스자국 같은 거 보여요?"

아내는 거울 속의 나를 보여주지만 나는 내가 보이지 않는다. 아내가 친절한 각주로 자근자근 풀어 말한다. "당신은 민머리에다 붉으죽죽하고, 호치키스를 콱콱 찍은 것과 똑같은 수술 자국으로 흉물스럽고 괴기스러워요. 자, 이게 당신이에요. 자신 밖에 모르는 고집불통에다 오만하기 짝이 없는 얼굴이라구요. 그러니 잊지 않게 똑똑히 봐둬요. 지금의 이 얼굴을 잊으면, 당신 벌 받을 거에요. 아니, 벌 받아야 해요."

아내가 손거울을 핸드백에다 넣는다. 질긴 근육으로 살아있었고 튼튼한 다리로 버텨냈던 나는 어디로 갔을까. 팀원들을 독려하고 어머니를 뵈러 갔던 나는 어디로 가버렸을까. 은근히 시내출장과 지방출장을 기다렸던 나는 어디서 찾아야 할까.

아내가 나를 등지며 노기등등하게 말한다. "당신을 보고 있으면 불쾌해져요. 아니, 죽이고 싶고 죽고 싶어져요. 당신, 언제 죽을 거예요? 당신이 지겨워요. 아니, 당신을 보고 있는 내가 지겨워요. 당신도 소름끼치고 나도 소름끼쳐요."

아내는 불모지대를 불모지대로 말한다. 당연하다. 이번만이 아니라 나는 늘 그렇게 불모지대로 있어왔으리라.

아내가 운전면허를 따고 얼마 안 돼서다. 어차피 차를 바꾸어야 했기에 내가 타던 차를 아내에게 넘기고 새 차로 바꾸었다. 퇴근 후 가까운 친척의 문상을 가려는데 아내가 따라나선다. 나는 당연히 내 차로 같이 갈 줄 알지만 아내는 운전연수를 할 겸 자기 차로 가겠다고 한다.

내 차가 앞장서고 아내의 차가 뒤를 따른다. 생초보에다 야간운전이 처음인 아내를 생각해 신호와 차선에 신경을 쓰며 간다. 아내가 곧잘 따라오는가 싶더니 어느 새 보이지 않는다. 마땅히 세우거나 기다릴 만한 갓길도 없다. 비상등을 켜고 천천히 가다보면 따라오겠지만 그렇게 저렇게 신경을 쏜다는 게 번거롭다. 나는 그대로 서울대병원 영안실로 간다. 서울대병원은 아내가 익히 아는 길이다. 초보라지만 아는 길이니 잘 찾아오겠거니 하고 영안실로 들어간다.

아내가 한 시간 쯤 지나서야 벌개 진 얼굴로 들어온다. "뭐 하느라 이제 와? 빨리 조문하고 와. 낼 출근하려면 꾸물거릴 새 없어."

내 말투는 퉁명스럽고 짜증으로 갈라져 있다. 아내의 눈에 원망이 스친다. 아내를 외면하고 밖으로 나와 담배를 문다. 부슬부슬 비가 내리기 시작한다. 막 들어오던 육촌 형과 얘기를 나누도록 아내는 나오지 않는다.

안으로 들어가 문상객들을 둘러보지만 아내는 보이지 않는다. 사촌 형수에게 아내를 묻는다. 화장실 쪽으로 가는 걸 봤다고 한다. 화장실 앞으로 가 기다린다. 아내가 빨개진 눈으로 나온다. 문상 한 번 절묘하게 하는군. 나는 속으로 비아냥거리며 주차장으로 간다.

부슬부슬 내리던 비가 제법 굵은 줄기로 내린다. 비를 보는 아내의 얼굴이 밤보다 더 어둡다. "갈 수 있지? 있으니까 차 갖고 나왔을 거 아냐. 군말 말고 나만 따라와."

나는 아내에게 말을 던지고 내 차로 간다. 아내가 시동을 걸고 라이트를 켠다. 내가 출발하자 아내가 뒤따라온다. 룸미러로 아내의 차를 본다. 와이퍼는 꼼짝도 안 하는데 좌회전 방향지시등만 깜빡댄다. 차를 세우고 아내에게로 간다. "와이퍼를 돌려야지 왜 벌써부터 깜빡이를 켜고 그래? 그리고 우회전을 켜야지 왜 좌회전이야?" 아내가 어쩔 줄 모르는 얼굴로 입술을 꼭 깨문다. 와이퍼와 우회전 방향지시등을 켜 주고 내 차로 와 출발한다.

내 차와 아내 차 사이로 택시와 트럭과 승용차들이 끼어든다. 룸미러로 뒤를 살핀다. 아내의 차는 보이지 않는다. 알아서 오겠지.

열한 시 YTN 뉴스가 끝나도록 아내는 오지 않는다. 된맛을 봤으니 함부로 차 끌고 나가는 일은 없겠지. 방으로 들어가 침대에 눕는다.

방문 여는 소리가 난다. 벽 쪽으로 돌아눕는다. 아내가 방문 앞에 선 기척이 난다. "당신은 어쩌면 그래요? 지금 잠이 와요? 마누라가 죽었는지 살았는지 궁금하지도 않아요? 차선이 안 보여 중앙선을 넘을 뻔 했단 말이에요. 당신이란 사람, 일찌감치 포기했지만 이 순간 진짜 포기하기로 했어요. 뱀보다 더 찬 사람과 살려면 포기해야지 별 수 있겠어요?"

지금에야 안 일이지만 내가 아내에게 중앙선으로 살았다면, 뱀보다 더 차게 살았다면, 그만큼 자신이 없었다는 얘기다. 무엇이 그토록 나를 자신 없게 했던 것일까. 수술 자국이 호치키스 자국 모양 머리에 박힌 게 아니라 마음에 박힌 것을, 그것도 모른 채, 그래서 아무렇지도 않게 살아왔다는 말이 된다.

S의 이메일도 그렇게 말한다. "피아노를 칠 때 음을 잡아주는 음계 기본 음이라는 게 있어. 피아노 건반 가운데 있는 도를 말하는데, 그걸 가온 다 음이라고 해. 넌 가온 다 음이야. 이게 무슨 말인지 아니? 기본 틀에서 벗어나지 못한다는 말이야. 넌 너 자체가 기본이고 법이야. 날 만나기 전부터 갈 시간을 정해놓고 그 시간을 못 지키면 어쩌나 안달을 해. 그렇게 불안해하면서 왜 날 만나는지 모르겠어. 그런 널 보고 있으면 불편해져. 넌 그런 니가 괜찮니?"

S에게 제대로 된 답을 보내기엔 오버브리지가 너무 많다. 오버브리지 이쪽에서 보면 저쪽이 어디로 어떻게 돌아가는지 제대로 보이지 않고, 빙글빙글 타고 가도 내가 생각했던 방향과는 다른 방향이 나온다. 숨은 그림 찾기인 양 오버브리지는 숨 가쁘게 빛과 어둠 사이를, 빛이기도 하고 어둠이기도 한 쪽을 내비치며 나를 끌고 간다. 나는 빛과 어둠, 그 어느 쪽도 아닌, 혹은 모르는, 그런 길을 따라 오버브리지를 탄다. 오버브리지에서 보는 한강 물빛은 그때와는 다른 물빛으로 정감을 잃고, 전혀 가늠할 수 없는 내 마음은 물빛보다 더 낯선 색이 되어 오버브리지를 내려간다.

오버브리지 아래는 여전하다. 지켜야 할 제한 속도와 차선과 신호, 앞

차와의 거리, 옆 차의 공격적인 끼어들기에 대한 방어운전, 그 질서와 무질서를 몸으로 체감하는데 울려대는 휴대폰은 쏟아지는 비만큼이나 사람을 조급하게 몰아간다.

컵 홀더에 꽂아둔 휴대폰이 열심히 울어댄다. 받지 않는다. 자동차 전용도로로 들어가 가속 페달을 밟는다. 타코미터 바늘이 순식간에 올라간다. RPM은 사천을 넘어가고 시속 백삼십 킬로미터를 향해 간다. 물이 고인 곳을 지나가는지 차체가 순간 중심을 잃는다. 핸들을 꽉 부여잡는다. 차가 간신히 자리를 잡는다. 그쳤던 휴대폰이 다시 운다. 누구일까. 받지 않는다. 속도계의 바늘이 시속 백사십 킬로미터를 넘는다. 커브 길이다. 차가 미끄러지며 가드레일을 들이받을 뻔 한다. 핸들을 움켜잡는다. 차가 간신히 제자리를 찾는다. 머리가 뜨끈해진다. 입안이 마른다. 가슴팍으로 열이 차오른다. 속도를 줄이지 않는다. 앞 차와의 거리가 좁아진다. 급히 브레이크 페달을 밟는다. 속도가 급격히 줄어든다. 휴대폰이 또 울기 시작한다. 컵 홀더에 꽂아둔 휴대폰을 노려본다. 손바닥에 쏙 들어가는 저 작은 물체에는 많은 기다림과 설렘이 들어있다. 무엇으로도 설명할 수 없고 대변할 수 없는 그 무겁고도 치열한 열기는 사람을 지치게 하고 죽고 싶게 한다. 그러한 사실을 S는 알고 있을까. 알고 있을 게다. 휴대폰을 고철로 여기는 날이 온다면, 과연 그런 날이 온다면, 나를 간질이며 때론 우울하게 하던 기다림이나 설렘도 고철이 될 것이다.

아내에게 나는 고철덩어리다. 기다림이나 설렘 역시 가지고 있지 않다.

아내가 초보 딱지를 겨우 떼었나말았나 할 즈음 아내에게서 전화가 온다. 받지 않는다. 진동음이 바지 주머니에서 북북 운다. 받을 처지가 아니다. 세 번, 네 번, 진동음이 이어진다. 할 수 없이 복도로 나가 폴더를 연다. 아내가 울먹이는 소리로 말한다. "여기 고속도론데 계기판에 빨간 불이 들어왔어요. 차가 안 가는데 어떡해요."

나는 더럭 짜증이 나는 걸 애써 누르며 말한다. "지금 회의 중이야. 거기서 그러면 날더러 어쩌라구. 알아서 해."

전원을 끄고 회의실로 들어간다. 기관장을 비롯한 여러 사람의 시선이 내게로 쏠린다. 고개를 숙이고 회의 자료에 눈을 둔다. 기관장의 소리가 귀에 들어왔다 나갔다 한다. 회의를 시작한 지 겨우 십오 분이다. 앞으로 사십오 분, 아니 그 이상이 지나야 끝날 터인데 그동안 아내는 어떻게 할까. 뜨거운 덩어리가 치받는다.

회의가 끝나기 무섭게 아내에게 전화를 건다. "어떻게 됐어?" "몰라요." 아내의 목소리가 부러질 듯 차갑다. "그래? 알았어." 전화를 끊는다.

화장실로 가 열에 뜬 얼굴을 차가운 물로 씻는다. 전화기가 운다. 폴더를 연다. 아내의 음성이 짠득짠득하다. "당신 참 대단하네요. 내가 왜 당신 같은 사람하고 결혼했는지 내 인생에서 최고의 실수였어요." "그딴 소리 하려거든 전화 끊어." "끊기 싫어요." "그럼 어쩌자는 건데? 바빠." "바쁘면 다예요? 마누라가 죽었는지 살았는지 알 바 아니다 이거죠?" "죽긴 왜 죽어? 멀쩡하니까 지금 전화하는 거 아냐." "그래요, 나 멀쩡해요. 멀쩡해서 죽겠어요." "무슨 말이 하고 싶은데? 초보 주제에 누가 고속도로 타랬어? 전화 끊어." "아니, 끊기 싫어요. 당신이 물려준 그 고물차, 딱 당신 닮았더군요. 타임벨트는 끊어지고, 엔진오일은 언제 떨어졌는지 바짝 말라 거미줄이 빌딩을 짓게 생겼더라구요. 냉각수는 어땠는지 물어봐줄래요? 당신, 어쩌면 정비 한 번 제대로 하지 않고 마누라한테 넘길 수 있죠? 이가 갈리게 알고 있긴 했지만, 당신이라는 사람 정말 강심장에다 무책임한 사람이에요." "이제라도 알았으니 다행이다. 그러니 정신 차리고 잘 살아봐라." 전화를 끊으려는데 아내의 목소리가 짱짱하게 울려나온다. "그런 말 안 해 줘도 잘 알고 있어요. 잘 살아보는 방법도 터득했어요. 나, 이혼 같이 시시한 방법 대신 당신이 나한테 했던 그대로, 똑같은 방법으로 잘 살아볼 거예요." "제발 좀 그렇게 해라."

복수를 다짐했던 아내는 나와 같이 있는 시간을 피하려 교회를 다니고, 의사 변호사 회계사들이 나온다는 초등학교 동창회를 열심히 나간다. 그 중 한 남자와 골프를 치고, 호텔 바에서 와인을 마시며, 외제차에 올라타 달뜬 표정으로 색감 좋은 말을 흘릴지도 모른다. 그것이 아내의 복수라면, 복수는 아니다. 나는 아내가 복수다운 복수를 해주길, 내가 살아있다는 것을 뼈저리게 후회할 복수를 해주길, 팽팽한 긴장으로 꿈꿔본다.

아내가 핸드백을 들고 일어난다. "잘 있어요. 언제 또 올지 약속할 수가 없네요. 여긴 당신만을 위한 간병인 같은 건 없어요. 여러 사람을 돌보는 간병인 몇이 있을 뿐인데 독 간병인 붙여줘요? 간병인하고 연애하는 것도 좋지 않겠어요?"

아내의 입가에 야비한 웃음이 떠돈다. 반응 없는 자를 향한 폭력은 폭력이 되지 못한다는 걸 아내는 모른다. 그에 비하면 나는 끝까지 아내를 폭력 하는 중이다. 야비한 웃음을 웃게 하고, 언제 올지 모른다는 협박조의 말을 뱉게 하고, 호치키스 자국을 보여주게 하며, 언제 죽을 건지 묻게 한다.

아내가 구두를 신으며 신경질적으로 돌아본다. "이 방에서 실려나간

사람들 많다네요. 당신은 그러지 않길 바래요. 내가 얼마나 당신을 찾지 않는지, 당신 없이도 잘 사는지, 두고두고 봐야 할 거 아녜요. 다음에 내가 올 땐 화장이 하고 싶은지 매장이 하고 싶은지 알려줘요."

아내는 정직하다. 미울 때 미워할 줄 알고 싫을 때 싫어할 줄 안다. 이제야 아내가 아내가 아닌 사람으로 보인다. 그래, 그렇게 하지. 나를 태우든 묻든 그날이 오면 토끼눈으로 울지 마라. 눈물만한 언어도 없겠지만 그날만은 새빨간 매니큐어와 푸른색 아이세도우를 칠하고, 볼 터치와 향수를 쓰고, 즐거운 얼굴로 조문객을 맞고 나를 보내라.

무리한 요구겠지만, 나는, 진정, 내가 하고 싶었지만 하지 못했던 것을, 아내가 할 수 있기를 바란다. 이기적이라고 비난 받던 나는 끝까지 이기적인 나로 남을 것이다. 그것이 두 개로 갈린 것 중 하나의 나라면, 아니, 둘을 합친 나라해도 상관없다. 나는 기꺼이 그런 기억으로 남겠다. 빛바랜 흑백사진과는 다른, 펄펄 뛰는 색과 모양으로, 생각날 때마다 칼질해서 잘근잘근 씹어 먹고 싶어지는, 그런 대상이 되는 것도 괜찮다.

모처럼 열기가 끈끈하고 피를 닮은 바램이 슬프게도 덥다. 슬픔이 덥다고 말했던 S는 어디로 갔을까. 시원한 바람이 그리워지고, 시원한 바람을 닮은 웃음이 애처롭게도 그리워진다.

열셋

"S야! S야!"

얼음 굴은 S를 부르는 소리로 뜨겁고 오래 전부터 굴을 지키고 있었을 바람은 차다. 나는 뜨겁고 차게 동굴 속을 달린다. 갈림길이다. 어디로 가야 하나. 지도에 길들여진 나는 본능적 감각마저 상실한 채 그 자리에 선다.

동굴 한 쪽과 다른 한 쪽은 똑같은 크기, 똑같은 레일자국, 똑같은 모양이다. 오른쪽 굴로 몇 발짝 들어가 본다. 다시 나와 왼쪽 굴로 몇 발짝 들어가 본다. 오른쪽도 왼쪽도 달라 보이는 건 없다. 내친 김에 몇 발짝 더 들어가 본다. 굴 저만치서 알 수 없는 기운이 흘러나온다. 옳다, 뭔가가 있는 모양이다.

왼쪽 굴을 따라 들어간다. 얼마 못 간 곳에 웬 사람이 등을 돌린 채 동굴 벽에 바짝 붙다시피 앉아선 뭔가를 한다. 사람이 있긴 있었구나.

뒷모습이 여자인 사람은 머리에 검은 수건을 쓰고 쪼그려 앉아 부채질을 한다. 여자 앞엔 커다란 가마솥이 얼음벽에 붙여놓듯이 있고, 여자는 아궁이에다 연신 부채질을 한다. 불이 널름널름 가마솥을 덮는다. 불은 활활 타는데 여자는 계속 불을 만들어내려는지 마냥 부채질만 해댄다. 여자는 불의 여제라도 되려는 것일까.

궁금중을 이기지 못해 한 마디 던진다. "불이 잘 타는 거 같은데 부채질은 그만 해도 되지 않을까요? 불은 피우기만 한다고 관리되는 게 아닙니다."

여자는 내 말 따위는 귓등으로 여기며 대답 대신 스스, 이 사이로 새어 나오는 듯한 웃음을 웃는다. 등골이 오싹해진다. 아무래도 이런 여자와 같이 있어선 좋을 게 없다.

여자를 지나쳐 몇 걸음 걷는다. 걷긴 걷지만 어쩐지 뒤통수가 당긴다.

다시 여자 쪽으로 간다. 여자는 내가 가든 말든 알 바 없다는 듯 여전히 손길이 불길인 양 활활거리며 부채질만 해댄다. 지치지도 않는 저 완고함이라니. 하루 아니라 몇 년이라도 부채질만 해댈 것 같은 여자가 어쩐지 마음에 걸린다.

나는 언짢은 기분을 털어내며 슬쩍 물어본다. "근데 솥엔 뭐가 들어있습니까? 아까부터 부채질만 하는데 타지 않을까요?" 여자는 별 걱정도 다한다는 듯 스스, 이 사이에서 나오는 말로 대꾸한다. "뭐가 들어있든 상관없어요."

뭐가 들어있든 상관이 없다니 말이 되는 소리인가. 여자는 대체 무슨 까닭에 뭐가 들어있든 상관이 없다면서 저 짓을 계속하고 있단 말인가.

나는 여자의 심기를 건드리는 것으로 답을 얻을 수 있지 않을까 기대하며 말을 던진다. "내가 볼 땐 빈 솥 같은데 빈 솥을 덥히기만 하는 건 헛된 짓입니다. 시간 낭비라는 말이죠. 시간이 남아도는 모양이죠?" 여자가 또 스스, 기분 나쁜 소리를 내며 말한다. "누가 빈 솥이라고 했나요?"

속 시원히 말하거나 보여주면 될 것을 여자는 감질나게 군다. 말만 감질나게 하는 건 아니다. 여자의 외모 또한 말하는 것 못지않게 궁금증 덩어리다. 여자는 마치 차도르를 쓴 듯 검은 수건으로 얼굴을 푹 덮어쓰고선 고개마저 숙이고 있다. 보면 볼수록 여자가 수상쩍다. 그래 그런지 나가는 말투 역시 퉁그러진다. "그러니까 말입니다, 저 솥에 뭐가 들어있는지는 몰라도 아니, 뭐가 들어있든 상관하지 않겠다면서 계속 부채질만 해대는 건 종들이나 하는 짓이라 이겁니다." 여자는 내가 하는 말이 싫었든지 아니면 상대할 가치가 없다고 여겼는지 아예 대꾸도 하지 않는다.

　나는 가마솥 주변을 왔다 갔다 하며 여자의 반응을 눈여겨본다. 그런데 눈에 들어온 건 여자가 아니라 아궁이 속이다. 아궁이 속엔 불길만 있을 뿐 장작이나 짚더미 같은 건 없다. 땔감도 없이 불을 지피는 여자나, 땔감도 없는데 타는 불이나 납득하기 어려운 건 마찬가지다. 그리고 보니 불길은 여전히 시뻘건데 어쩐 일인지 가마솥에선 김이 새어나오거나 열기가 나오지 않는다. 과연, 그 어떤 상식으로도 있을 수 없는 일이 눈앞에서 벌어지고 있다.

　여자가 제대로 된 답을 해줄지 알 수 없지만 나는 다시 한 번 여자의 심기를 건드린다. "불도 아닌 불을 피우느라 팔이 떨어지겠습니다. 언제부터 여기서 이런 중노동을 하고 있었는지 모르지만 혹시 눈속임을 취미로 여기는 건 아닙니까? 유치하고 저속해 보입니다."

　여자는 말 대신 또 스스, 해골이나 웃을 법한 웃음을 흘린다. 마치 네까짓 게 뭘 아냐는 투가 시비조다. 나는 더는 참을 수 없어 여자가 쓰고 있는 검은 천을 와락 벗긴다.

　아! 아아아… 아아아…

　여자의 얼굴은 여자도 남자도 아닌, 대체 이런 종류의 생물도 있나 싶을 만큼 해괴하기 짝이 없다. 머리 위는 칼로 자른 듯 일직선인 데다 넓고, 이마에서 뺨으로 내려가면서 폭은 급격히 좁아져 코가 있는 얼굴 한중간에선 거의 면적이라고 할 만한 면적도 없이 양쪽이 딱 붙어버린 꼴이다. 그러다 다시 급격히 넓어져 턱에 이르러선 머리와 마찬가지로 칼로 자른 듯 일직선이다. 턱의 길이와 넓이, 머리의 길이와 넓이가 같다는 게 도저히 믿어지지 않는다. 누가 봐도 하나의 얼굴을 반으로 쪼개 붙였거나, 두 개의 얼굴을 간신히 하나로 붙여놓았다고 할 꼬락서니다. 눈, 코, 입은 달려있을 자리에 달려있지만 여자라거나 남자라고 분별하기는 커녕 사람이라고 말하기조차 버겁다.

나도 모르게 뒷걸음질을 친다. 반대편 얼음벽에 등이 닿는다. 머리가 시리고 서 있기조차 힘들만큼 다리가 후들거린다. 괜히 수건을 벗겼다는 후회가 지독히도 든다.

보면 볼수록 얼굴 복판의 그 좁은 부분이 위태롭기 짝이 없다. 깔때기 끝 두 개를 아슬아슬하게 붙여놓은 듯한 바로 그 부분은, 모래알갱이 하나가 겨우 빠져나갈 듯이 좁은데 그 사이로 스스거렸던 모양이다. 헌데 생물체는 여전히 팔이 빠지도록 부채질만 해댄다. 생물체의 부채질이 메트로놈의 움직임을 빼다 박았다. 나는 그제야 알아차린다. 모래시계! 생물체는 다름 아닌 모래시계다.

떨리는 걸음으로 모래시계 앞으로 다가간다. "넌 누구냐? 왜 여기에 있는 거지?" 따지듯이 묻는 내 말에 모래시계는 예의 스스거리며 말한다. "누구면 뭣하게?" 모래시계가 표정도 없이 대꾸한다. 나는 한 대 후려치거나 발로 걷어찰 기세로 모래시계에게 말한다. "네가 누구냐고 물었다. 왜 대답을 회피하는 거냐!"

모래시계가 스스, 기분 나쁘게 웃어가며 말한다. "홍, 죽이기라도 할 기세군. 내가 누군지는 벌써 알아차렸을 텐데." 나는 부채질하는 팔을 움켜잡는다. "그래, 널 죽이겠다!" 모래시계는 내가 팔을 잡았음에도 꿈쩍도 하지 않고 쉴 새 없이 부채질만 해댄다. "난 쉰 적이 없다. 너 같은 종자들을 위해 나는 죽음도 없이 헌신하고 있단 말이다."

모래시계의 팔을 놓아버린다. 한꺼번에 기력이 빠진다. 죽음도 없고 죽음을 가지지도 않은 존재 앞에서 내가 할 일은 그 무엇도 없다. 한동안 모래시계 옆에 주저앉아 부채질하는 손만 멍하니 본다. 부채질 하는 손놀림에서 똑딱똑딱, 똑딱똑딱, 나지도 않는 소리가 나는 소리로 들린다.

겨우 일어나 가마솥 뚜껑 손잡이를 잡는다. 손이 쩍 달라붙게 차다. 이게 웬일까. 가마솥을 연다. 으윽! 가마솥 안엔 서리가 잔뜩 끼어 있고 냉기가 얼음장보다 더한데 양의 머리가 메에에~ 메에에~ 운다. 우는 소리는 나지 않지만 벙긋대는 입에선 녹음기를 틀어놓은 듯 계속해서 메에에~ 메에에~ 한다. 아아아아⋯ 정말이지 죽고 싶구나.

왔던 길로 줄달음친다. 뒤에서 내 옷자락이라도 잡을 양 똑딱똑딱 메에에~, 똑딱똑딱 메에에~, 하는 소리가 꼬리를 물고 쫓아온다. 귀를 틀어막으며 얼음 동굴을 뛰고 또 뛴다.

처음에 들어왔던 자리까지 오자 물먹은 솜처럼 그대로 쓰러진다. 나는 누구인가. 누구이기에 이렇게 헐떡이며 도망치는가. 무엇을 피해 도망치는지도 모른 채 도망치고 또 도망쳐야만 하는가.

얼음 동굴 입구를 향해 기어간다. 손발이 차고 무릎이 시리다. 대체 나는 어떻게 되었기에, 무엇이 되었기에 이런 몹쓸 곳을 헤맨단 말인가. 동굴 입구가 훤하게 보인다. 입구를 향해 있는 힘을 다해 기어간다.

입구엔 들어올 땐 보지 못했던 팻말이 우뚝 서서 나를 가로막는다. 추락 위험 지역, 전원 안전띠 착용, 원주경찰서장. 쇠판에 적힌 경고문이 눈이 번쩍 뜨이게 반갑다. 그때의 그 바람이, 그때의 그 시선이, 마치 지금인 양 나는 그 바람을, 그 시선을 찾아 저 멀리로 눈을 둔다. 저 멀리에선 언제라고 정할 수 없는 시간이 나팔을 불며 손을 까분다. 나는 시간의 등에 업혀 동굴 밖으로 나온다.

늘 첫 아침이기만한 듯한 곳이 나를 사무치게 한다. 나는 횡격막이 찢어져라 가슴을 열어젖힌다. 터널 밖은 세상이 태어날 때 처음 만들어졌을 바람이, 싱그럽고도 단 바람이 환하게 나를 반긴다.

터널 밖에서 최초의 아침을 맞는다. 유월의 아침 해는 청명하고 나는 햇빛에 목욕을 하며 헬멧과 마스크를 벗는다. 치악산 줄기가 오래 된 나이를 바로 내 앞에서 의젓하게 드러낸다. 저 줄기를 쿵쿵 밟았을 넙적한 발바닥과 그 소리에 푸드득 날아올랐을 날개들은 지금 어디서 무엇을 하고 있을까. 그때의 나는 또 무엇을 하며 침식과 융기의 판을 거쳐 여기 이 자리에 와 있는 것일까.

철도공사 김 과장이 다가오며 묻는다. "다 끝난 겁니까?" 나는 그렇다고 대답한다. 김 과장은 사람들이 터널 안에서 하나씩 나오는 것을 보며 말한다. "기차가 곧 지나갈 시간입니다. 다 철수했는지 확인해 주십시오."

나는 정 차장에게 인원 파악을 했는지 묻는다. 정 차장이 사람들을 둘러보며 다 나왔다고 대답한다. 김 과장은 곧 전기를 통하게 할 것이니 터널 안으로 들어가지 말라고 당부한다.

인부들은 철로 옆 간이 막사로 가 헬멧과 장비를 두고, 정 차장과 직원들은 터널 아래 개울로 간다. 방금 점검하고 나온 터널에서 기다렸다는 듯이 서울 행 무궁화호 열차가 요란한 소리를 내며 터널을 빠져나간다.

철도공사 김 과장이 눈으로 개울을 가리키며 나를 찾아온 사람이 있다고 말한다. 청바지에 영산홍색 카디건을 걸친 S가, 개울가 미루나무 아래서 나를 보며 웃는다. 롤러코스터를 탄 기분이 이럴까. 아니, 시간이 물구나무서기를 한 모양이다. S는 꿈이 아닌 현실로, 분명한 현실로 나를 보며 웃는다. 세상이 만들어질 때 함께 만들어진 웃음이 바로 저러하리라.

"여긴 어떻게 알고 왔어?" 목소리가 떨려 나온다. "어떻게 알긴, 그전 때 니가 말했잖아. 이 주 후엔 원주로 출장 갈 거고, 새벽에 치악터널 점검한다고. 나 기억력 좋지?"

하얗게 언 얼굴이 치악산을 타고 온 아침 해에 반짝인다. 콱 깨물어 먹고 싶은 충동이 이 사이로 몰린다. "기억력 테스트 하러 온 거니? 모험도 대단한 모험을 하셨구려."

아무렇지도 않은 척해가며 개울로 내려간다. S가 나를 따라 개울로 내려온다. "기다렸삼. 언제 나오나 하구 새벽부터 기다렸삼."

미안함과 안쓰러움이, 애틋함과 절절함이, 내 평생 한 번도 겪을 일이 없을 줄 알았던 느낌들이 뭉클 올라온다.

나는 손을 씻거나 세수를 하고 있는 정 차장과 직원들 옆으로 가 손을 씻는다. 이 물로 S를 만들어 벌컥벌컥 들이켰으면. 충동적인 욕구와는 달리 나는 직원들에게 태연을 가장하며 말한다. "생각지도 않은 손님이 왔네. 인사들 하지. 호기심 많은 여성 모험가 양반이야."

정 차장과 직원들은 나만의 S를, 나만의 자랑을, 나만의 꿈을, 나만의 비밀을, 결코 알지 못한 채 엉거주춤 일어난다.

S가 고개를 숙이며 인사한다. "처음 뵙겠습니다. 모험가는 앞으로 제 꿈이고요, 이쪽을 여행하다 여기서 일한다는 소릴 듣고 한 번 들러봤어요." S는 내가 곤란해 할 것이라는 걸 짐작했는지 나와 직원들을 번갈아 보며 농으로 눙친다. "곤란하지? 민망하지? 걱정되지? 곤란하거나 민망

하거나 걱정하지 마세요. 어렸을 때부터 한 동네에서 살았고 같은 초등학교 다니고 같이 과외 하던 친구예요." S의 말에 직원들이 씨익 웃는다.

나는 씻은 손을 작업복에 쓱쓱 문대며 찻길로 올라간다. SM3가 경고판 바로 앞에 주차된 채 아침 해를 받는다. S가 경고판을 읽는다. "추락 위험 지역, 전원 안전띠 착용, 원주경찰서장. 별로 추락할 데도 없어 보이는데 왜 저런 경고판이 있는 거지?"

나는 S 옆으로 가 목소리를 낮춘다. "없긴 왜 없어 쌨구만." S가 뜨악한 눈으로 주위를 둘러보며 말한다. "어디가 그렇게 많아? 아무리 봐도 계곡 같은 건 없는데." 나는 시치미를 떼고 대꾸한다. "니 눈엔 없는 걸로 보이지? 내 눈엔 아주 잘 보이는데. 바로 너, 니가 내겐 추락 위험 지역이야. 추락하면 뼈도 못 추릴 그런 데." 그제야 S가 쿡 웃는다. "그동안 관리를 소홀히 했더니 뺑하구 아부만 늘었구료." "그래, 뺑하구 아부라는 불량 식품만 먹었더니 이렇게 됐다. 그래두 맛있었잖아." "아니, 안 맛있었어, 닭살이 돋아서. 근데 왜 그런 걸 먹었어?" "니가 없어서." "치-알랑방구도 떨 줄 알고, 장족의 발전이네." "언제 왔어?" "오늘." "그럼 밤새 차 몰고 온 거니?" "으응." "야밤에 잘도 쏘다닌다."

나는 마음에도 없는 말을 하며 정 차장에게로 간다. "아침은 황태해장국으로 하는 게 어때?" 정 차장이 좋다고 대답한다. "그럼 우리 잘 가는 그 집으로 가지. 저 친구가 길을 모를 테니 난 저 차를 타고 갈 게." 정 차장과 직원들이 코란도와 작업용 차량에 올라탄다.

나는 S의 차로 가 운전석에 앉는다. 이 주일이라는 공백의 시간이 무색하게 나는 빠르게 S에게 전이된다. S가 있는 한, 이 주라는 시간은 내겐 십사 일로 계산할 수 없는 시간이다. 어쩌면 천사백 년 전이 될 수도

환 193

있고 앞으로 다가올 일억 사천 년이 될 수도 있다. S는 모든 시간들을 화살로 당겨 지금, 시동을 거는 바로 이 순간, 내 앞에 내어놓는다.

"나 나타나서 황당했지? 에고 불쌍해라. 불륜으로 오해받을까봐 지금도 덜덜 떨고 계시네." S가 내 턱을 쓰윽 쓰다듬는다. 나는 드라이브에 놨던 기어를 파킹에다 놓고 사이드를 올린다. S야 어쩐란 말이냐, 네가 이러면 나를, 너를, 지금을, 어쩐란 말이냐. 와락 S를 품는다. S에게서 순한 무 냄새가 난다. 이 냄새, 이 슬픈 냄새, 나를 들추어내는 이 아픈 냄새가 그때 그 장소로 나를 돌려놓는다.

서초동 예술의전당 뜰 벤치엔 보얀 가로등이 허스키한 음색으로 퍼진다. S가 벤치에 앉아 두 발을 엇갈려가며 한들한들 웃는다. 작고 예쁜 발, 작고 귀여운 웃음. 모네가 즐겨 그렸던 여인들은 S가 아니었을까. 수많은 S가 수련으로, 강물로, 들판으로, 성당으로, 빛을 뿌리며, 혹은 안개가 되어 내 곁에 와 있다.

S가 발딱 일어나더니 내 앞에 선다. "생각해보니 역사적인 만남이올시다. 오늘, 이 시간, 뜻하지 않게, 뜻하지 않은 장소로, 나를, 부르시다니요, 황송합니다요." S는 내게 악수를 청하듯 손을 내민다. 나는 S의 손을 잡아끌어 다시 벤치에 앉힌다. "넌 숟갈 대신 포크만 쓰냐? 그렇게 콕콕 찌르면 불쌍한 중생 더 불쌍해진다." S가 키득키득 웃는다. "불쌍 모드로 나가시겠다? 아니 되옵니다. 그러시면 딴 사람인 줄 알고 확인 차제 허벅지를 꼬집느라 삼십 박 삼십일을 내리 시달리게 되옵니다. 부디 헤아려주시길 간청합니다요." 나는 S의 허벅지를 꼬집는 시늉을 한다. "너를 헤아리고 너의 수고를 덜어주겠노라. 이래도 감이 안 오면 바늘 한 쌈을 안겨주마."

S와 나는 빙긋빙긋 웃어가며 벤치에서 일어난다. 가로등 빛 위의 하늘은 그림자 색으로 넓고 스피커에서 흘러나오는 클래식은 바람을 타고 잔잔한 물결로 흐른다. S와 나는 한가로움은 이런 것이라는 듯, 이렇게 하는 것이라는 듯, 느긋하게 국악원 야외 공연장 쪽으로 간다. S에게서 물양귀비 꽃 모양의 향이 아련하게 흘러나온다.

S와 나는 나무로 만든 야외 공연장 관람석 꼭대기에 앉아 무대를 향한다. 텅 빈 무대엔 그 무엇도 허용하지 않을 도시적 적막감이 떠돈다. 저 자리에 오르기 위해 얼마나 많은 사람들이 자신의 영혼을 말리고 쥐어짰을까. 그렇게 고달프고 기진해진 영혼들은 자일리톨 껌 하나로 오늘을 짝짝 씹어대며 무리에서 소외될지 모를 내일을 붙들기 위해 필요 이상으로 허허대며 웃었을 일이다. 불안한 시대, 위안이 필요한 시대, 나는 불안하고 위안이 필요하다. 자일리톨 껌이 아닌 S를 품고, 가깝고도 멀기만 한 S를 안고, 무대 밖으로 뛰쳐나갔으면 싶다. 참을 수 없는, 참기 싫은, 뜨겁고도 쓰라린 욕구가 영혼인 듯 받쳐온다.

S가 팔을 뻗어 무대를 가리키며 말한다. "아무도 없는데 너랑 나랑 저기 가서 배우 해 볼래? 난 이런 대사를 할래. 잘 들어봐아~ 흠, 흠… 바람이 섹시하게 붑니다. 눈물이 납니다. 종일 평균대 위에서 춤을 추니 현기증이 납니다. 저기 저 하늘에 걸린 달을 구워줄 수 있…"

나는 불끈 S를 품는다. 너만 그런 게 아니란다. 평균대 위에서 춤을 추는 자는 평균대밖에 몰라야 한단다. 달을 구워줄 사람을 바라면 사는 게 힘들어진단다.

나는 마음과는 달리 시치미를 떼며 말한다. "바빠서 못 해." S가 나를 떼어 놓으며 말한다. "진짜 바쁜 사람은 바쁘다는 소리 안 해. 이제 보니

환 195

너 한가하구나?' 말하는 S에게서 순한 무 냄새가, 화살촉을 만들던 때 스쳤던 바람의 결로 나를 어루만진다. 생명 같은 죽음의 숨결이, 낱낱이 내 전신에 박힌다. 죽여 버렸으면.

나는 나를 채우고 있는 이 잔인한 유혹을, 아무 것도 할 수 없게 하는 이 혼란을, 나를 다 빨아들이는 이 몸뚱이를, 목과 눈과 머리칼과 심장을, 폐와 간과 자궁을 눌러 죽여 버렸으면 한다. 차안은 길고 긴 시간을 농축한 아침 해로 가득하고 나는 나를 유배시켰을지 모를 그림자를 찾아내려 헐떡인다.

S가 나를 밀쳐낸다. "그만. 이러고 있기엔 아침 해가 너무 단정해. 그리구, 그리구, 계속 이러구 있다간 너한테 눌려 죽을 것만 같아. 이상한 얘기겠지만 너한테서 슬픔이 느껴져. 아주 더운 슬픔이… 몰랐지롱 메롱!'

S가 깔깔거리며 몸을 뺀다. 저 웃음소리에도 표정이 있다면 나팔꽃이 봉오리를 탁 터뜨릴 때의 그런 표정이리라. S가 겸연쩍은지 기어를 드라이브에 놓으며 말한다. "오늘 날씨 정말 자알 생겼다."

나는 사이드를 내리고 출발한다. S가 몸을 틀어 뒷좌석에서 숄더백을 집는다. "이거 주려고 여기까지 왔나이다." 기내에서 샀다며 S가 살구색 스킨로션을 꺼낸다. 순간 속이 뜨끈해 온다. 미안함과 고마움이, 창피함과 따뜻함이, 빠르게 혈관을 탄다. 더 적당한 언어가 있다면, 그런 언어를 표현할 재주가 있다면, 나는 서슴없이 표했을 것이다. 내가 살아왔던 모든 용기를 합친 그런 용기로. 그런 용기가 애타게 필요했던 때가 있었다.

S가 야외 공연장 나무 계단에서 일어난다. "어머, 벌써 한 시간이 지났네. 근데 오늘은 어째 태평이시네." 나는 자신 있게, 늘 그래왔던 것처럼

가슴을 쭉 펴며 말한다. "시간 같은 거, 재지 마. 나, 원래 시간 많은 놈이야." S의 눈이 둥그렇게 커진다. "왜? 오늘 무슨 일 있어?" 나는 S의 어깨에 팔을 두른다. "무슨 일은 무슨 일? 너한테 우스운 놈으로 보일까봐 한 시간 운운했던 거지 실은 남는 게 시간이었어. 눈치도 없게 그렇게 쉬운 걸 여태도 몰랐냐?" S가 입술을 뾰족 내민다. "치이- 그럼 난 그동안 누구랑 만난 거지? 거짓말쟁이랑 만난 건가?" "어휴, 과분하시게도 이제야 알아보네." 나는 S의 어깨에 두른 팔에 힘을 준다. 어깨뼈와 쇠골이 눈으로 보듯 손바닥에 잡힌다.

S가 내 손에서 빠져나가 나무계단을 턱턱 내려간다. "아니다, 그대의 말은 사실이 아니다, 사실대로 읊조려볼지어다. 오늘 시간 보너스 탔어?" "아니, 보너스는 무슨. 그냥 시간이 났어." "그냥 시간이 나다니? 너한테도 그런 변수가 작용할 때가 있었니?" "두 말 하면 길어지지. 맘만 먹으면 언제든지 애니콜이야." "그럼 그동안 맘을 안 먹었거나 못 먹었다는 얘기야?" "아니, 그런 건 아니야." "그럼 왜 그렇게 야박하게 굴었어? 오늘처럼 여유 좀 부려보지 않구."

나는 아무 말도 하지 못한다. 시간을 넘어 수없이 만나고 싶었고, 만날 기회를 찾았고, 만날 기회가 있었지만 만날 수 없었던 그 심정을 무엇으로 얘기할 수 있을까. 수로를 따라가는 물길처럼, 지뢰가 매설된 지역처럼, 그렇게 살고 있다는 말을, 그러나 매 순간 연락이 오길 기다리고 기다렸다는 말을 어떻게 할 수 있단 말인가.

야외 공연장을 빠져 나가며 S가 말한다. "갑자기 시간이 많단 소릴 들으니 뭘 해야 좋을지 모르겠네." "왜 시간이 많다니까 시시해지니?" S가 내 손을 잡아 손바닥을 탁 친다. "아니, 기출문제에도 안 나온 것을 어찌 알고 기셨어요? 알고 보니 역시네요." 나는 지나가는 사람들을 의식하며 S와 약간 떨어져 걷는다. "니가 아는 건 나도 다 알아. 같은 초등학교 나왔는데 그것도 모르겠니?" "오우, 그러세요? 그럼 내가 이 주 후에 일본 여행 가는 것도 아시것네요." "어? 그래? 일본 어딜 가는데? 아내도 오늘 일본 여행을 갔는데. 친구들이랑 패키지로."

S가 걷다 말고 그 자리에 선다. 아차 싶었지만 도무지 수습할 방법이 떠오르지 않는다. S가 잘 알겠다는 듯 연신 고개를 끄덕인다. "그랬구나… 그래서… 시간이 그렇게 남아서…" 나는 그게 아니라고 말하려는데 말이 목구멍에 걸려 나오지 않는다.

S가 나를 천천히 올려다보더니 찻길 쪽으로 시선을 옮긴다. "너 참 이상하다. 불륜도 아닌데 자꾸만 불륜처럼 만드네. 그리고 너한테 아내 있는 거 첨부터 알고 있었잖아. 자꾸 이러면 나, 이상한 년 되는 거 모르니? 기분이 나쁘다, 참 나빠, 아주 나빠."

S가 총총걸음으로 앞서 걷는다. 나는 S가 받았을 상처보다 힐긋거리는 사람들의 시선이 더 신경 쓰인다. 어서 이 자리를 빠져나가자. 나는 주차장으로 가며 S와 마주치지 않으려 다른 길로 돌아간다.

황태해장국집으로 가며 S의 손을 꼬옥 쥔다. 미안하다는 말 대신, 고맙다는 말 대신, S의 손을 꼬옥 잡기만 한다. 용기를 들먹이지 않아도, 해야 할 말을 하지 못하면서 지금까지 어떻게 살아왔는지 재주가 좋다.

나는 황태해장국 집 앞에 차를 세우며 말한다. "이따 저녁 때 멍멍탕 먹으러 가자. 직원들하고 같이 가기로 되어 있거든. 그거 먹고 건강하게 오래오래 살아야 또 이런 선물도 받지."

S가 시원한 바람이 담긴 목소리로 말한다. "역시 물질만한 게 없군요.

그 말을 들으니 나, 오래 살고 싶어진다. 오래 살고 싶게 해 주라, 응?' 나는 대답 대신 S의 손을 내 뺨에 갖다 댄다.

시간은 고흐의 그림처럼 주름져 흘러 여기 이곳, 얼음판에 엎어져 있는 나를 깨운다. 나는 경고판에 써진 문구를 읽고 또 읽는다. 추락 위험 지역. S는 내게 추락 위험 지역인가. 아니, 추락하고 싶어지는 위험 지역이다. 된다면, 나는 끝없이 추락했으면 한다. 지금도 소식이 없는 나를 향해 이메일과 문자를 날리고 있을 S에게, 어쩌면 존재하지 않는 아이디거나 오랫동안 접속하지 않은 휴먼 메일이라는 메시지를 받았을, 나의, 안타까운, S에게로.

열넷

"혼수상태입니다."
 의사의 말은 사실이다. 이렇듯 마음이 종잡을 수 없이 떠다니는 걸 보면 나는 혼수다. 혼수의 그 아름다운 늪에 빠진 내게, 혼수와도 같은 그 추락지점을 찾는 내게 건배를. 위하여! 그리고 또 위하여!
 달랠 수 있는 것과 달랠 수 없는 것, 달려가는 것과 멈추는 것, 들어가는 것과 나가는 것, 그런 종류가 품고 있는 망설임과 초초감에는 위하여! 라는 축언이 필요하다.
 위하여! 가 축언일까. 축언이다. 자, 보라. 샤먼의 눈부신 접신, 중얼거림과 훌쩍임처럼, 애매하게 만나는 그 접점으로부터 분리주의는 종식되고 세상과 나는 하나가 되어 질펀질펀 뒹군다. 으슬으슬 추운가 하면 헐떡헐떡 덥고, 헐떡헐떡 더운가 하면 으슬으슬 추운 이 상태야말로 세상과 내가 하나가 되었다는 증거다. 명징한 눈으로 이 혼돈을 볼 수 있다면 나는 빨강과 파랑 사이를, 닫힌 문과 열린 문 사이를, 새파랗게 날 선 칼로 가다 일순 무뎌진 칼로 가는 것이리라. 좋다. 뇌수는 터져 콸콸 흐르고 흘러 팔목과 발목을 적실 것이고, 뱃속은 피로 가득 찰 것이며, 퉁퉁 부은 목은 절개할 필요도 없이 메워질 것이다. 나는 출발과 정지를 무한 교환하며 질기게 지탱해왔던 미움과 사랑을 내던지리라. 정녕, 그렇게 하리라. 사망은 끝이 아니라 시작으로 나를 S에게로 데려갈 것이다. 제발 그래 주길, 그렇게 해 주길, 나는 누군지도 모를 존재에게 빌어본다.

의사가 나간다. 흰 가운 속엔 처방전과 의학지식으로 가득한데 나는 그것들로는 진정되지 않는다. 나는 희미해져간다. 의학적으로는 그렇다. 그러나 명암과도 같이 한쪽은 또렷하고 다른 한쪽은 꿈속 같은데, 그렇다고 내가 아니라고 부인하긴 솔직히 싫다. 혼돈 속을 거듭 돌아다닌다 해도 그것이 바로 나인 것을 어쩌란 말인가.

지금 이 시점에서 내가 누구이건 나는 이제 돈과 시간만 잡아먹는 떨거지에다 마음 놓고 폭언해도 괜찮은 대상으로 전락했다. 이렇게 돼 버린 나에 대해 나는 고민하지 않기로 한다. 어차피 나는 혼돈이며 불균형이 아닌가.

시간이나 혹은 시각에도 이런 혼돈의 과정이 있다면 그때가 아니었을까 싶다. 언제였는지 모르겠다. 그때가 언제였던 간에 구획정리 된 시간이 먹혀들지 않았을 때인 것만은 분명하다.

나와 아내는 전원주택으로 둥지를 바꾼 대학 동기 집에 초대를 받아 간다. 친구가 알려준 대로 양평으로 차를 몬다. 친구가 말한 전원주택 단지는 생각보다 찾기가 까다롭다. 여기저기를 헤매다 이 근처 어디가 아닐까 싶은 곳에 차를 세우고 구멍가게로 들어간다.

가게 안엔 팔뚝이 허벅지만큼이나 퉁퉁한 아줌마가 민소매 티셔츠를 입고 텔레비전 드라마에 빠져있다. 나는 레종 블랙을 달라고 말한다. 아줌마가 텔레비전에 눈을 둔 채 계산대 아래서 레종을 꺼내 놓는다. 나는 이게 아니라 블랙을 달라고 말한다. 그제야 아줌마는 굼뜨게 몸을 굽혀 레종 블랙을 꺼내놓는다.

나는 돈을 꺼내며 이 근처에 프린세스캐빈이라는 전원주택 단지가 있는지 묻는다. 아줌마는 일 킬로미터 정도 직진하다 우회전을 하면 느티나무가 보일 것이고, 거기서 또 우회전을 하면 마을회관이 나올 것인데 거기서 좌회전을 하면 단지가 나온다고 일러준다.

나는 고답다고 말하며 가게 문 쪽으로 나온다. 막 나오려 순간 눈길이 저절로 가게에 딸린 작은 방으로 간다. 방 안엔 여고생으로 보이는 소녀가 거울을 보며 파란색 헤어밴드를 한다. 윤이 나는 머리는 어깨 바로 위에서 찰랑거리고 거울을 보는 눈빛은 검은색 우단이다. 눈에서 흥겨운 멜로디가 흘러나온다. 입고 있는 티셔츠는 헤어밴드와 같은 파란색으로, 등판엔 흰색 크레파스로 그려놓은 듯한 하트 무늬가 커다랗다. 생각지도 않게 거울 속의 소녀가 피아노를 잘 칠거라는 생각이 든다.

가게를 나와 아줌마가 알려준 길을 찾아간다. 직진과 우회전과 좌회전을 하자 오백 미터쯤 떨어진 언덕 위에 이십여 가구가 모여 있는 전원주택 단지가 나온다. 단지 진입로로 들어간다. 차도 못지않게 길은 잘 닦여있으나 새로 조성해 놓은 축대나 나무는 아직 자리를 잡지 못해 엉성하다.

친구의 전원주택으로 들어간다. 건물 전체가 한강을 바라보는 위치에 있어 마당이며 거실과 방이 강 쪽을 향한다. 같은 과 동기 놈이 나를 얼싸안으며 연예인이 아니라 그런지 보기 힘들다고 너스레를 떤다. 집주인인 친구와 그의 아내가 뒤따라 나오며 반색을 한다.

나는 잔디가 깔린 마당과 한강 상류가 한눈에 내려다보이는 위치에 탄복하며 앞뒤옆 동을 둘러본다. 옆 동은 친구의 집과 디자인은 다르지만 같아 보이는 그런 스타일의 이층 구조로, 발코니가 바깥쪽으로 나 있는 것은 동일하다.

나는 발코니에 서서 옆 동의 발코니를 보다말고 내 눈을 의심한다. 구멍가게에서 봤던 파란색 헤어밴드를 한 소녀가 발코니 철제 펜스에 가슴을 대고 한강을 내려다본다. 어떻게 이런 일이 있을 수 있을까. 소녀는 발코니 철제 펜스에 대고 피아노를 치듯 열개의 손가락을 통통거리는가 싶더니 몸을 돌려 안으로 들어간다. 헤어밴드와 같은 파란색 티셔츠 등판엔 흰색 크레파스로 그린 듯한 커다란 하트 무늬가 살짝 보이다 사라진다. 가게에 있어야 할 소녀가 어떻게, 무슨 수로, 나보다 먼저 이 전원주택에 와 있는 것일까. 쌍둥이라 해도 그렇지 이건 말이 안 된다. 소녀가 들어간 방을 넋을 잃고 보나 소녀는 아래층으로 내려간 것인지 더는 보이지 않는다.

잔디가 깔린 마당에서 늦은 점심 겸 이른 저녁으로 바비큐 통에다 삼겹살을 굽는다. 식사를 끝내고 친구 집을 나올 때까지 소녀는 보이지 않는다.

양평에서 나와 내부순환로를 타고 홍은사거리 방면으로 내려간다. 유진상가 쪽 사거리에서 적색등에 걸려 신호대기를 한다. 보행자 몇이 길을 건넌다. 보행자 사이로 파란색 헤어밴드를 한 소녀가 길을 건넌다. 도대체 이게 어찌된 일일까. 눈으로 소녀의 뒤를 쫓는다. 헤어밴드와 같은 파란색 티셔츠 등판엔 흰색 크레파스로 그린 듯한 커다란 하트 무늬가 또렷하다. 소녀가 피아노를 치듯 오른쪽 허벅지에다 손가락을 통통거리며 인도로 올라간다.

"저 애, 저기 저 파란색 티셔츠 입고 가는 애 봤어?" 나도 모르게 소녀를 손가락질한다. "누구? 누굴 말하는 거예요?" 아내가 사람들 사이를 두리번거린다. 뒤차가 빵빵거린다. 어느 새 녹색등이다. 차를 출발시킨다.

아내가 누구 아는 애를 봤냐고 묻는다. 찜찜한 마음 그대로인 채 아니라고 대답한다. 아내가 툴툴거린다. "당신은 꼭 그러더라. 말을 해놓곤 아니라고 그러는 게 열 번 중 아홉 번이야. 사람 궁금증 나게."

나는 아무 대꾸 없이 차를 몬다. 한 장소에 있던 사람을, 같은 시간에 다른 장소에서 볼 수 있다는 게 가능한 일일까. 그 사람을, 같은 날 전혀 예상할 수 없는 시간과 장소에서 다시 본다는 것도 가능한 일일까. 시계는 밤 열한 시를 가리킨다. 밤 열한 시와 양평과 홍은동이라는 조건은 소녀의 실재와 나를 의심하게 한다. 사물을 인식하는 체계는 어디까지가 한계이고 맞는다고 대답할 수 있을지 혼란스럽기 짝이 없다.

하나의 사물로 누워있기만 하는 나는, 아내의 눈에는 실재하지만 부재하는 사람일 수도 있다. 나는 실재이며 부재이고 부재이며 실재이다. 혼란스럽긴 아내가 더할지도 모르겠다. 아내는 오지 않는다. 오지 않는다 해도 종료시간은 아니다. 내가 이렇게 사물로 누워있는 한, 아내는 자기 마음대로 시간을 종료시키지 못한다.

그러면 나는 어떤가. 시간을 쥐고 있기라도 한가. 그렇진 않다. 나는 웅달진 마당 한편에서 혼자 노는 아이에 불과하다. 햇빛의 그림자 찾아내기, 양지와 음지의 경계선 찾아 긋기, 한 손엔 젖은 흙을, 다른 한 손엔 마른 흙을 쥐고 체온 감지하기를 하며 시간과 함께 뒹군다.

열이 쉴 새 없이 올랐다 내렸다 한다. 열이 아닐지도 모른다. 혼자만의 시간을 꾸려가기 위한 에너지, 혹은 무능력을 덜게 하려는 자구책일 수도 있다. 내가 열에 농락당하는 게 아니라 내가 열을 농락한다. 그게 좋다. 불면의 밤 같이 생겨먹은 생각을 잠식시켜버리고, 결코 쉽게 통과시키지 못했던 나만의 정류장을 열로 붕괴해 버리고자 하는 속셈이다. 진심이 나오고, 진정이 진정이 되도록 열에 의존하려는 이 얍삽한 처세는 그럴 듯하다. 그런 것으로나마 피복 속에 꾹꾹 눌러 쟁였던 아집의 덩어리가 가닥가닥 풀어질 수만 있다면, 이런 변덕스런 열이야말로 상패를 받아야 마땅하다.

포부가 지나쳤던 것일까. 링거가 교체되고 주사바늘이 팔뚝을 찌르는가 싶더니 열과 호흡이 차츰 몸피를 줄인다. 시간이 길어지기 시작한다. 이런 식으로 나가면 분명 시간은 적이 되어 나를 공격할 것이다. 서바이벌 게임도 아니면서 나를 향해 총구를 겨누며 다가올 시간 앞에서, 나는 무기력한 인질이 되어 회상할 일마저 잃어버릴지도 모른다. 그렇게 되기보다 혼돈의 겨드랑이 밑에 있는 게 낫다.

"이제야 열이 좀 내리나 부네." 처음 보는 간병인이 찬 물수건으로 내 얼굴을 닦는다. 아내가 말한, 여러 환자를 공동으로 돌봐준다는 간병인인 모양이다.

간병인이 괜한 말로 말을 시킨다. "아저씨, 내 말 들려요? 건강했을 땐 꽤나 잘 나갔을 거 같은데… 죽을병만 아니라면 지금이라도 사랑한다구 나 따라댕길 여자들깨나 있겠어요."

 사랑이라니, 얼마 만에 들어보는 소리인가. 프루스트는 사랑을 간질에 빗대어 말했다. 그 돌연한 발작, 스스로 제어하지 못하는 감정의 격류, 도저히 알 수 없고 다스릴 수 없는 그 무지에 가까운 달음질은 과연 간질이 아닐 수 없다. 모두가 탐하며 때론 뿌리치는 바로 그 달음질 앞에서 나와 S는 마치 다른 언어를 사용하는 자처럼 있었다.

 S는 내게 물었다. "내 생각 얼마나 해?" "생각은 무슨 생각, 시간 없어서 못 해." "너한테 제일 많이 하게 되는 말이 뭔지 아니? 깍쟁이. 넌 깍쟁이야." "그래, 난 깍쟁이다." "깍쟁이한테 물어보는 내가 웃기지." "하나도 안 웃기는데?" "진짜 웃기는 말 해 볼까부다." "아니, 하지 마." "왜?" "웃기지도 않는 말을 웃긴다고 했는데 안 웃으면 너만 챙피해지잖아." "무슨 말인지도 모르면서?" "몰라도 다 알아." "신 내렸네." "신 내렸네가 뭐냐? 그분이 오셨네요지." "어쭈, 점점 무모해지기 시작하네." "나한테 무모해진다는 말, 함부로 하지 마." "왜?" "내겐 매력남이라는 말로 들리니까." "그게 왜 매력남이야?" "교통순경이 바이크 족 되는 거랑 같으니까." "너한텐 그런 거였어?" "그래, 그것도 모르면서 무슨 웃기는 말을 한다고." "그래도 할래." "하지 마." "무슨 말인 줄 알고 하지 말라는 거야?" "들어보나마나 뻔하지." "그럼 그 뻔하다는 말 좀 해 볼래?" "아니 못해." "왜 못해?" "바빠서 못 해." "바보." "그래 나 바보다." "교만도 해라." "웬 교만?" "바보라고 말하는 사람은 자신이 바보가 아니라는 걸 알기 땜에 바보라고 말하는 거니까." "그럼 난 교만한 바보가 되는 셈인가?" "교만한 바보라는 건 없어." "그런가?" "그러엄, 교만한 사람과 바

보의 공통점이 뭔지 알아?" "몰라." "사랑한다는 말을 못한다는 것." "날 두고 하는 말이니?" "아니, 넌 교만한 바보가 아니잖아." "어째 비꼬는 말로 들리네." "그렇게 말하는 거 보니 너 뒤끝이 좀 있구나?"

나는 S가 듣기 원했던 말을 끝까지 하지 못한다. 사랑한다, 혹은 좋아한다는 말은 입술에 올리기보다 가슴에 담아야 한다. 출근 길 혼자 운전할 때, 욕실에서 샤워를 할 때, 혹은 정 차장과 원주 치악터널에 대해 얘기할 때, 나는 나보다 S를, S보다 S를 더 생각한다. 그럴 때면 텅텅 소리 내며 울리던 가슴은 쏠쏠히 채워지고 나를 지탱하던 금기들은 선들선들 지워진다. 이런 보호막 때문에 나는 S를 만나고 지워지지 않을 유전형질을 애서 만들어내는지도 모른다.

간병인이 물수건을 헹궈 입과 목과 손을 닦는다. 입과 목과 손으로 할 수 있는 일이 없는데도 나는 더러우면 안 된다. 거실에 놓인 오디오나 오디오 밑의 거실 바닥을, 음식 먹을 일이 없는데도 매일 닦아줘야 하듯, 나는 스스로 먹을 수 있는 기능이 없어졌음에도 항상 깨끗하게 있어야 한다.

병실로 누군가 빠끔히 얼굴을 들이민다. "아줌마, 이거 문병 온 손님이 가져왔는데 많아서 가져왔어요. 식기 전에 어서 먹어요." 간병인이 얼른 플라스틱 통을 열어본다. "어머나, 맛있겠다!" 간병인이 침을 꿀꺽 삼키며 나를 돌아본다. "아저씨, 눈 좀 감고 있어 봐요. 혼자 먹기 미안하잖아."

간병인이 플라스틱 통에 든 닭다리를 쩌억 찢는다. 육질의 고소한 냄새와 살 찢는 소리가 잠들었던 모든 감각을 꼬집는다. 군침이 절로 난다. 나도 저걸 씹어 먹었던 적이 있었던가. 와작와작 질근질근 씹고 싶은 충동이 치근을 맹렬히 찌른다.

간병인이 반들반들해진 식탁으로 닭다리를 뜯으며 말한다. "아저씨, 눈 좀 감으라니까."

나는 눈을 감는다. 내게 눈을 감는 것과 뜨는 것의 차이는 없다. 거울 속의 나를 봐도 보이지 않고 아내를 봐도 보이지 않는다. 그러나 보는 이에겐 하나의 증거물과도 같이 뚜렷한 표가 된다. 나는 살아있다는 표, 감지하고 있다는 표, 좋아하고 미워한다는 표, 이런 신호에서 이미 제외되어 있지만 그래도 보는 이에겐 감는 것과 뜨는 것의 차이는 대단한 모양이다. 그래, 그렇다. 볼 수 있다는 것에서 제외되는 게 나쁘기만 한 건 아니다. 아무 것도 보이지 않기에, 볼 수 없기에, 나는 비로소 마음 놓고 실컷 S를 만나러 다닌다. 이런 시간이 길게 무한정 늘어진다 해도 나는 질리지 않을 것이다. S가 있는 한, 나는 살아있는 나, 죽어버린 나, 산 것도 죽은 것도 아닌 나, 이 여럿의 나로 S를 만난다. S와의 만남은 내가 죽어 있든 살아있든 별 차이가 없다.

한때 나는 살아있는 나만을 믿고 보고 인정했던 듯싶다. 그 단정적인 생각은 얼마나 놀랍고 허무했던가.

서울서 적상터널을 가려고 지나야 했던 터널은 많다. 긴 터널, 짧은 터널, 오래 된 터널, 새로 만든 터널, 조도가 좋은 터널, 나쁜 터널… 터널은 언뜻 보기엔 같아도 사람의 생각만큼이나 다양하다.

무주에서 치목터널을 지난다. 터널을 지날 때마다 나는 내 속을 관통하는 듯한 느낌이 든다. 결코 햇빛에 드러나길 꺼려하는 어둑함과 온통 소음덩어리인 터널이 오늘따라 지긋지긋하다. 차창을 열고 소음덩어리 한가운데를 뚫고 간다. 쓸개즙이 터지고 오수 같은 거품이 인다. 그래도, 앞은 보인다. 그래도, 입구를 가지고 있기에 나를 토해낸다.

터널 입구를 빠져나와 적상산 길로 접어든다. 운전면허시험에서 S자 코스를 연습하면 딱 좋을 만한 길이 연이어진다. 곧이어 적상터널로 들어간다. 대충 눈으로 훑어봐도 조도는 형편없이 낮고 천장이며 벽은 GPR[6]의 점검이 필요하다.

터널을 나온다. 나오자마자 정면에 적상호 댐 벽이 육중한 몸체로 시야를 가로막는다. 댐을 끼고 계속 오른다. 전망대로 가는 길과 안국사로 가는 길로 갈린다. 안국사 쪽으로 차를 틀어 주차장으로 들어간다.

주차를 하고 안국사 극락전 계단을 오른다. 삼백여 년의 세월을 홀로 산꼭대기에서 보냈을 안국사, 늑골 한쪽이 아슴하니 저려온다. 극락전 계단 꼭대기에서 아래를 내려다본다. 흙으로 된 땅과 길이 마치 지도에 있는 땅과 길처럼 눈앞에 펼쳐진다. 저 길을 파발마로 달렸을 정권교체와, 포성을 머리에 이고 달렸을 피난민들을 안국사는 눈물을 삼키며 등대로 지켜보았으리라. 비바람이 상념을 던져주고 눈보라가 시간의 더께를 만들 때에도 당간지주로 의연히 버텼을 안국사. 그러한 것이 어디 안국사뿐이겠는가. 안국사를 빙 둘러 친 저 산을 어머니로 여기고 싶어 했던 것은 민초들의 마음이 더 했으리라.

지장전으로 발길을 돌린다. 안은 작고 어둑진하다. 천장에 매달려 있는 흰 연등들이 죽은 자들의 안식을 기약하는 듯이 보인다. 흰 연등 밑에 매달린 종이 리본의 영가는 침묵이 무엇인지를 말하고 계산기로 뽑아낼 수 없는 겁의 세월을 보여준다.

제일 눈앞에 있는 종이 리본으로 눈이 간다. 손채훈 영가, 부친 손선호, 모친 전다희, 맏형 손지환, 누이 손하영, 동생 손하민, 서울 성북구

---

[6] GPR(Ground Penetrating Radar)은 전자파를 이용하여 지반 상황을 파악하는 탐사법.

동선동 3가 130-4번지.

　가슴이 내려앉고 다리가 걷잡을 수 없이 떨린다. 눈을 비비며 종이 리본에 적힌 내용을 다시 읽는다. 두 번 세 번을 읽어도 같은 내용이다. 무엇이 잘못된 것일까. 많은 사람이 산다고 해도 그렇지 내 이름과 가족, 출생지가 동일할 수는 없다. 더욱이 이렇게 살아있는 내가 영가가 되어 있다니 무엇으로 이 사실을 사실로 받아들여야한단 말인가. 살아있는 내가 잘못된 것인가 영가로 있는 내가 잘못 된 것인가. 안국사는 처음 와 본 절이며 적상산 역시 처음 와본 산이다. 가족 중 그 누구도 적상산이나 안국사를 와 봤다는 사람은 없다. 헌데 어쩌자고 나와 내 본가의 가족들이 안국사 영가 리본에 올라있단 말인가. 나는 벌써 죽어버린 것일까. 수없이 죽었다 그만큼 살아나는 터미네이터의 로봇인간처럼 죽었지만 살아있는 인간으로, 살았지만 죽어있는 인간으로, 과거와 현재와 미래라 칭하는 시간 속을 떠다니는 것인가. 말도 안 되는 이런 말로 지금의 나를 정의 내리긴 힘들다.

　나는 점점 혼미해지는 나를 어쩌보지 못한 채 안국사를 뛰쳐나온다. 식은땀으로 점퍼 안이 축축하다. 살아있다는 것은 무엇일까. 밥을 먹고 노래를 부르고 같은 공간에 마주 앉아 얘기를 나누는, 그런 것들이 살아있다는 것의 증표인가. 지금까지 한 번도 죽은 나나 죽게 될 나를 생각해 본 적은 없다. 너무도 절실하게 살아있기에, 살아가는 것만으로도 벅차기에, 죽음이나 죽음에 포함된 욕망 따위는 곁눈질할 새가 없었다.

　차에 시동을 건다. 후진기어로 차를 뺀다. 다시 주행기어로 놓고 액셀러레이터를 밟는다. 이것 또한 분명한 사실이며 현실이며 살아있다는 뚜렷한 증거다. 그렇다면 영가로 있는 나는 누구란 말인가. 얼마 전 야산

언덕배기에서 만난 S는 무엇이란 말인가. 일주일 전 시청에 들어가다 마주친 고등학교 동창은 또 무엇이란 말인가. 사흘 전 이 부장과 당구를 치다 2:1로 져 게임비를 물었던 일이며, 이틀 전 조선족 간병인에게 한 달 생활비를 부쳤던 일이며, 어제 아침 아내가 좋아하는 핀탁주름이 잡힌 흰색 테이블보에다 된장국물을 떨어뜨린 일이며, 어젯밤 인터넷으로 면도기를 주문한 일이며, 오늘 아침 SK주유소에서 오만 원어치 기름을 넣은 일은 다 뭐란 말인가. 나는 죽었지만 죽지 않은 것이고, 세상은 내 죽음과는 무관하게 예전에도 지금도 살아있기만 한 것인가. 이런 말은 앞뒤가 전혀 맞지 않는다. 그 어떤 은유나 거짓말로도 써먹을 수가 없다. 그러나 지금의 나는 이런 표현으로밖엔 할 말이 없다.

구불거리는 도로를 내려와 적상터널로 들어간다. 웅웅대며 터널 안을 울리는 소리가 영락없이 귀기어린 울음소리다. 누가 무엇 때문에 이 시간에 우는 것인가. 울음소리가 음산하게 한없이 이어진다. 터널 입구가 훤하게 보인다. 입구를 향해 가속페달을 밟는다. 터널 입구를 막 빠져나가려는 순간, 나는 실명이라도 한 듯 어딘지도 모를 곳으로 급하게 구른다. 그곳엔 비가 내리고 있었다.

비가, 참을 수 없다. 집으로 가던 길을 돌린다. 빗줄기가 사정없이 내리꽂힌다. 와이퍼를 삼단으로 올린다. 농축된 불안감이 굵은 사슬로 목을 감는다. 숨이 막힌다. 눈앞에 오버브리지가 보인다. 아무 생각도 떠오르지 않는다. 무작정 오버브리지를 탄다. 이정표를 무시하고 아무 데로나 간다. 이렇게 살아보고 싶었다. 진정, 이렇게, 이런 식으로, 살아보고 싶었다.

컵 홀더에서 북북 휴대폰 진동음이 난다. 누구일까. 확인하지 않는다.

오버브리지를 내려와 가속 페달을 밟는다. 자동차 전용도로를 벗어나 낯선 길로 접어든다. 차는 뜸하고 비는 캄캄하게 쏟아지고 외등마저 없다. 휴대폰이 운다. 누구일까. 알고 싶은 것만큼이나 확인하기가 두렵다. 울리는 대로 놔둔 채 외길을 벗어난다. 처음 와 보는 이 차선 도로가 나온다. 도로는 한산하다. 이곳이 어디인지 굳이 알고 싶지는 않다. 알지 못한다는 게 좋다. 좋다고 생각하기로 한다.

이 차선 도로가 끝나는 지점에 자동차 전용도로인 듯한 길이 나온다. 새로 뚫린 임시통행로인지 가로등도 없고 다니는 차도 없다.

임시통행로인 듯한 길로 차를 튼다. 휴대폰이 운다. 차를 틀면서 차창을 내린다. 열린 창으로 비가 들이친다. 북북 우는 휴대폰을 차창 밖에다 던진다. 순간, 커다란 물체가, 어떤 종류의 차인지 짐승인지 분간할 새도 없이 나를 덮친다. 감지할 수 있는 한계를 넘어선 엄청난 소리로, 모든 것을 집어삼키는 무시무시한 소리로, 소리라 말하기도 어려운 그런 소리로 나를 집어삼킨다.

나는 차와 함께 어딘지도 모를 곳으로 밀려간다. 가장 빠르게, 가장 느리게, 속도를 잴 수 없는 속도로 끝 간 데 없이 간다. 그런데 왜 이다지 가벼울까. 울울거리던 속은 야속하리만큼 비어버리고, 눈물 한 방울 흘려보지 못했던 가슴은 붉게 젖는다. 이제야 나는 나로 돌아가는 것인가. 몸을 뒤채어본다. 비늘이 떨어지듯 내 몸에 얽힌 시간들이 와르르 쏟아진다. 비로소, 표류하기를 일삼던 피곤한 육체가 눈꽃송이로 표표히 날다 허공 깊이 들어간다. 내가 보아왔던 수많은 인상들이, 미소와 눈물이, 애증과 안타까움이, 붉은 날개를 달고 가볍게 날아오른다. 드디어 나는 붉은날개의여왕이 된다.

스키드마크를 내며 내 차는 터널 안과 밖, 바로 그 중간 지점에서 멈춘다. 뒤에서 달려오던 차가 경적을 울리며 지나간다. 간신히 정신을 차리고 비상등을 켠다. 아직도 살아있다는 거구나. 그렇다면 방금 전에 본 영가는 어디에 있는 누구란 말인가. 터널을 빠져나오다 본 교통사고는 또 무엇이란 말인가. 앞날을 미리 살아보는 것인가. 그럴 수도 있다. 하지만 왜? 왜 다른 사람들과는 달리 앞날을 당겨 살아봐야만 하는 것일까. 나는, 나만이 느낄 수 있는 나를 체험하게 하는 이 괴이쩍은 시간 앞에서 맥을 놓는다.

비상등을 끄고 출발한다. 얼마 전에 만난 S 역시 미래의 S일지도 모르겠다. 과연 그럴 수 있을까? 정말 그렇다면, 나는 대체 무엇이란 말인가. 어떤 시간 속에서 나인 나와 S인 S를 만나고 있다는 말인가. 침울해진다. 동선동 3가 130-4번지를 찾아가볼까. 그렇다고 영가에 있는 내 출생지와 가족의 이름이 지금의 나를 해명해줄 것 같지는 않다. 동사무소를 찾아가볼까. 설사 호적에서 사망이라는 붉은 도장을 본다 해도 지금, 적상산 자락을 운전하고 있는 나를 밝혀내진 못하리라. 나는 죽어있는 것인가 살아있는 것인가. 죽어있든 살아있든 S가 있는 것만은 틀림없다. S에게로 가자. S는 호적도 영가도 풀지 못했던 나를 풀어줄지도 모른다.

열다섯

얼음판에 엎어져 S를 생각한다. 내 생각이라는 것은 짓궂은 바이러스처럼 춥게도 하고 덥게도 한다. 그래 그럴 것이다. 생각도 몸도 싸움을 한다. 고온과 저온을 한 통에 넣고 마구 흔드는 꼴이다. 꼴이 이지경인 걸 보니 적어도 죽지는 않은 모양이다.

부스스 일어나 추락 위험 지역이 인쇄된 쇠판을 부여잡는다. 쇠판 바로 아래는 직각의 빙벽이다. 빙벽 앞은 바다 같은 사막이 소실점도 없이 펼쳐져 있다. 뒤에는 악마의 입인 양 시커멓게 입을 벌리고 있는 얼음 굴 뿐이다. 어디로 가야하나.

잿빛 하늘이 음울하게 사막을 내리누른다. 두 손으로 손나팔을 분다. "누구 없습니까?" 외침은 사막으로 떨어지기도 전에 입 안 가득 뭉쳐있는가 싶더니 뱃속으로 빨려든다. 다시 손나팔을 분다. "누구 없습니까?" 이번에도 외침은 솜뭉치처럼 입안을 터질 듯이 채우더니 기어이 뱃속 깊이 들어간다.

외치기를 그만두고 직벽에 두 다리를 척 내리고 앉는다. 이럴 때 날아가는 풍선이라도 있었으면. 펄펄 내리는 눈이라도 있었으면. 함박눈을 본 지가 가물가물하다. 눈에 보이는 게 없어서인지 생각이 꼬여간다. 눈이 겨울에 내리는 것은 성탄절이 있고, 연말 모임이 있고, 털 달린 외투와 장갑이 있어서다. 이곳엔 계절도 기념일도 없으니 함박눈 같은 건 애초부터 없었을지도 모른다. 그렇다면 그 탐스러운 함박눈은 지금 어디서 메마르기만 했던 한기를 펄펄 풀어내고 있을까. 광활하기만 한 저 사막에 눈이 내리고, 그 눈 속을 레커가 앵앵거리며 달려간다면, 나는 레커의 그 숨통을 끊어놓을 듯한 울부짖음마저 좋아하겠다. 매일 화장실 청소며 이불 빨래며, 사회봉사도 맹세하겠다. 다시 군대를 갔다 오라고 해도 가겠다. 아, 허공과 싸우는 듯한 이런 생각은 그만, 이제 그만.

환 213

아래를 내려다보는 것으로 돼먹지 않은 생각을 털어내려 한다. 아래는 까마득하다. 보고 또 봐도 까마득하기만 하다. 저길 내려가야 하나. 반드시 내려가야 할 이유도 없으면서 내려갈 궁리를 한다. 올라왔으니 내려가야 한다는, 습관화된 당위성이 위세를 떨친다.

사막은 사막이다. 눈에 걸리는 것 없이 텅 비기만 하여 도무지 혼란스럽다. 그래서 사람들은 사막에다 도시를 만들고 빌딩을 세우는가보다. 하나의 지점을 만들 때마다 질서는 저절로 확보되고, 그것은 누가 시키지 않아도 사람을 통제할 막강한 힘이 된다. 그러니 빈 공간은 빈만큼 손해가 되고, 꽉 찬 공간은 꽉 찬만큼 대대손손 기름진 부를 책임져주는 셈이다.

그와는 다르지만 나는 빈 공간을 볼 때면 나를 보듯 위태롭고 허전하다. 뭔가로 채워야 할 듯한 욕구가 스멀거린다. 그래서였을 것이다. 부단히 책을 읽고 읽은 다음이면 텅 빈 모니터 화면에다 줄기차게 감상문을 써댄 것은. 그러나 빈 칸은 늘 있었고 있는 만큼 무언가로 채워야 할 떠밀림은 분주히 나를 다그쳤다. 그래서, 그렇게, 나는 쉴 새 없이, 아무도 모르게, 나만의 빈 칸에다 허물어질 벽돌을 쌓았던 게다.

내가 책을 읽거나 컴퓨터에다 글을 써 저장하는 것으로 달랠 수 없는 나를 달랬다면, 아내는 벽에다 그림을 거는 것으로 여백으로 떠도는 마음을 메우려 했는지도 모른다. 아내는 좋은 그림이라며 종종 복제화를 사다 거실 벽에다 걸었다. 언젠가는 고갱을, 언젠가는 드가를, 언젠가는 세잔을, 얼마 전엔 르느와르다.

수납장 위엔 텔레비전, 텔레비전 위 벽엔 르느와르의 〈테라스에서〉 복제화가 아내의 빈 가슴을 채운다. 소파에 앉아 텔레비전 리모컨을 잡으면 텔레비전보다 〈테라스에서〉에 들어있는, 단아해 보이는 자매가 먼저 눈에 들어온다. 빨강 모자를 쓴 언니의 시선은 화가의 시선을 엇비슷 빗겨나 있고, 어린 동생은 꽃이 잔뜩 달린 푸른색 모자를 쓰고 언니와는 다른 방향을 비스듬히 본다. 장밋빛 볼과 순한 눈매, 하얗고 통통한 손, 털실뭉치가 담긴 바구니, 착실한 붓놀림 같은 것이 평온이란 이런 것이라고 일러준다. 그 모델들이 살았던 백이십여 년 전, 나는 S를 모델로 그림을 그리고 있다.

S는 어깨까지 내려오는 머리에 파란색 헤어밴드를 하고 내게 미소를 던진다. 눈빛은 검은색 우단인데 장난기는 다섯 살 박이 사내 녀석이다.

S가 고개를 십오 도 정도 갸웃한다. 눈엔 웃음이 꽃으로 만발한다. "헤이, 화가 양반, 인색하게 웃지 말고 비옥하게 웃어봐. 그날, 비 오는 날, 파라솔에서 웃었던 것처럼 말이야." 나는 붓을 멈춘 채 S를 마주본다. "웃음의 열사라도 되라는 말이니?" "엉!" "왜?" "내가 기쁘니까." "내가 웃는 게 어째서 너한테 기쁜데?" "보기 좋으니까." "보기 좋은 건 웃는 것보다 벗은 몸인데 어쩌지?" "어쭈, 화가 양반이 말도 안 되는 말을 하시네. 모델이 벗었단 소린 들었어도 화가가 벗었단 소린 첨이다." "그렇지, 말 한 번 말 되게 하네. 말난 김에 모델 양께서 벗어보시는 건 어때?" "화가 양반! 진도는 혼자 나가시고 웃어가며 그리는 게 어때?" "바빠서 못 해." "그럼 그만 그려." "그럼 그러지 뭐."

S가 거울 앞으로 가 헤어밴드를 고쳐 끼며 말한다. "너 웃을 때 보면 우리 어렸을 때 자연시간에 쓰던 U자 형 말발굽자석이 생각나." "웬 말발굽자석?" "니 이의 구조는 넙적하게 옆으로 퍼진 형이 아니라 보기 좋게 안으로 굽은 형이거든. 더도 덜도 아닌 꼭 U자 형으루다." "별 걸 다

관찰하시느라 눈이 편찮으셨겠다." "에이, 내가 이렇게 관심 만점으로 나가는데 뭐 포상 같은 거 없어?"

텅 빈 가슴에 S의 액자를 건다. S는 내 공간을 빈 틈 없이 채우는가 하면 작은 점보다 못하게 비워낸다. 〈테라스에서〉의 언니보다 성숙하며 그의 어린 동생보다 어린 모습으로 내게 상처를 낸다.

상처가 그리운 지금, 나는 상체는 빙벽 위에, 다리는 사막을 향해 늘어뜨린 채 건들댄다. 내가 이러고 있을 때 S는 무엇을 하고 있을까. 된다면, 나는 당장에라도 달려가 카페 글로리아에 있을 S를 안을 것이다. 아니, 달려갈 수 없다는 걸 알기에 이런 생각도 할 수 있는 것이리라. 이런 내가 S에겐 가혹했을 것이다.

황태해장국집 앞에 도착하자 S는 작은 쇼핑백을 건넨다. "담배 끊었담서… 그래서 사 왔소." S답지 않게 부끄러운 듯 얼굴은 밖을 향하고 손만 내 쪽으로 내민다. "어? 웬 걸 이렇게 자꾸 주냐? 어젯밤 용꿈도 안 꿨는데. 나랑 안 만나는 새 혹시 로또 맞았니?" S가 차에서 내리면서 대꾸한다. "로또 맞았음 너 만날 새가 있겠소? 해외로 내뺄려구 수속 밟고 있겠지."

S가 먼저 황태해장국집으로 들어간다. S가 준 쇼핑백을 슬쩍 들여다본다. 내가 좋아하는 짭짤하니 바삭한 과자와 육포가 일어로 쓴 작고 예쁜 봉투에 담겨있다. S는 이런 물건을 사며 무엇을 생각했을까. 그때 나는 무얼 하고 있었던가.

아내가 일본여행에서 돌아와 가방을 연다. 가져갔던 옷가지와 화장품들을 꺼내며 아내가 흘끔 돌아본다. "왜요? 물건 꺼내는 거 보지 말고 들어가 책이나 읽어요." 무안함과 함께 은근히 부아가 치민다. 아내가 면

세점 쇼핑백을 열며 또 돌아본다. "당신이 거기 앉아서 보니까 좀 그렇네요. 당신 거 못 샀어요. 뭐 부족한 것도 없고 딱히 살만 한 것도 없더라구요." 아내가 면세점에서 산 화장품이며 백을 꺼낸다.

나는 소파에서 일어나며 말거리라도 찾아낸 양 말한다. "내 스킨은 안 샀어? 스킨 떨어졌다고 말한 지가 언젠데." 아내가 순간 묘한 표정을 짓는다. "아, 그거… 그건 국내제품 사면 돼요. 인터넷으로 주문하지 그래요." 아내의 입가가 보일 듯 말 듯 비틀린다.

서재로 가 인터넷을 켠다. 이메일로 들어가 보지만 스팸메일이 몇 통 와 있을 뿐 S의 편지는 없다. 서초동 예술의전당에서 총총히 가버린 직후에 보낸 이메일을 꺼내 읽는다.

"비가 오면 우산을 써. 비바람이 치면 우비를 입어. 천둥이 치면 무엇을 뒤집어써야 할까? 답은 피뢰침이 달린 안전모. 나를 만난다는 자체가 네겐 비+비바람+천둥인 모양이야. 그 재해에 가까운 것을 너는 가정이라는 안전도구로 방어해. 방어에 잔뜩 신경 쓰는 사람 앞에서 나는 생각하지 않아도 될 걸 생각해. 네게 있어 나는 무엇일까? 마치 불륜 사이처럼, 불륜 사이들이나 생각해야 할 그런 생각을 해. 너를 만나고 돌아설 때마다 내가 얼마나 초라해지는지 아니? 이제 그만, 더는 안 돼, 그래도 다시 또. 그러나 점점 숨이 턱에 차오른다. 겨울을 등짐지고 살아가는 사람, 항상 혹한의 겨울만 맵게 끌어안고 사는 사람, 그을수록 많아지고 두꺼워지는 선으로 사는 사람, 그런 사람과 과연 얼마나 같은 시간을 같이 보낼 수 있을까… 혹시 너는 너를 숭배하고 사는 건 아니니?"

나는 나를 숭배하는 것일까. 그럴지도 모르겠다. 한 쪽 다리를 들고 오줌으로 영역을 표시하는 개처럼, 나는 내 영역을 침범 당하지 않으려 가

정을 앞세워 몸을 사렸는지도 모를 일이다. 그것이 나를 숭배하는 짓이었다면, 나는 나를 숭배하는 짓을 그만 둘 수 없다. 그럴 능력이 없으므로, 다른 그 어떤 것도 알지 못하므로, 그렇게 사는 게 편하므로, 쭈욱 그렇게 살아왔으므로, 나는 나를 바꾸지 못한다.

S의 뒤를 따라 황태해장국집으로 들어간다. 정 차장과 직원들이 테이블에 앉아 물컵에 물을 따른다. S는 직원들이 앉은 테이블 바로 앞 테이블에 앉아 입구 쪽을 향한다. 나는 S 맞은편에 앉아 정 차장을 손짓하며 이쪽으로 와 같이 먹자고 말한다. 정 차장이 고개를 저으며 괜찮다고 대답한다. 좋기도 하고 찜찜하기도 하다.

S가 양팔을 테이블에다 올리고 양손을 깍지 낀다. "내가 벼락같이 쳐들어와서 헤매는 거 아냐?" 눈빛이 생글생글 웃는다. "헤매는 정도가 아니라 119 불러야 할 판이다." S가 목소리를 낮추며 얼굴을 내 쪽으로 가까이 한다. "내가 불러줄까? 보호자가 돼 줄 수도 있어." 소곤거리는 게 마음에 걸린다. 짐짓 아무렇지도 않은 척 시선을 뒤 테이블의 직원들에게로 돌린다. 정 차장과 눈이 마주친다. 정 차장은 봐서는 안 될 걸 본 사람처럼 머리칼을 쓸어 올리며 어색하게 웃는다. 속이 뜨끔해온다. "정 차장, 이따 저녁 때 황구집 가는 거, 예약하지 않아도 돼?" "아, 예, 예약해놨습니다." "그래? 그럼 한 사람 더 간다고 해."

S가 눈을 동그랗게 뜬다. "나, 핫도그 못 먹는데…" "못 먹으면 구경만 해." "구경만 하는 건 싫어." "백숙도 있어. 식기 전에 어서 이거나 먹자."

황태해장국을 먹으면서부터 머릿속은 스모그가 낀 듯 난감해온다. 매일 새벽이면 터널로 가야하기 때문에 나와 직원들은 일이 끝나면 숙소로가 잠을 자둔다. 그동안 S는 어디서 무얼 하라고 해야 할지 캄캄하다. 게임방이 떠오른다. 영화관도 떠오른다. 근처 치악산 국립공원도 떠오른다. 모텔도 떠오른다. 모텔이 생각나자 나는 고개를 박고 그저 황태해장국만 퍽퍽 퍼먹는다. 단 둘만을 허용하는 그런 공간에서 S와 함께 있고 싶다는 생각을 얼마나 많이 했던가. 혼자 S를 안던 시간은 또 얼마나 많았던가. 그런 생각이 날 때마다 자괴감은 또 얼마나 지독했던가.

무슨 맛인지도 모르고 황태해장국 한 그릇을 다 비운다. 정 차장과 직원들이 먼저 들어가 보겠다고 말한다. "어, 그럴래? 난 차나 한 잔 마시고 갈 게." 나는 공연히 S와 직원들을 번갈아본다.

S가 조수석에 앉으며 말한다. "저녁때까지 나를 어떻게 처리할까 되게 고민하다 내린 결론이겠네. 차나 한잔으로." 나는 시동을 걸며 S의 손을 잡는다. "미안해. 정 차장과 같은 방을 쓰는데 너랑 너무 오래 있으면 이상하게 생각할지도 모르잖아. 대신 맛있는 커피 먹으러 가자."

S는 차창 밖만 내다볼 뿐 아무 말도 하지 않는다. 서운할 테지. 그럴 테지. 나는 너보다 더하다. 나 역시 아무 말도 하지 않고 음식점이 즐비한 거리로 차를 몬다. S와 나는 오 분여 거리를 오십 년도 더 되는 침묵으로 간다.

그 침묵과는 다른 침묵이 사막을 덮고 있다. 사막은 색이 없는 침묵으로 생겨나 흐름 없는 흐름으로 흐름을 만들어간다. 날이 기울고 해가 뜨고, 더운 바람으로 모래알갱이를 들썩이면서 사막은 사막이 되어 간다. 그래서 장미꽃이 그리워지고 보아뱀과 바오밥나무가 필요해진 것이리라.

나는 여전히 빙벽에 걸터앉아 소음덩어리인 나를 침묵 속에 방치한다. 나 역시 장미꽃과 보아뱀과 바오밥나무가 그립고 필요하긴 하나 그보다는 아까부터 낙하를 꿈꾼다. 저 단단한 침묵 속으로 뛰어들면 침묵이든 나든, 아니, 침묵과 나는 하나가 되어 깨질 것이다. 그렇게 되면… 그렇게 되길.

빙벽에서 일어나 빙벽 끝에 선다. 뛰어내리기보다 날아오르기가 쉬울 듯하다. 양팔을 날개로 벌려본다. 팔은 무겁고 다리는 떨린다. 팔을 내리고 한 발 뒤로 물러난다. 새를 흉내 내기보다 다이빙 선수를 흉내 내는 게 쉽겠다.

다시 빙벽 끝으로 가 선다. 두 팔을 앞으로 곧게 뻗고 정면을 응시한다. 수영은 할 줄 모른다. 다이빙은 텔레비전에서 본 게 전부다. 아래가 물이든 모래밭이든, 높든 낮든, 뛰어내린다는 자체가 무섭다. 어떻게 해야 할까.

느닷없이 빙벽 아래서 외치는 소리가 난다. "잘 생각했소! 어서 뛰어내리시오!"

뛰어 내리라고? 막상 누군가로부터 뛰어내리라는 말을 들으니 더럭 겁이 난다. 부르르 떨리는 몸을 가누며 소리 지른다. "댁은 누군데 날더러 뛰어내리라고 합니까?" 사내가 히죽히죽 웃는다. "내가 누구면 어떻소? 뛰어내리고 싶어 하는 사람에게 뛰어내리라고 말하는 사람이오!"

말을 해도 어떻게 저런 식으로 하는지. 나는 소리쳐 대꾸한다. "어떻게 뛰어내려야할지 모르겠습니다!" 의심과 겁에 질린 목소리가 내가 듣기에도 민망하다.

사내가 목청을 세운다. "뛰어내리는 데도 어떻게 라는 게 있소? 그냥 뛰어내리시오! 여긴 추락 위험 지역이 아니오. 관제탑의 지시가 없어 못 뛰어내리는 거요? 그딴 건 이런 데선 먹혀들지 않소."

추락 위험 지역? 관제탑? 저 자는 누구이기에 S가 한 말을 하고 있을까. 사내가 누군지 확인하고 싶은 마음이 급해온다. 한 발 앞으로 가 절벽 끝에 선다. 발바닥이 근질거리고 가슴이 뜨끔뜨끔해온다. 매트리스가 깔려있다 해도 저 까마득한 곳을 맨몸으로 뛰어내리긴 쉽지 않아 보인다. "어떻게 그냥 뛰어내리란 말입니까?" 소리치는 것만으로도 몸이 흔들흔들해온다. 사내가 박장대소를 한다. "크하하하! 그냥 뛰어내리라면 뛰어내릴 것이지 이미 죽은 사람 또 죽을까 무섭소?"

이미 죽은 거라고? 정말 그런가? 그렇다면 영가로 있었던 건 내가 맞나? 가슴이 옥죄어온다. 사내가 재촉한다. "죽었나 안 죽었나 알고 싶음 뛰어내려보쇼! 장담컨대 이미 죽었기 땜에 뛰어내려도 멀쩡하게 살아있을 거요."

사내의 말은 일리가 있다. 그래도 선뜻 믿어지지 않는다. 사내의 말대로라면, 뛰어내려도 살아있다면 나는 죽은 것이 된다. 설사 그렇다 쳐도 만약 그게 아니라면? 머뭇거리는 사이 사내가 다시 빽빽거린다. "산 사람이 어찌 직벽의 빙벽을 맨손으로 올라갈 수 있었겠소? 그것도 힘 하나 들이지 않고!"

나는 반쯤 체념한 채 사내가 하는 말을 곱씹는다. 하긴 그렇다. 체중을 가진 상태에서 도구 하나 없이 빙벽을 오른다는 건 도저히 있을 수 없는 일이다. 그렇다면 나는 이미 죽었다는 말이 된다. 헌데 저 작자는 누구이기에 빙벽의 나까지 알고 있을까.

사내가 다시 악을 쓰듯 외친다. "고래는 날개도 없지만 번쩍하면 물 위로 솟구치오! 사람 입장에서 보면 산에서 뛰어내리는 것과 같지 않겠소?' 사내는 그럴 듯하게 말한다. 그렇다고 사내의 말을 덥석 믿어버리기엔 어쩐지 내키지 않는다.

사내는 이런 나와 더는 실랑이가 하기 싫다는 듯 고개를 설레설레 젓더니 휘적휘적 가버린다. "뛰어내리기 싫음 관두쇼! 난 근사한 곳을 찾아가는 중이오! 같이 갈까 했는데 혼자 가는 게 낫겠소!'

사내는 내게 미끼를 던지며 저만치 멀어진다. 나는 급히 소리친다. "잠깐만! 잠깐만 기다리십시오!' 사내가 걸음을 멈추더니 나를 올려다본다. 나는 빙벽 끝에 발을 딛고 양팔을 벌린다. 눈을 감고 커다란 날개 달린 새를 상상하며 상체를 앞쪽으로 기울인다.

으아아아아아아…..

침몰이나 절망이 육체를 가졌다면 바로 지금, 이 순간이리라. 떨어지는 동안 하나의 영상이 회오리바람으로 나를 잡아챈다.

S가 조용히 커피를 마신다. S답지 않은 게 불안하다. 나는 연신 커피잔 손잡이만 만지작거린다. S가 시계를 보며 혼잣말 하듯 한다. "이제 겨우 이십 분밖에 안 지났네. 지루해진다. 혼자 있는 게 낫겠어."

나는 테이블 밑으로 S의 발을 툭 친다. "그렇게 말하지 마. 무서워 죽겠다." S는 여느 때와는 달리 조크나 그 어떤 반응도 보이지 않는다. 앉아있다는 게 대리석에 깔린 기분이다. 다시 S의 발을 툭 친다. "지금 벌주고 있는 거니?'

어디랄 곳도 아닌 곳을 보던 S가 그제야 나를 돌아본다. "아니, 준다고 받을 사람이니? 찝찝해 하지 말고 넌 그만 들어가 봐. 난 내가 알아서 할

게. 이따 핫도그 먹으러 갈 때나 전화해."

S가 숄더백을 어깨에 멘다. "어디로 갈 건데?" 나는 빌을 집어 들며 자리에서 일어난다. "자러 갈 사람이 웬 궁금증?" 나는 S의 뒤를 따라가며 주절거린다. "영화를 보는 건 어때? 영화관까지 데려다줄까? 아님 어디가 좋을까… 치악산 국립공원에 가 볼래?"

S는 아무 대답도 하지 않은 채 밖으로 나간다. 나는 돌이킬 수 없는 실수를 하고 있다는 것을 알면서도 멈추지 못한다. "저기… 그것도 싫으면 찜질방에 가서 잠을 자 두는 것도 괜찮겠다. 밤새 달려오느라 잠도 못 잤을 텐데."

차로 가던 S가 우뚝 멈춰 선다. 눈빛이 차디찬 얼음조각이다. "난 너처럼 새벽에 일 나갈 일 없어. 알아서 있을 거니까 염려 붙들어 매."

S가 운전석 문을 연다. "숙소까지 데려다 줄게 타." 나는 조수석으로 가 앉는다. '나 내려주고 어디로 갈 건데?' S가 안전띠를 매며 무심한 듯 무심하지 않게 말한다. "니가 이럴수록 내가 잘못 왔다는 생각이 든다는 거 모르니? 더 묻지 마. 혼자 있고 싶어."

S는 끝내 가 버리고 나는 S를 잡지 못한다. 숙소로 돌아왔지만 잠은 오지 않는다. 휴대폰을 보지만 온 전화는 없다. S의 번호를 누르려다 점퍼 주머니에다 넣는다. 점퍼를 옷걸이에 걸고 이불을 머리끝까지 뒤집어쓴다. 이불을 뒤집어쓰기 전보다 더욱더 말똥말똥해진다. 이불을 젖힌다. S에게 해줄 수 있는 것이란 하나도 없다. 아무리 생각해도 없다. 머릿속이 하얗게 바랜다.

자리에서 일어나 창가로 간다. 커튼을 젖히고 밖을 내다본다. 유월 초, 원주 단계동 모텔촌의 대낮은 밤새 헐떡였을 절정의 농이 찐득하게 고여 있다. 이 대낮에 S는 어디서 무엇을 하고 있는지. 마음에도 수염처럼 여러 가닥이 있다면, 그거 하나 뽑아 S에게 심었으면 한다. 그 마음의 뿌리를 S는 유쾌한 놀이로 길러 내게 다시 모종해 줄게 아닌가. 그랬으면, 그렇게 해주었으면.

커튼을 닫고 점퍼에서 휴대폰을 꺼낸다. 걸려온 전화는 없다. 전화기를 바지주머니에 넣고 벌렁 눕는다. 정 차장의 코고는 소리가 벽을 무너뜨린다. 옆으로 돌아눕는다. 갑갑함이 무저갱 속이다. 똑바로 눕는다. 속이 뜨끔해온다. 벌떡 일어나 멀거니 앞만 본다. S가 준 쇼핑백이 눈에 들어온다. 쇼핑백엔 S가 준 과자봉지가 S의 숨결을 고스란히 토해낸다. 살구색 스킨로션을 꺼낸다. 견딜 수 없이 S가 보고 싶어진다. 견딜 수 없을 때 견디지 않는 것, 참을 수 없을 때 참지 않는 것, 그런 것도 학습 없이는 할 수가 없다.

욕실로 들어가 샤워를 한다. 아래가 뻐근해 온다. 때를 밀 듯 비누칠을 벅벅 해댄다. 살갗은 벗겨지지 않고 욕망은 학습 없이도 돌출한다. 욕조에 걸터앉아 돌출된 욕망을 내려다본다. 누추함이 절규로 터져 나온다. 벌떡 일어나 샤워기를 튼다. 오랫동안 물로 몰매를 맞은 다음 욕실을 나온다.

시계바늘은 저녁이 되기 전까지 꼼짝도 하지 않을 태세다. 이대로 시간이 정지되면 S와 나는 황구집에서 만날 수 없거나 지금처럼 이렇게 뚝 떨어진 숙소에서 S를 생각하는 일만 하다 말 것이다. 둘 중 무엇이 됐든 반가운 일은 아니다. 반가운 일이라면 혼자 있고 싶다던 S 곁으로 가는 것과 S가 전화를 걸어 나를 만나주는 일이다. 만나는 일이 다른 사람에겐 코를 풀 듯 쉬운데 내겐 왜 이렇게 어려운지 죽을 맛이다.

정 차장이 세상모르게 코를 곤다. 휴대폰을 꺼내 만지작거리다 S의 번호를 꾹꾹 누른다. 벨이 울리기도 전에 전원이 꺼져있다는 메시지가 나온다. 가슴이 내려앉는다. 다시 S의 번호를 누른다. 역시 전원이 꺼져있다는 메시지가 나온다. 휴대폰을 닫고 시계를 본다. 혹시 집으로?

급히 컴퓨터를 켠다. 아이디와 패스워드를 치는 손이 허둥댄다. S가 보낸 이메일 한 통이 의구심을 확인시킨다. 급히 제목에 클릭 한다.

"너만 있는 너, 참기 싫어진다. 너만 모시고 사는 너, 견디기 힘들다. 나한테 귀하신 몸은 안 통하고 싶어진다. 더는 참을 수가 없다. 참기 싫어진다. 핫도그, 내 몫까지 먹고 건강하게 오래오래 살아라."

절망을 닮은 침몰이 이어진다. 머릿속은 텅 비어 가고, 빛과 색과 호흡은 멈추고, 나는 전혀 알 수 없는 곳으로 끝없이 떨어진다. 화인을 맞는 듯 차갑기만 한 공허 속에서 나는 뜨겁게 데인다. 이윽고, 나는 화석이 되어 사막으로 떨어지고 S의 이메일은 컴퓨터에서 싸늘하게 나를 지켜본다.

사내가 내 팔을 잡으며 희번덕거린다. "거 보슈, 내 말이 맞지 않소? 뛰어내렸는데도 이렇게 멀쩡한 걸 보면 당신은 죽은 것이오. 왜, 못마땅하오? 못마땅해 할 거 없소. 죽어서 살아있는데 못마땅할 게 뭐란 말이오."

나는 휘청거리는 몸을 간신히 지탱하며 사내에게 잡힌 팔을 뺀다. 허탈감 같기도 하고 상실감 같기도 한 것이 후끈, 가슴을 후빈다.

사내가 백팩 하나를 가볍게 들어 어깨에 멘다. 백팩이 눈에 익는다. 주뼛주뼛 말을 붙인다. "그거… 혹시… 내 것과 너무나 똑같군요." 사내가 어깨를 한 번 들썩해 보이더니 별 거 아니라는 투로 말한다. "여기 오다 주운 거요. 열어보니 스킨 하나가 전붑디다. 댁의 것이라면 가져가슈." 사내가 서슴없이 백팩을 넘겨준다.

백팩을 받아 열어본다. 반쯤 쓴 살구색 스킨로션 하나가 들어있다. 오버브리지를 타고 알 수 없는 길을 헤맬 때와도 같았던 심정이 푸근하게 가라앉는다.

사내가 투덜투덜 말하듯 앞서 걷는다. 사내 뒤를 쫓아가며 묻는다. "댁은 누군데 나를 그렇게 잘 아십니까? 나를 죽었다고 장담할 정도면 댁이야말로 무당이나 점쟁이들이 모시는 그런 신이 아닙니까?"

사내가 크하하하 웃는다. "거참 재미있는 발상이오. 하지만 나는 그들의 신이 아니오. 왜냐하면 나는 이름이 없기 때문이오." 나는 사내의 아래위를 슬쩍 살피며 말을 던진다. "설혹 이름이 없다 쳐도 갖다 붙이면 되는 거 아닙니까? 할아버지신, 장군신, 삼촌신, 아니, 최영장군신도 있고 이순신장군신도 있다고 들었습니다."

"크하하하!" 사내가 가던 길을 멈추고 허리를 반으로 접어가며 웃는다. "개콘에 나오는 얘기 같구려. 그러면 난 전봉준신이나 되어볼까?" 사내의 말에 농기가 묻어난다. 나는 사내의 농기에 맞장구를 친다. "맞습니다. 전봉준신도 있다고 들었습니다."

사내가 사막에다 침을 탁 뱉는다. "사람들 참 잽싸군. 그럼 안중근이나 정주영신으로 하는 게 좋겠구만. 그렇지, 안중근이보다야 정주영이가 훨씬 낫겠는 걸. 돈독을 부채질하는 것만큼 돈을 벌 수 있는 것도 없을 테니."

나는 작심을 하고 사내의 팔을 움켜잡는다. "농담은 그만하시고 댁이 누군지 말하십시오. 댁은 누굽니까? 이름이 뭐고 어떻게 나를 그리 잘 압니까?" 사내가 야멸차게 내 손을 뿌리친다. "거참 되게 귀찮게 구네. 심심찮게 말동무나 하며 갈까 하고 불렀더니 이건 완전 빚쟁이구만."

나는 사내의 앞을 가로막는다. "빚쟁이도 좋고 살인자도 좋습니다. 댁이 누군지 밝히기 전까진 못 갑니다." 사내가 어이없다는 듯 나를 밀친다. "이름이 없는 걸 어찌 이름을 대란 말이오? 댁이나 나나 이름이 없긴 마찬가지요."

나는 다시 사내의 팔을 움켜잡는다. "이름이 없다니요? 이름 없는 사람도 있습니까?" 사내가 나를 의미심장한 눈으로 쳐다보며 말한다. "나도 댁도 예전엔 이름을 가졌는지 모르지만 이젠 없어졌소. 내 시험해 보리까? 댁의 이름은 무엇이오?"

이름이 생각나지 않는다. 외우거나 생각하지 않아도, 이 세상의 모든 것은 잊어도 내 이름을 잊는다는 건 있을 수 없는 일이다. 이름이 없어지다니, 이름이 생각나지 않다니, 그러면 나는 무엇이란 말인가. 무엇도 아니게 된 나를 S는 어떻게 찾아올까. 나는 또 무엇으로 S를 찾아갈까.

사내가 내 어깨를 툭툭 친다. "이름에 연연하다니 아직도 멀었군. 난 이름이 없어지니 세상 편키만 하오. 그 무거운 걸 무슨 훈장이라고 평생 끼고 살았는지…" 사내가 휘파람을 불며 걸어간다.

나는 그 자리에 우두커니 선다. S를 만날 길은 영영 없어진 것일까. 아득함이 가슴을 조여 온다. 사막에 대고 내 이름을, 전혀 기억나지 않는, 내 이름이라고 막연하게 느끼는 그 무엇인가를 불러본다. 입만 벌어질 뿐 내 이름은, 내 이름과도 같은 그 어떤 호칭은 나오지 않는다. 온몸의 힘을 끌어 모아 다시 내 이름을, 이미지로도 떠오르지 않는 그 무엇을 불러본다. 이름은커녕 그 어떤 소리도 나오지 않는다. 가슴이 쥐어짜듯 아파온다.

사막의 중심부라고 생각하는 쪽으로 내달린다. 내 이름을 부르며, 없어져 무어라 부를 수도 없는, 내 이름이라 여기는 그 어떤 것을 부르며 헉헉 내달린다. 사막 저 어디에선가 내 이름 같은 이름이 희미하게 환청처럼 들린다. S가 나를 만날 수 있게, 내가 S를 만날 수 있게, 나는 내 이름이라 들리는 쪽을 향해 몸이 부서져라 달린다.

열여섯

"손채훈 님! 손채훈 님! 정신 차리세요. 이 소리 들려요? 들리면 눈 좀 떠보세요."

아, 그렇구나, 손채훈라는 게 내 이름이었구나. 헌데 내 이름이라는 것이 왜 이다지 낯설게 들릴까. 그 이름으로 봉급을 받고, 세금고지서와 통신료 청구서를 받고, 자식과 남편과 아비로 살아왔다는 게 실감나지 않는다. 하긴 그렇다. 이름이라는 게 내 것이긴 하나 다른 사람들의 것이기도 하니 없어져도 잊혀도 아쉬워할 게 못된다. 사막의 사내가 홀가분해하는 건 지극히 당연하다. 그 사내는 어디로 갔을까. 나도 사내처럼 거침없이 침도 뱉고 휘파람도 불 줄 알았으면 싶다. 가래는 내 목을 막고 자글자글 끓어대는 소리로 휘파람을 조잡하게 흉내 낸다.

누가 내게 석션을 하는지 속이 뒤집힌다. 굵은 가래 덩이를 끄집어내면 나는 그만큼의 시간을 연장하게 될 것이다. 누가 내 시간을 내게 묻지도 않고 이렇게 휘젓는단 말인가. 석선을 받고 있는 지금, 나는 시간에 갇힌 포로가 된다. 시간이 하나의 물체라면, 지금의 내 시간은 바스티유 감옥이나 청송교도소쯤이 될 것이다. 그래서 면회다.

아내는 나를 면회 와선 벽만 쳐다본다. 말없이, 표정 없이, 느낌 없이, 언제까지나 그렇게 있기만 한다. 나는 아내의 시간을 빼앗는 격이다. 아니, 꼭 그렇지만은 않다. 드럼을 치러 갈 때도 이젠 골프를 치러 다니겠지만, 그럴 때도 아내는 허락 아닌 허락을 얻어내려 눈치를 살피거나 내 퇴근시간을 염두에 두지 않아도 될 터이다. 아내는 지금 아내만의 시간을 누리며 살고 있다. 나도 나만의 시간을 즐기며 산다. 마치 시간이 애첩이기라도 한 양, 혹은 막역한 친구이기라도 한 양, 거리낌 없이 S를 만난다. 아내도 내 시간과 같은 시간 속으로 들어간다면 아내 역시 맘 놓고 남자를 만나고 있을 것이다.

아내는 지금의 나와 같은 시간이 아닌 시간 속에서도 충분히 남자를 만나고 있다고 말한다. "당신 자요? 자도 이런 말은 들을 수 있겠지. 내가 다른 남자 만나는 얘기니까." 아내는 여전히 벽을 향한 채 말한다. "어디서부터 얘기해야할지 모르겠어요. 당신, 시간이 별로 남아있는 거 같지 않아서… 이대로 보내면 내 얘기 못한 거 두고두고 후회할 거 같아서…"

아내는 후회할 것까지 대비해 들어도 그만 안 들어 그만인 얘기를 하겠단다. 양심의 얘기가 아니라 뻐기고 싶은 모양이다.

아내는 자신의 휴대폰을 열어보기도 하고 닫기도 하면서 말을 잇는다. "그러니까 다른 남자라는 건… 애인이라기보다 친구예요. 글쎄… 이 나이에 이성 친구가 진짜 친구이기만 하다고 말하긴 좀 그렇겠죠. 때론 애인이다 때론 친구이다… 그런 복합적인 감정일 거예요. 그 친군 초등학교 동창회에서 만난 회계사인데 골프도 가르쳐주고 감성도 잘 맞아요. 지금은 연락이 안 돼 못 만나고 있지만 왜 연락이 안 되는지 답답해요. 머리 얹어주기로 한 바로 전날부터 연락이 끊겼거든요. 당신처럼 교통사고로 이렇게 누워있는 건지도 모르겠어요. 설혹 안다 쳐도 찾아갈 순 없어요. 가족들이 있으니까. 어떻게 하면 좋을까요. 당신 생각은 어때요?"

무슨 말이 저렇담. 아내가 처음 보는 사람인 양 낯이 설다. 언젠가 아내에게서 이와 비슷한 느낌을 받은 적이 있다.

아내가 화장대 앞에 앉아 화장을 한다. 거울 속의 아내는 마스카라를 칠하느라 눈을 치뜬다. 갑자기, 화장하는 아내가 아내로 보이지 않는다. 마치 하나의 화장대처럼, 앉아있는 스툴처럼, 그저 그런 물체로, 낯선 질감의 덩이로만 보인다. 얄팍한 등판, 가녀린 어깨, 작은 몸피, 눈에 익어 한 번도 의심해 본 적이 없는 몸이, 느닷없이 돌연변이로 나를 공격한다. 일주일에 한 번씩 안던 아내는 아내가 아니었는지도 모른다. 엉뚱한 여자가 내 집인 양 차지하고선 안주인 행세를 하는 것일 수도 있다. 아니, 엉뚱한 여자조차도 못되는, 사람이라는 존재 자체에 의심이 인다.

머릿속이 뜨끔뜨끔해진다. 괜히 아내 주변을 서성인다. 아내가 신경이 쓰이는지 화장을 하다말고 거울 속에 든 내게 말한다. "왜 뭐 불편한 거라도 있어요?"

아내의 목소리는 분명, 아내의 목소리다. 그런데 아니다. 처음 듣는 음성도 아니건만 뭐라 집어 말할 수 없게 아니라는 느낌이 든다. 확고부동한 그 느낌은 너무나 절대적이어서 아내의 눈동자, 손놀림, 목소리, 옷차림, 그 모든 것을 부정한다. 왜 이럴까. 왜 이런 느낌이 드는 걸까. 확인하고 싶어 속이 탄다.

  립스틱을 바르는 아내를 왈칵 잡아끈다. 아내가 놀란 눈으로 나를 떠다민다. 나는 아내를 잡아끌어 침대로 민다. 아내가 침대 위로 벌렁 자빠지며 다급하게 말한다. "왜 이래요! 어제도 했잖아요." 아내의 말이나 몸짓만으로는 이 불신의 막을 벗길 수 없다. 아내의 옷을 벗긴다. 아내가 옷섶을 부여잡으며 몸을 비튼다. "당신 왜 이래요? 예식장에 늦겠어요."

  예식장? 아, 예식장이 있었지. 아내에게서 떨어진다. 아내가 화장대로 가며 말한다. "양복이랑 넥타이 꺼내놨어요. 예식 시간 알죠?" 아내가 화장대 앞에서 화장이며 머리를 매만진다. 믿지 않으면 안 될 만큼 자연스러운 행위가 곤혹스럽기만 하다. 순간 모든 체력이 빠진다. 그리고 질린다. 사실을 사실로 받아들이지 못하게 하는 이 도저한 생소함에 나는 무방비다. 누가, 무엇이, 나와 아내를, 나와 아내라고 믿게 했는지, 내 몸보다, 내 정신보다, 더 잘 안다고 여긴 아내를 의심하게 하는 이 작용은 또 무엇인지. 아내라 여기며 십여 년을 함께 살았던 건 판타지였는지도 모르겠다.

  아내 역시 판타지를 쓰겠다는 건지 묻지도 않은 말을 한다. "당신 원주 출장 갔던 때 생각나요?" 원주 출장이 어디 한 두 번이었던가. 어느 때의 원주 출장을 말하는 건지 귀를 기울인다.

  "그땐 참 지독했어요. 다시 생각하기도 끔찍할 만큼. 내가 당시 그런 기분이었다는 거, 지금도 모를 걸요? 이제나저제나 자기밖에 모르니 알 리가 없죠. 그때 내가 왜 거기까지 갔는지 알아요?"

  뜬금없이 아내가 치악터널 입구에 차를 대고 나를 기다린다. 아내를 보자 반가움보다 연락도 없이 왔다는 사실에 열이 오른다. "웬일이야? 전화도 없이." 심통이 절로 나온다. 아내가 머쓱해진 얼굴을 애써 누른다. "그냥… 이 근처를 지나다… 여기서 일한다고 한 말이 생각나서…"

　나는 직원들을 의식하며 작은 소리로 쏘아붙인다. "당신 눈엔 남편 일하는 데가 그냥 지나다 들러볼 만한 곳밖엔 안 돼?" 아내의 얼굴이 일그러진다. "미안해요. 역시 못 올 델 왔네요."

　아내가 차문을 열고 안으로 들어간다. 나는 닫으려는 차문을 잡고 치솟는 짜증을 억누른다. "그냥 가면 어떡해? 직원들 눈도 있는데. 황태해장국 먹을 거니까 그거나 먹고 가. 내려. 내가 운전할 테니까."

　아내가 입술을 옹송그리며 잠시 그대로 있더니 운전석에서 내린다. "얼굴 펴. 직원들 봐." 아내가 나오지 않는 웃음을 입가에 띠며 정 차장과 직원들과 인사를 나눈다. 정 차장이 반갑게 웃으며 아내에게 고개를 숙인다. "사모님 나오셨습니까? 오랜만에 뵙습니다. 저녁 때 보양식 먹기로 했는데 그거 드시고 가시지요. 아주 잘하는 원조집입니다." 아내가 고개를 끄덕이며 알았다고 대답한다.

　아내가 조수석으로 와 앉는다. 나는 시동을 걸며 말한다. "당신 보신탕 못 먹지? 그거 먹자고 저녁때까지 어디 가 있을만한 데도 마땅찮고… 난 낮잠을 자 둬야 해." 아내가 말없이 창밖으로 고개를 돌린다. 싸늘함이 이글거리는 분노보다 더 뜨겁다.

　내 목소리가 아내의 싸늘함 못지않게 흘러나온다. "며칠이나 됐다고 그새를 못 참고… 직원들 눈에 어떻게 비치겠어? 남편 못 믿어서 온 거 같잖아. 해장국만 먹고 가는 게 좋겠어." 아내가 나를 돌아본다. 비웃음이 매캐한 냄새를 풍기며 쿨럭쿨럭 쏟아져 나온다. "그따위로 웃지 마.

아침부터 기분 나빠지니까."

아내가 다시 창밖으로 고개를 돌린다. 거리감이, 벌겋게 녹슨 강철 막으로 두껍게 깔린다. 너무 심했나? 마음을 조금 풀어본다. "차 한 잔 할 시간은 있어. 밥 먹고 차나 한 잔 하고 가."

집이 아닌 카페에서 아내와 마주앉아 차를 마신다. 거북함이 맞지 않는 신발을 신었을 때보다 더하다. 무슨 말로 이 의미 없고 한심하기 짝이 없는 시간을 넘길 수 있을까.

아내가 핸드백을 팔에 낀다. "당신이 아니라 내가 불편해서 그만 가야겠어요." 아내가 반 이상이나 남은 커피를 두고 일어난다. "그래, 좋을 대로해." 아내가 몸을 재게 놀려 카페를 나간다. 나가는 아내의 등판에서 알 듯 모를 듯한 감이 잡힐 듯 잡히지 않는다.

아내는 단순히 지나가다 들린 건 아니다. 더구나 이 시간, 원주까지 올 정도면 이른 새벽부터 준비하고 나섰을 일이다. 그럴 정도로 정이 좋은 부부는 아니다. 충동적이거나 도발적인 끼 같은 것도 없다. 아내를 새벽부터 여기까지 달려오게 한 것은 무엇인지, 그 대상이 어째서 나였는지, 나는 풀리지 않는 미지수를 지금까지 떠안고 온 셈이다.

그 미지수를 아내가 풀어낸다. "당신 일주일 간 출장가고 없었을 때, 그 빈 시간이 아까워 죽겠더라구요. 남자친구한테 연락을 했죠. 당신 출퇴근 시간 정확한 거 땜에 그 친구랑 밤에 만난 적이 없었거든요. 나도 남들처럼 밤 시간에 느긋하게 분위기 좋은 곳에서 만나는, 그런 거 좀 해보고 싶었어요. 일본여행 갔다 오면서 그 친구에게 주려고 기내에서 스킨 산 게 있었는데 만나면 그거 줄 참이었죠. 근데 그 친구, 만나기 곤란하다는 거예요. 아내 생일이라 가족끼리 외식 스케줄이 잡혀있다나요.

환 233

머릿속으론 다 이해가 가는데 왠지 모르게 따 당한 기분이 들더라구요. 미안한 얘긴데요, 그래서 그 스킨 가지고 당신한테 갔었는데 주지 못했어요. 줄 수가 없었어요. 나도 나였지만 당신, 그날 정말 악랄하게 나오더군요. 차 마시면서 내가 무슨 생각한 줄 알아요? 당신하곤 끝이다, 이걸로, 정말, 정말, 끝이다, 더는 아는 척하며 살지 않으리라, 그런 결심을 했어요."

아는 척하며 사는 사람끼리도 얼마든지 불행하다. 아는 척하기 때문에 불행해지는 경우가 다반사다. 아내는 아는 척하지 않는 걸로 그 불행의 폐수 속에서 더는 익사하지 않겠단다.

아내는 현명한 선택을 했지만 S는 어떤 선택을 했을까. 아내와 똑같은 선택을 했다면 나는 어디서 무엇으로 S를, 나의 S를 만날 수 있을까. S와 나를 차단시키는 것은 어쩌면 알면서도 어째보지 못하는 블라인드코너와도 같은 것일 수 있다.

마포대교 쪽을 헤매다 안암동 어머니 집으로 간 후, 나는 어머니 집을 나와 신설동을 거쳐 동대문 쪽으로 차를 몬다. 카페 글로리아가 머릿속에서 떠나지 않는다. 계속 직진해서 광화문을 지나 마포대로를 타면 카페 글로리아가 나온다.

종로4가 광장사거리에서 정지신호를 받는다. 차들은 양쪽 차도를 빡빡하게 메우고 차에서 나오는 열기는 도로를 달군다. 산다는 건 열기를 내뿜는 작업이다. 쓸 데가 있든 없든 그저 뿜어내는 자체가 살아있다는 인증이다.

차들이 줄줄이 서서 신호대기를 한다. 저 많은 차들은 어디서 나와 어디로 가는가. 어떤 목적으로 살고 무슨 이유로 바로 지금, 이 시간, 이곳에서, 나처럼 신호가 떨어지길 기다리는가. 가야할 곳을 가지고 산다는 건 불안을 더는 일인가.

직진신호가 떨어진다. 잘해야 이번 신호를 받을 수 있을 만큼 차의 진행속도는 느리다. 앞차의 브레이크 등은 여전히 켜진 채다.

번호판으로 눈길이 간다. 앞차의 운전자는 자신의 번호판을 보지 못할 것이고, 내 번호판 역시 내가 아닌 다른 사람이 보고 있을 것이다. 번호판은 누구를 위해 있는 것인가. S는 누구를 위해, 나는 누구를 위해, 만나고 생각하고 또 만나길 원하고 생각하길 원하는가. 생각이라는 것은 차에서 뿜어 나오는 열기와도 같이 나를 S에게로 몰아간다.

앞차가 서서히 움직이기 시작한다. 앞차에 바짝 따라붙는다. 앞차가 가는 듯하다 멈추고 가는 듯하다 멈춘다. 광장사거리 한복판에서 앞차가 멈춘다. 신호기는 여전히 녹색등이다. 나는 과연 저 신호를 넘어 글로리아로 갈 수 있을까. 몇 시간 전에 되돌아 온 그 길을 다시 갈 수 있을까. 앞차만 따라가면 카페 글로리아가 나온다는 약속이라도 있었으면 싶다. 오직 글로리아를 생각하며 신호기가 아닌 저 어딘가를 초점 없는 눈으로 바라본다.

언제 신호가 바뀌었는지 원남동 쪽에서 신호대기를 하던 차들이 을지로 쪽으로 전속력을 내 직진한다. 앞차는 간신히 직진 차들을 피해 그 앞의 차 뒤에 붙었고, 나는 광장 사거리 한복판에서 옴짝달싹 못한 채 서 있기만 한다. 원남동에서 종로5가 쪽으로 좌회전하려는 차들이 내 차를 향해 경적을 울린다. 직진하는 차들이 워낙 속도를 내는 바람에 나는 앞으로도 가지 못하고 뒤에 붙은 차 때문에 뒤로도 가지 못한다. 직진하는 차들이 나를 흘끔거리며 지나가고, 좌회전을 받지 못한 차들은 저 대역

환 235

죄인을 똑똑히 보라는 듯 경적으로 몰아붙인다. 나는 광장사거리에 꼼짝없이 갇힌 신세로 멀어져가는 글로리아를 무능력하게 더듬기만 한다.

아내의 결심은 무리가 아니다. 딴 생각에 빠져 광장사거리에 갇히는 따위는 하지 않겠단다. 정말, 정말, 끝이고, 더는 아는 척하지 않겠다는 결심으로 아내는 자신만의 길을 찾는다. 그 길이 아내에겐 글로리아였던가 보다. "이사했다고 말했던가요? 어디로 이사했는지는 말하지 않았던 걸로 알아요. 거기가 어딘지 말해봐야 당신은 올 수도 없을 건데요 뭐."

아, 그렇게 되는구나. 집이 있으나 갈 수는 없는 거구나. 아내의 길은 정말, 정말, 끝이라는 결심이자 이사였던 모양이다.

아내가 생뚱맞게 호호거리며 웃는다. "나, 나 말이지… 어디로 이사했는가 하면… 어딘가 하면… 들으면 놀랄 거예요. 남자친구네 바로 이웃집이에요. 대담하지 않아요? 내가 생각해도 내 머리를 내가 쓰다듬어 주고 싶을 만큼 대담해요. 근데 더 기특한 건 이런 나 자신이 대견해 죽겠다는 사실이에요. 놀랍지 않나요?"

아내의 글로리아는 지극히 현실적이다. 미열과 고열 사이를 오가는 나와는 달리, 카페 글로리아 근처나 오락가락하는 나와는 달리, 아내는 직설화법으로 글로리아를 거머쥔다. 승리자가 받는 메달과 컵을 높이 치켜들며 아내는 만족의 북을 둥둥 울린다.

나는 아내가 지금보다 더 만족할만한 시나리오를 구상해본다. 아내가 내 바지주머니를 뒤진다. 구깃구깃한 종이쪽지를 꺼내 내 얼굴에다 팔락팔락 흔든다. "이게 뭔지 알아요? 당신이 쓴 영수증이에요. 이 영수증 보니 당신 곧잘 와인바 갔더군요. 토요일이면 어머니한테 간 게 아니라

와인바를 간 모양이죠? 같은 장소 같은 시간에 혼자 와인바를? 내가 가잘 때 안 간 이유를 이제야 알겠어요. 더는 묻지 않겠어요."

아내가 영수증을 북북 찢어 쓰레기통에다 던지더니 이번엔 내 통장을 펼쳐 보인다. "비밀번호를 몰라 통장정리만 했어요. 카드 값이 빠져나갔던데 내역서는 집에 한 장도 없더군요. 이메일로 받나보죠? 이메일로 받는 건 카드 내역서만은 아니겠죠. 당신은 당신의 비밀번호처럼 산다는 걸 알았어요. 당신 그렇게 되던 날 당신 휴대폰에 찍힌 부재중번호들… 똑같은 번호가 많이도 찍혀있더군요. 당신이 건 건 하나도 없던데 왜 갈등하던 때였나요? 문자도 있더군요. 이메일 보냈어. 전화 좀 받아봐, 그런 것들이요. 비 오던 그 야심한 밤에 전화와 그런 내용의 문자를 보낼 사이라면… 그래서 그 밤에 그렇게 배회하다 이 지경이 된 거예요?'

내가 만든 시나리오지만 무척이나 마음에 든다. 나는 끝까지 이기적인 놈으로 아내보다 더 만족스러워진다. 숙면과도 같은 안도감이 이제야 나를 편하게 눕힌다. S는 날 잊지 않았다. 퇴근 시간이 지나거나 공휴일과 주말엔 문자나 통화를 하지 않던 S가 어째서 그 시간에 전화를 했는지 알 수 없지만 나를 찾았던 것만은 틀림없다.

치악터널 이후 나는 S를 포기했으면서도 포기하지 못했다. S 안으로 들어가 S가 되고 싶을 만큼 보고 싶은 마음은 간절했다. 그런데 나는 왜 S의 전화를 받지 않았던 걸까. 누구일까, S의 전화가 아닐까, S의 전화 같다, S의 전화다, 그렇게 생각했으면서도 열어보지 않았던 이유는 무엇일까. S와 만났던 스콜은 종종 가보면서도 어째서 S의 전화는 받지 않았는지 지금도 알지 못한다.

시청에서 협의가 끝난 시간은 곧바로 퇴근하기엔 조금 이르고 회사로

가 퇴근하기엔 늦다. 언제부터인가 나는 이런 어정쩡한 시간을 기다려 왔다. S를 만나던 그때도 주로 이런 어정쩡한 시간이었다.

지하철을 타고 건대 앞에서 내린다. 오른쪽 출구로 나가 바로 앞에 있는 복합빌딩 이 층을 올려다본다. 유리창엔 스콜이라고 써진 글자 옆에 임대라는 글자가 붙어있다. 가슴이 바닥으로 꺼져 내린다.

스콜로 들어가 S가 앉았던 자리로 가 앉는다. 저녁으로 접어들기 직전, 해는 마지막 빛을 붉게 칠하며 테이블과 소파에 내려앉는다. 빛살이 제법 따갑게 눈을 쏜다. 빛을 피해 소파 안쪽으로 몸을 집어넣는다.

그때의 여주인이 오더니 얼른 블라인드를 내린다. 나는 그때처럼 핫초코를 달라고 말한다. 핫초코를 마시던 S는, 핫초코로 어리광을 부리던 S는, 하프타임도 없이 가버렸다. 아니, 꼭 그렇지만은 않다. S는 내게 여러 방식으로, 여러 언어로 하프타임을 주었다.

S가 핫초코를 홀짝이며 말한다. "이거 다 마시고 저녁 먹으러 갈까?" 시계바늘은 다섯 시 오십 분에 서 있다. 여섯 시 퇴근 시간에 맞춰 집에 가는 시간을 계산하면 십 분 정도의 여유밖엔 없다. S는 아무런 대답도 못하는 나를 보더니 전동차가 가는 쪽으로 고개를 돌린다. "널 곤란하게 할 맘은 없어. 편하게 만나자. 근데 말이야, 널 보고 있음 문득 지하철 노선표가 떠올라. 구간마다 정확하게 그려져 있지만 한눈에 다 들어오지 않는 그런 지하철 노선표."

나는 핫초코를 마시며 S가 그랬던 것처럼 전동차가 가는 쪽으로 고개를 돌린다. 그때의 핫초코도, 그때의 전동차도 아니다. 핫초코 잔을 내려놓고 출입문 유리에 써진 스콜이라는 글자로 눈을 돌린다. 내게 스콜이었던 S는 스콜을 나가면서 다시 하프타임을 주었다. "커피 전문점을 내려고 알아보는 중이야. 마포 쪽에다. 이름은 벌써 지어놨어. 카페 글로리아라고. 심심해서 다리털 뽑을 일밖에 없을 땐 그리루 와. 늘 기다리고 있는 사람을 두고 산다는 건 아무나 누릴 수 없는 호강이야. 나도 좀 그래봤음 좋겠다."

나는 카페 글로리아를 놔두고 벌써 몇 번째 여기 이 스콜을 찾았던가. 왜 이래야만 하는가.

내겐 시나리오가 더 필요해진다. 아내가 내 얼굴을 할퀴고 따귀를 갈길 만한, 통속적이지만 그래서 흥행 만점이 될 만한 시나리오가 필요해진다. S를 만난 게 거짓이 아니라면, 꿈이 아닌 사실이라면, 그 사실을 아내가 알았다면, 아내는 이렇게 말할 것이다.

"참, 말하기도 싫다. 그런 얘기들. 그런데도 말하고 있는 날 보면 딱하기 짝이 없는 당신과 하나도 다르지 않다는 걸 알겠어요. 바람피우는 남자들, 다 남의 얘긴 줄 알았어요. 다른 여자들이 자기 남편을 철썩 같이 믿는 것처럼 나도 그랬어요. 믿음직해서가 아니라 당신 같은 사람을 좋아할 여자가 있을 거라곤 상상도 할 수 없었으니까. 나도 다른 여자들하고 다를 게 없더군요. 내 남편과 사귀는 여자는 어떤 여자일까에 대한 궁금증 말이에요. 더럽고 치사해서 그냥 덮어둘까 하다 번호 찍힌 데로 전화 해봤죠. 근데 그런 번호가 없다네요? 추리소설을 써봤죠. 당신이 전화를 안 받자 그쪽도 삐쳐서 번호를 바꿨나보다 하는 그런 추리소설. 당신 핸폰, 기분 나빠서 찻길에다 던져버렸어요. 지나가는 차가 이쁘게 밟고 가더군요. 아주 늠름하게, 대단히 아름답게 부서지던데요? 이런 얘기… 참, 싫다. 당신만큼이나 싫고 구역질 나."

아내는 화를 내는데 나는 화가 나지 않는다. 그래, 할 수만 있다면 글로리아 뒤편까지 샅샅이 뒤져주렴. 나의 글로리아는 아내가 구역질을 해대지 않으면 안 될 정도로 징그러울 수도 있고, 남자친구네 집 이웃으로 이사할 만큼 환멸스러울 수도 있다. 그래도 원주라는 도시는 S다. S가 아니면 내게 원주는 원주가 아니다. 정 차장과 치악터널에 대해 얘기할 때 나는 안타까움과 쓰라림으로 핏발이 맺힌다. 치악터널 이후 돌아오지 않는 S에 대해, S가 아니면 아무 의미도 없어진 원주에 대해, 나는 끝까지 그런 나를 밀쳐내지 못한다. 구역질이 날만도 하다.

호호거리며 웃던 아내의 목소리가 일순 곤두선다. "당신이 귀찮아요. 진즉에 이혼해 버릴 걸 그랬어요. 이혼이야 골백번도 더 했죠. 큰 애 임신했을 때부터 지금까지였으니까. 서류엔 아직도 당신이 내 호주로 돼 있을 걸요? 거지발싸개 같은 놈의 서류! 그 서류가 있는 한 나는 당신의 모든 걸 책임져야 해요. 당신은 내게서 없어진 지 오랜데, 나는 지금도 당신 곁에 붙어서 당신을 책임지고 있어요. 정말이지 귀찮고 화가 나서 죽겠어요."

사내의 말대로 내 이름이 없어진 건 맞는 말인지도 모르겠다. 나는 내 이름을 내 이름으로 관리하지 못한다. 비밀번호마저 기억나지 않는 지금, 통장도 이메일도 관리하지 못한다. 그 번호와 주소들은 조만간 내가 아닌 다른 사람들의 손에 의해 처리될 것이고, 나는 이름 없는 나로 들어가 훗훗하게 지내게 될 것이다. 그러리라, 진정 그러리라. 그러면 S는 어디서 찾아야 할까. 핫초코로, 치악터널로 빛나던 S는 어디서 어떤 이름으로 만나야 할까. 다시 만나면 나는 S가 바라던 그런 내가 될 수 있을까. 영영 되지 못한다면 나는 어떻게 할까. 그때에도 S는 나를 만나줄까. 미치게 보고 싶었지만 연락할 수 없었던 그 애타던 심정을, 나도 어떻게 해

볼 수 없었던 그 요동치던 심정을 S는 이해해 줄까. 이런 나를 사막의 사내는 알고 있을지도 모르겠다. 사내의 휘파람이 이른 아침의 새소리로 귓전에 떠돈다. 사내가 몹시도 만나고 싶어진다.

열 일곱

사막 한가운데는 서럽도록 허허롭기만 하다. 더 허허로운 건 사막을 가로지르는 휘파람이다. 그 무엇도 없는 곳에서 나는 휘파람은 허허로운 가슴을 더욱 허허롭게 한다. 휘파람이 물뿌리개로 뿌리는 물처럼 사방으로 분사되며 퍼진다.

휘파람을 따라잡으려 걸음을 빨리한다. 빨리 걷는다고 걸어도 사내는 보이지 않고 휘파람은 물체인양 확실하게 잡힌다. 이상하기 짝이 없는 곳이다. 기필코 사내를 만나야만 할 것처럼 부지런히 걷는다. 사내는 나처럼 빙벽에서 뛰어내린 작자일지도 모른다. 잘난 척을 해대지만 내가 아는 것만큼만 알고 내가 보는 것만큼만 볼 줄 아는 자일 수도 있다. 너무 믿지 말자. 그런데 나는 왜 이렇게 그 치를 만나려고 서두르는 것일까.

사내는 불현듯 떠오른 기억처럼 내 앞에 나타나 말을 건다. "뭘 그리 바삐 걷소?" 축지법이라도 썼는지 몰라도 불쑥 나타나는 걸 무슨 대단한 재주쯤으로 여기는 듯싶다. 막상 사내를 보자 급했던 마음이 쑥 들어간다.

이번에도 사내는 지금의 나를 다 꿰고 있다는 듯 능란하게 말한다. "날 찾느라 그리 허둥댔소? 일단 보고 나니 별루일 걸? 세상사 다 그런 거요. 근데 숨지도 않은 사람을 제대로 찾지 못하는 걸 보니 시력이 형편없는 모양이구려. 장수거북의 껍질로 만든 안경을 쓰면 잘 보인다던데 그거 하나 챙길 맘 생각 없소? 여기선 신용카드 없이도 우주비행선을 살 수 있소. 그뿐인 줄 아오? 티라노사우루스가 껌으로 씹다 뱉은 해파리도 구할 수 있소."

여유가 있다면 사내의 농담은 들을 만하다. 적당히 호응해 줄 수도 있다. 그러나 지금의 나는 농담 따위를 즐길 만큼 한가롭지가 않다.

사내의 말을 일축하며 화제를 바꾼다. "멋진 곳을 찾아간다고 했던 거 같은데 거기가 어딥니까?" 사내가 어깨를 으쓱하더니 강하고 짧게 휘파람을 분다. "내가 그랬던가? 여행을 하는 중이니 멋진 곳을 찾아가는 거겠지." 사내의 말투며 짧고 강한 휘파람에서 시건방짐이 묻어나온다. 사내가 조금 더 거만을 떨며 말을 잇는다. "말을 해도 잘 모를 거요." 사내의 말은 단정적이며 일방적이다. 아는 척 좀 해줬더니 마치 아랫사람 대하듯 한다. 내 입에서도 매끄럽지 않은 억양이 튀어 나온다. "어디이기에 잘 모를 거라고 단언하는 겁니까?"

사내는 콧구멍을 후비며 여전히 건들건들 말한다. "미래를 아오? 난 미래를 여행 중이오." 조금 전까지만 해도 너무 믿지 말자고 생각했던 것과는 달리 사내의 눈빛과 미래라는 말에 호기심이 인다.

사내와 나란히 걸으며 곰곰 생각해본다. 겪지 못하고 알지 못하는 것을 미래라고 정의한다면 나나 사내는 같은 길을 가는 것이다. 그런데 사내는 나와는 달리 미래를 안다는 듯, 이미 가봐 알건 다 안다는 듯 자신만만하다. 저런 태도는 영리함인가 의뭉스러움인가.

　나 또한 사내에게 맞겠다 싶은 말을 건넨다. "듣고 보니 댁과 나는 여행지가 같습니다. 지금이 바로 미래가 아니겠습니까." 우쭐해하던 사내가 클클 웃는다. "맞는 말이오. 그래서 댁과 내가 만난 거요." 사내는 자신이 미래라는 듯 또 한 번 어깨를 으쓱 추켰다 내린다.

　S를 만난 것 역시 미래였는지도 모르겠다. 참을 수 없는 욕구를 배설하듯 사내에게 묻는다. "혹시… S를 아십니까?" 갑자기 사내가 고개를 잔뜩 빼더니 히힝히힝 늙은 당나귀 울음소리를 낸다. "지금의 나는 쇠어빠진 당나귀요. 이런 나를 댁은 아오? 모를 걸? 모를 걸? 보고도 모르는데 어찌 보지도 않은 S를 알겠소?"

　사내가 약 올리듯 고개를 간당간당 흔든다. 그렇겠지, 저따위 사내가 어찌 S를, 나도 모르는 S를 알까. 나는 S를 미래라고 생각하지만 S는 나를 미래로 보지 않았을 수도 있다.

　원주역에서 철도청 관계자들을 만나 협의를 끝낸 후 기차를 탄다. 몇 개의 터널을 지나고 또 몇 개인지 모를 내를 지난다. 강물은 차갑게 반짝이고 여름 내 푸른 잎으로 뒤엉켰을 숲은 겨울에서 봄으로 넘어가는 바람을 스산하게 맞는다. 겨울도 아니고 봄도 아닌 계절이 으슬으슬 춥다. 부드러운 털스웨터, 따뜻한 찻집이 절로 생각난다. S에게 문자를 친다. 한 시간 후면 성북역에 도착하는데 만날 수 있겠니? S는 인사동 쪽이면 볼 수 있다고 한다. 인사동에 먼저 도착하는 사람이 전화하기로 하고 휴대폰을 닫는다.

　성북역에서 지하철로 갈아타려는 순간 아내에게서 전화가 온다. "조금 있음 퇴근하죠? 당신 직장 근처에 왔는데 옷을 얇게 입고 나왔더니 너무 추워요. 당신 퇴근하면서 나 좀 픽업해요." 일순 신경이 곤두선다. "이런 날 차는 왜 안 가지고 나왔어?" "아이 참 이이는. 어제 추돌사고로 차, 공장에 들어가 있잖아요."

출근길에 나는 오늘 원주로 출장 간다는 말은 하지 않았다. 하루 출장이기도 했지만 어쩌면 돌아오는 길에 S를 만날 수 있지 않을까 하는 기대감 때문이었다.

아내의 전화를 끊고도 S에게 연락을 하지 못한다. 아내와 S, 그 둘의 비중을 비교할 순 없다. 약속한 순서로 치면 당연히 S여야 하지만 아내는 성혼선언문에 적힌 배우자다. 합리와 비합리가 뒤섞인 이 순간을, 나는 제대로 정리하지 못한 채 회사로 간다.

차를 빼 도로변에서 기다리고 있을 아내에게로 간다. 인사동 길에서 나를 기다리고 있을 S가 눈에 밟힌다. 전화를 걸어야 하나… 걸면 뭐라고 말해야 하나… 때마침 문자가 온다. 어디야? 은근히 춥네. 빨랑 나타나시오 ㅋㅋㅋ.

머리로 뜨끈, 열이 오른다. 문자를 삭제시키고 한 블록을 달리다 통화 버튼을 누른다. "저… 미안하다, 오늘 약속은… 다음에 보는 걸로 하자. 갑자기 다른 약속이 생겨서…" S는 잠시 말이 없더니 아내와의 약속이냐고 묻는다. 달리 할 말이 생각나지 않아 그렇다고 대답한다. S가 한동안 말이 없는가 싶더니 냉랭하게 말한다. "대체 넌 뭐니? 난 뭐고. 누구랑 먼저 약속했건 상관없다 이거지? 이럴 때 써먹을 거짓말 좀 준비해 둬라. 준비 가지곤 부족할 거다. 연습 많이 해라. 니 나이만큼." S는 전화를 끊으며 마침표를 찍듯 말한다. "넌 너의 결정이 합리적이라고 생각하겠지만 내가 보기엔 최악에 가까울 정도로 비합리적이야."

S는 내게 작은 꽃들이 융단처럼 깔린 꽃밭과도 같았으니 합리적이지 않다는 면에서 보면 또한 미래다. 합리성이 들어설 자리를 아예 배제하는 것으로 나는 S를 미래로, 나만의 독선적인 미래로 만들고 싶어 했을 수도 있다. 구차한 변명이겠지만, 이럴 때 S가 말하는 비합리와 내가 말하는 비합리는 아무래도 다르다.

사내에게 묻는다. "미래는 합리적일까요 비합리적일까요." 사내가 다시 한 번 히힝히힝 늙은 당나귀 울음소리를 낸다. "내가 내는 이 소리가 어떻게 들리오? 합리적으로 들리오 비합리적으로 들리오?" 나는 아무 대꾸도 하지 못한다. 사내가 기억을 되살리겠다는 듯 다시 한 번 히힝히힝 우는 소리를 낸다. "당나귀도 아닌 것이 당나귀 소리를 내니 비합리로 보일 테지만 사람이니 당나귀 소리도 낼 수 있다 생각하면 합리적인 게 아니겠소."

그래서 어쨌다는 말인가. 말이 빗나가는 게 싫었으므로 사내에게 다시 한 번 미래는 합리적일 것인지 비합리적일 것인지 묻는다. 사내가 우뚝 멈춰서더니 모래 한줌을 머리에 끼얹는다. "물로 샤워를 해도 시원찮을 판에 모래로 이 짓거리를 하는 게 합리적으로 보이오 비합리적으로 보이오? 방금 전만 해도 내가 이 짓거리를 할 줄은 몰랐소. 댁도 미래가 어떠냐고 물어보리라는 걸 방금 전까지도 몰랐을 것이오. 그러니 답은 뻔한 게 아니겠소. 우리가 바로 미래라는 것, 사람이기에 합리적일 수도 비합리적일 수도 있다는 것. 근데 왜 그딴 시시한 걸로 골머리를 썩이오? 대충 사쇼, 쉽게 쉽게 살란 말이오."

사내가 흥겹게 감정을 드러내지만 나는 마음의 속국에서 벗어나지 못한다. 내 속국은 이 사막만큼이나 바짝 마르고 거대하기도 하나, 사막 위의 나나 사내처럼 작은 입자만도 못할 만큼 왜소하기도 하다. 그 간극을 어떻게든 줄여보고 싶었지만 줄인다기보다 모른 척했다는 느낌이 더 강하다.

사내가 휘파람 같기도 하고 늙은 당나귀 울음 같기도 한 소리를 내며 걸어간다. 사내와 걸음을 나란히 한다. 아무 것도 없는 이곳을 앞이라고 생각하며 간다는 게 의심스러워진다. 새삼 사방을 둘러본다. 평평하고 넓은, 건조하고 삭막한 모래벌판뿐이다. 앞으로 간다는 게 뒤로 가는 것인지도 모르고 제자리걸음을 하고 있는 것인지도 모른다. 사거리가 없고 신호기가 없는 곳을 앞이다 뒤다 정한다는 게 우스워진다.

나는 스며드는 불안을 털어낼 양 사내에게 묻는다. "여기는 어디쯤 될까요? 간다고 가는 게 맞긴 맞는 걸까요?" 사내가 입가를 비직 틀어가며 웃는다. "위도, 경도, 북위, 남위, 뭐 그런 걸 말하오?" 사내가 정곡을 찌른다. 지정학적 위치가 아니면 불신하는 내게 이 사막은 비약되어 있는 거짓이며 살아있는 불신덩어리다.

사내가 몸을 돌려 뒤로 걷는다. "보아하니 몰디브나 지중해의 어디쯤이면 좋겠다는 표정인데 여기가 어디면 어떻소? 이렇게 뒤로 걸어도 걸어지지 않소. 난 가는 걸로 족하오." 사내는 거짓으로 보일 정도로 여유만만하다. 나도 사내를 따라 뒤로 걸어본다. 앞에 있던 사막이 뒤로 물러나고 뒤에 있던 사막이 앞으로 나온다. 그것도 잠시, 모래벌판은 앞이다 뒤다 구분할 필요 없이 같아진다. 혹시 미래라는 건 이런 걸 의미하는 게 아닐까.

나는 말없이 뒤로 걷기만 하는 사내에게 말한다. "평화의 고장이라고 들어본 적 있습니까? 난 거길 가려고 모든 교통수단을 이용해 여기까지 왔습니다." 사내가 예의 머리를 간당간당 흔들며 대답한다. "평화의 고장? 그런 곳도 있었소? 하긴, 객으로 산 사람에겐 그런 곳이 필요했을 거요."

사내의 말대로 나는 손님으로 살았던 것일까. 생각해 보니 날렵하게 착지하는 법을 터득하려 무던히도 애썼고, 유능한 코멘트를 날리려 야윈 립서비스도 서슴지 않았다. 그런 것을 손님으로 살았다고 한다면 반박도 긍정도 할 수 없다.

느닷없이 발바닥이 찐득해지나 싶더니 미끌, 뒤로 자빠진다. 무슨 사막이 이렇담. 일어나려는데 다시 미끌, 자빠진다. 몇 번인가 일어나려고 하면 할수록 엉덩이며 등짝이 밑으로 빠져든다. 사내가 버둥대는 나를 잡아 일으킨다. "여긴 늪에 가까운 뻘이오."

뻘? 뭘 잘못 들은 건 아닐까? 간신히 일어나 주변을 둘러본다. 사막은 온 데 간 데 없고 개펄이 사막만큼이나 넓다. 개펄이 된 사막을 넋이 나가게 본다. 지금까지 걸어왔던 건 사막이 아니라 개펄이었나? 그건 아니다. 조금 전만 해도 사내가 모래까지 끼었지 않았던가. 그런데 여태 걸었던 사막은 거짓인 양 없어지고 개펄로 된 사막만이 엄청나게 큰 다리가 되어 내 눈을 삼킨다. 이게 도대체 무슨 일이람. "저게, 저게…" 나는 손가락으로 앞을 가리키며 말을 잇지 못한다.

사내는 내가 가리키는 쪽으로 고개를 돌린다. "저게 뭐 어떻다는 말이오?" 사내의 말이 하도 태평스러워 내가 보고 있는 이 어마어마하게 큰 다리가 헛것은 아닐까 싶다.

사내가 개흙에 젖은 나를 툭툭 털어주며 심드렁하게 대꾸한다. "저게 다리라는 걸 이제야 알았소?" 사내는 뒤통수라도 치겠다는 것일까. 개펄

환 247

이나 다리보다 사내가 더 기가 막힌다. "자, 그만 갑시다. 댁이 찾는 평화의 고장이라는 데가 여기 어디쯤에 있을지 누가 알겠소."

사내는 장화라도 신은 듯 뻘 한가운데를 저벅저벅 잘도 걸어간다. 나는 미끄러지다 일어나다를 반복하며 사내에게 묻는다. "사막이 어떻게 한순간에 개펄이 될 수 있습니까? 그것도 다리로." 사내는 마치 토론 자리에서 반박하는 사람처럼 말한다. "한순간에 되었다고 누가 그럽디까? 댁과 내가 걷는 동안 사막이 뻘이 되고 뻘이 사막이 될 수 있다는 생각은 해보지 않았소?"

사내의 말이 틀린 것은 아니다. 그러나 사내의 말은 그저 말로 할 수 있는 말에 불과하다. 말로야 얼마든지 사막이 뻘이 되고 뻘이 사막이 될 수 있다. 그것도 한순간에, 엄청나게 큰 다리로. 사내의 말을 곧이곧대로 받아들인다면 나와 사내는 수억 년의 시간을 걸었거나 걷는 동안 사람이 인지할 수 없는 천재지변이 일어난 경우다. 그런 일이 과연 가능할까.

머리가 지끈거린다. 운동화를 벗어던진다. 미끌미끌한 감촉이 발바닥에서 머리 한가운데를 날카롭게 관통한다. 이런 느낌이야말로 믿을 수 있는, 대단히 확실한 증거다. 그럼에도 개펄이나 사막, 커다란 다리의 변화와도 같은 초월적인 사실은 놀라움을 넘어 고통스럽기까지 하다.

얼마를 걸었는지 모를 즈음 개펄이 된 사막보다 더 어처구니없는 광경이 시야에 잡힌다. 나는 내 눈을 의심해가며 개펄 한가운데서 수차를 돌리고 있는 사람을 보고 또 본다. 수차를 돌리고 있는 자는 레슬링 선수와도 같이 몸집 좋은 젊은이로 아열대기후처럼 습하고 끈끈해 보인다. 낯빛은 개흙인지 낯빛인지 모르게 검붉고 이들이들한데, 얼굴에선 땀 대신 고름이 비 오듯 흘러내린다.

젊은이가 물이 아닌 개흙으로 철퍽철퍽 수차를 돌린다. 보는 것만으로도 숨이 막힌다. 무슨 천형을 받았기에 저런 얼굴에 저런 짓을 한단 말인가. 쭉 째진 눈은 사악해 보이기도 하지만 그보다는 사람 자체가 고약한 냄새다.

나는 한 발 뒤로 물러나며 사내를 찾는다. 그사이 사내는 어디로 갔는지 보이지 않고 철퍽철퍽 개흙 돌아가는 소리만이 정적에 가까운 고요함을 깬다. 할 수 없이 젊은이에게 묻는다. "여기 나 말고 다른 사람 본 적 없었습니까?" 젊은이는 말을 할 줄 모르는지 아니면 말하기가 귀찮은지, 연신 맨발로 수차를 밟으며 돌아가는 수차를 턱으로 가리킨다. 수차 속으로 들어갔다는 거야 뭐야? 다시 똑같은 말로 물어도 젊은이는 그 넙데데한 턱으로 수차만 가리킨다.

수차는 한 칸 한 칸 돌아가는데, 마치 필름에 찍힌 장면을 한 컷 한 컷 영사기로 돌리는 듯하다. 바퀴로 바짝 다가가 수차 안을 들여다본다. 놀랍게도 낯익은 풍경이 나를 사로잡는다.

새벽 세 시, 폭주족 소리가 포탄 터지는 소리만큼이나 요란하다. 자다 깨다 선잠을 반복하다 일어난다. 소리가 나는 쪽 베란다로 간다. 폭주족이 오토바이를 좌우로 흔들며 신나는 오락을 하듯 달린다. 승용차 한 대가 폭주족을 의식하며 서행한다. 폭주족이 승용차 앞을 냅다 질러간다. 오토바이 뒷자리에서 두 팔을 수평으로 벌리고 서 있던 청년이 괴성을 지른다. 차선과 신호가 절대적이던 대낮이 속도와 괴성으로 파괴된다.

폭주족이 질서를 조롱하듯 내달리고 나자 거리는 순간 적막에 싸인다. 텅 빈 차로 위엔 간간이 차들이 지나가고 신호기는 적색등으로 바뀐다. 그 많던 보행자들은 어디로 갔는지 보이지 않고 상가건물의 네온 간판만이 텅 빈 거리를 비춘다. 살아있는 건 네온의 간판들뿐이다. 일 층엔 대박감자탕 간판이, 이 층엔 노래연습실 간판이, 삼 층엔 정신신경과 간판이, 사 층엔 평화의 고장이라는 요가 간판이 걸려있다.

아, 평화의 고장! 내가 그리운 고향을 만난 듯 팔을 뻗는 순간, 폭주족이 요란한 소리를 내며 요가 간판 아래로 달려온다. 붉은 속도의 저 육체라니! 폭주족은 팽창된 속도로 짜릿한 전율과 그럴 수 없이 불안한 쾌감으로 시간을 당긴다. 내 귀는 그 소리에 말려들고, 내 손은 무서운 속도에 빨려들어 수차 속에 들어있는 ㅍ을 훑고 ㅕ를 훑고 ㅇ을 훑는다. ㅈ과 ㅏ와 ㅇ을 다 훑는 순간 나는 진공청소기에 빨려들듯 수차 바퀴 속으로 빨려든다.

여기가 어디인가? 내가 만졌던 평화의 고장이 혹시 여기 어디는 아닐까? 그렇구나, 맞구나. 꽝꽝나무는 어린 연둣빛을 햇빛에 반짝이고, 다람쥐 가족은 늙은 편백나무 아래서 잠을 잔다. 사이프러스는 곧은 자처럼 일직선으로 서서 구름과 속삭이고, 팥배나무는 배꽃처럼 생긴 하얀 꽃을 화들짝 피우고 있다.

코를 벌름대며 걷는다. 공기는 청정해역의 심해에서 길어온 물만큼이나 신선하고, S가 늘 바르던 연분홍색 립스틱과 같은 색의 비둘기는 날개를 활짝 펴며 내 머리 위를 선회한다. "이곳에 오신 걸 환영합니다." 비둘기의 말을 듣고서야 언젠가 와 본 듯한 이곳이 생각난다. 그렇다. 이제야 나는 공장에서 찍어낸 비둘기나 갑옷을 입은 비둘기가 넘치는 세상이 아닌, 범죄율 제로에다 갈등과 고민이 없는 평화의 나라에 온 것을 실감한다. 더 실감나는 건 추레한 내가 보이지 않는다는 점이다. 이런 사실만으로도 나는 평화의 고장에 온 것을 의심하지 않는다.

차분차분 숲 속으로 들어간다. 홍적세부터 뿌리를 내린 듯한 나무들이 굵직한 몸통을 쭉쭉 뻗고 있고, 연보라와 연노랑이 섞인 듯한 안개인지 연기인지 모를 운무가 가시금작화 덤불 사이를 떠돈다. 소음과는 딴판인 숲이 마음에 든다. 사람들이 걸어서 자연스레 만들어졌음직한 오솔길로 들어간다.

오솔길 양 옆으론 자신감이란 바로 이런 것이라고 보여주듯, 삼나무가 굵은 둥치에 휜 가지 하나 없이 곧은 몸통으로 서 있고, 근처엔 앵초밭의 앵초가 수줍게 꽃을 매달고 있다. 숲 깊이 들어갈수록 공기는 축축하고 이끼식물과 습지식물이 나무와 바닥을 덮는다. 원시시대와도 같은 곳이 이렇게 있는 줄도 모르고 복닥거리며 살아왔다는 생각이 든다. 빽빽거리며 울울대던 속이 부끄럽게 뒤척이며 눈을 감는다.

어디선가 건초 마르는 냄새가 난다. 마을이 가까웠다는 신호다. 냄새가 나는 쪽으로 걸음을 빨리한다. 가면 갈수록 사람이 사는 마을이라는 확신이 든다. 밤나무엔 영근 밤들이 입을 쩌억 벌린 채 툭툭 떨어지고, 토란잎은 그 큰 잎을 스란치마처럼 펼친 채 숲 사이로 삐어져 들어오는 금빛 햇살을 맞는다. 호박덩굴은 잘 익은 호박을 탐스럽게 매달고, 가지며 고추며 참외밭의 노랗거나 파란 참외들은 서리를 하라고 부추긴다. 채마밭이 있고 건초더미가 널려있는 걸로 봐 아무래도 농사를 짓는 마을이다.

마을 입구라고 생각하는 쪽으로 간다. 모과나무가 잘 익은 모과를 매달고 있고, 밥 짓는 냄새와 수탉울음소리가 우렁차다. 평화의 고장이 맞긴 맞구나. 가슴이 뛴다. 뛰다시피 마을로 들어간다.

마을 밖에서 맡았던 냄새와는 딴판인 냄새가, 살타는 냄새와 피비린

내가 향 타는 냄새에 섞여 불온한 삐라처럼 공중에 떠돈다. 거기다 길바닥은 개펄과는 다른, 검은 점액질이 끈적하고 질펀하게 깔린 진창이다. 이게 웬일일까.

안으로 더 들어가 본다. 습한 열기가 후끈 몸을 덮친다. 바로 옆 진창 복판에서 물이 부글부글 끓는다. 그곳만 끓는 게 아니라 호수만큼이나 넓은 면적 전체가 다 끓는다. 끓는 호수라니 온천인가? 온천은 아니다. 물은 시커멓고 더럽기로 치면 똥물보다 더 더럽다.

그런 호수 옆에서 젊은 남녀가 삿대질을 해가며 다툰다. 꽁지머리를 한 청년이 핏대를 세우며 말한다. "씨발, 말로 할 때 내놓으란 말이야!" 꽁지머리가 레깅스를 입은 여자를 후려칠 듯이 곰 발바닥만한 손바닥을 치켜든다. 레깅스가 울상을 하며 안 가져갔다고 대답한다. 꽁지머리가 펄펄 끓는 호수를 가리키며 레깅스에게 말한다. "일주일 넘게 먹여주고 재워줬더니 겨우 도둑질이야? 저 끓는 물 안 보여?" 레깅스가 곧 울음보라도 터뜨릴 것 같은 표정으로 나를 돌아본다.

나는 적이 호기심과 염려를 느끼며 둘 사이에 끼어든다. "무슨 일입니까?" 꽁지머리가 잘 됐다는 듯 여자를 손가락질한다. "아, 이 여자 말이오, 싸가지가 없어도 보통 없는 게 아닙니다. 집도 절도 없이 헤매는 걸 재워줬더니 내 물건을 훔쳐갔다 이 말입니다."

나는 궁금증을 이기지 못해 물어본다. "그 물건이라는 게 대체 뭡니까?" 꽁지머리가 단호히 대답한다. "허리 벨트요!" 나는 어이가 없어 헛웃음을 웃는다. "허리 벨트라구요?" 레깅스는 얼굴이 하얗게 질린 채 절대 가져 간 적이 없다고 손사래를 친다. 뜯어말릴 새도 없이 꽁지머리가 레깅스의 입을 억지로 벌려 입안을 뒤진다.

연극도 이런 연극이 없다. 은근히 부아가 치민다. "왜들 이럽니까? 그 깟 허리 벨트 하나 가지고 이렇게 싸워도 되는 겁니까? 더구나 벨트가 뭐 껌이라도 됩니까? 입까지 벌려가며 이런 짓을 하게."

꽁지머리가 나를 잡아먹을 듯이 노려본다. "이 양반이 지금 뭔 말을 하고 있는 거야? 그깟 허리 벨트라니, 어느 우주에서 살다왔기에 목숨 값 하고 맞먹는 걸 그깟 허리 벨트라고 하는 거야?"

나는 짐짓 목소리를 추슬러 어른다운 위엄을 갖춘다. "아무려면 황금 으로 된 벨트겠소? 허리 벨트야 얼마든지 살 수 있는데 괜히 트집 잡지 말고 그냥 보내주시오."

내 말이 끝나기 무섭게 꽁지머리가 펄펄 끓는 호수를 가리키며 말한 다. "보아하니 이 동네 사람이 아닌 거 같아 하는 말인데, 저 호수의 온도 가 얼마나 되는지 아쇼? 무려 삼천 도요 삼천 도. 저 끓는 물속에 들어가 기 싫음 간섭 말고 그냥 가쇼."

꽁지머리가 가리키는 호수엔 연신 수증기가 올라오는데 가만히 보니 그 시커먼 수면엔 얼룩얼룩 핏빛이 감돈다. 거기다 손인지 발인지 모를 신체의 일부가 둥둥 떠다닌다. 헉! 저럴 수가!

레깅스가 내 바짓가랑이를 잡으며 울먹인다. "선생님, 제발 제 얘기 좀 들어보세요. 전 절대 허리 벨트를 가져가지 않았어요."

꽁지머리가 레깅스의 손을 왁살스레 잡아뗀다. "이거 왜 이래? 옷을 홀랑 벗겨 샅샅이 뒤져야 내놓겠어?" 나는 꽁지머리의 손을 힘 있게 잡 는다. "진정하고 허리 벨트가 왜 그렇게 중요한지 말해 줄 수 있겠소?"

꽁지머리가 눈을 부릅뜬다. "아니, 그걸 몰라서 물어요? 저 여자가 내 허리 벨트로 목을 매 자살하면 내가 자살 유도죄, 자살 방조죄로 저 끓는

환 253

물에 들어가게 된다 이 말입니다. 이 나라 사람이면 누구나 아는 얘길 처음 듣는 것처럼 시치미를 떼다니 아저씬 누굽니까?'

아, 이 나라는 평화를 수호하기 위해 이런 법도 가지고 있었단 말인가. 나는 꽁지머리의 말에 질려 입을 다문다.

언제 왔는지 떡장수 할머니가 피득피득 웃으며 떡을 팔아달라고 말한다. 옆구리에 낀 떡 모판 위의 떡은 네모난 게 아니라 온갖 꽃을 꺾어 놓은 듯 색이며 모양이 전부 꽃이다. 꽁지머리나 레깅스와는 전혀 다른, 비슷한 말과 반대말을 배울 때처럼 꽃으로 만든 듯한 떡이 딴 세상을 보여준다.

나는 꽃 같이 생긴 떡을 보며 말한다. "이렇게 예쁜 걸 어찌 먹겠습니까?' 할머니는 그렇지 않다며 어리연꽃과 똑같이 생긴 떡 하나를 집어 내 손에 쥐어준다. "이건 맛뵈기여. 지금 저것들 쌈박질하는 거 보느라 머리가 탁해졌을 틴디, 이거 먹으문 은제 그랬냐싶게 머리가 말개져."

나는 할머니가 준 떡을 차마 먹지 못한다. "떡이 하도 고와서 이런 거 먹음 죄 받을 거 같습니다." 할머니는 내 말을 들었는지 못 들었는지 이번엔 양귀비를 찍어낸 듯한 떡 하나를 집어 아예 입에 넣어준다. "지금 먹는 건 양귀비를 빻아서 만든 거여. 신경안정제 백 알 효과가 있어." 나는 깜짝 놀라 입안의 떡을 뱉는다. "아니, 그럼 절더러 죽을 때까지 잠만 자라는 겁니까?' 할머니는 이번에도 내 말엔 아랑곳하지 않고 손바닥을 내민다. "떡값 줘."

언제부터 할머니와 나를 지켜보고 있었는지 레깅스가 나선다. "할머닌 지개떡으로 관광객을 홀리지 마세요." 레깅스의 말이 끝나기 무섭게 할머니가 냅다 레깅스의 뺨을 갈긴다. "이년이 어따 대고 지게떡을 지개떡이라고 혀?' 할머니는 내게 떡을 권했을 때와는 딴판으로 상스럽기 짝이 없다. 레깅스가 볼따구니를 감싸며 볼멘소리를 한다. "지개떡을 지개떡이라고 하지 그럼 뭐라고 해요?" 할머니가 감대 사나운 얼굴로 레깅스의 가슴을 쿡쿡 찌른다. "이년이 아즉도 지개라고 허네. 지게지 어찌 지개여! 지게! 지게! 지게!' 할머니는 레깅스의 머리채를 곧 잡아 뜯을 듯이 해가며 소리친다. 레깅스는 할머니가 지게라고 말할 때마다 지개! 지개! 하며 따라한다. 할머니가 와락 레깅스를 떠다민다. 레깅스가 뒤로 넘어지며 할머니의 바짓가랑이를 부여잡는다. 할머니와 레깅스는 검고 찐득한 바닥에 뒹굴며 지개! 지개! 지게! 지개! 하며 목이 쉬어라 악을 쓴다.

할머니와 레깅스가 뒹굴며 싸우는 옆에서 생선 좌판을 벌인 아줌마가 끌끌 혀를 찬다. "딱하기도 허지. 저 아가씨가 암만 지게라고 말해싸도 지개로 나오는 걸 워쩌. 저러다 둘 다 저 끓는 호수에 빠져뿐지는 거 아녀?' 생선 아줌마는 진창 바닥에 철푸덕 앉아 생선에 달라붙는 파리를 광고 전단지로 부친다.

고개를 돌리는 순간 낯익은 목소리가 귀에 들어온다. "이거 얼마요?" 사라졌던 사내가 언제 왔는지 생선 값을 묻는다. 나는 반가움에 덥석 손을 잡는다. "아니, 어디 갔다 이제 왔습니까?" 사내는 여전히 생선을 기웃거리며 대꾸한다. "댁과 같이 왔는데 못 봤소?' 나는 보지 못했다고 대답한다. "봤든 못 봤든 지금 봤으니 된 거 아뇨?' 사내는 내가 무색할 정도로 말하며 생선비늘과 눈을 이리저리 살핀다. "근데 뭣 좀 구경했소?' 나는 실망감을 그대로 말한다. "여기가 평화의 고장 같긴 한데 왜 이런지 모르겠습니다. 난투극이 따로 없습니다." 사내는 날 돌아보지도 않고 시큰둥하게 대꾸한다. "어떤 걸 기대했는지 모르지만 그러니까 평화의 마을이 아니겠소. 평화란 원래 지지고 볶는 것이오."

사내는 알다가도 모를 소리를 해가며 천하태평으로 생선에만 열중한다. "아줌마, 이거 언제 거요? 별로 싱싱해 뵈질 않네." 아줌마는 여전히 생선에다 광고 전단지를 부치며 대꾸한다. "어구메, 원제긴 원제여? 방금 갖다 논겨." 사내는 고개를 갸우뚱거리며 의심쩍은 눈으로 아줌마를 건너다본다. "눈도 맛이 갔고 아가미도 그렇고 비늘도 영 아닌구만 방금은 무슨 방금."

아줌마가 눈을 가느스름하게 뜨며 사내를 손짓한다. "일루 귀 좀 가까이 대봐." 사내가 상체를 숙여 아줌마에게 귀를 댄다. "그러니께 요것이 예사 생선이 아니구먼. 사장님 허우대가 하두 좋아 내 특별히 꼬불쳤다 주는 거니께 그런 중만 알구 후딱 가져가기나 혀."

사내가 손을 홰홰 저으며 됐다고 말하자 아줌마가 사내의 손을 잡아끈다. "내 거짓뿌렁치문 이 목을 뎅겅 잘라 저 끓는 호수에 넣어뻐져. 그러니께 요것이 말이여, 요 생선엔 말이여, 복권이 들어있다 이 말이여."

사내가 미심쩍은 표정으로 생선과 아줌마를 번갈아본다. "복권이라면… 근데 생선 어디에 복권이 있단 말이요?" 아줌마의 눈이 순간 섬뜩하리만큼 새파래진다. "요기, 요길 좀 봐아." 아줌마가 아가미를 들추자 사내가 아가미에 고개를 박는다. "어, 맞네. 근데 이 번호가 당첨된다는 보장이 어디 있소?"

아줌마가 눈을 희번덕거리며 생선 주둥이에다 갈고리를 꿴다. "이 번호가 안 되문 다시 가져와. 아무리 안 돼두 낭중에 죽어서 명당자리는 확실허게 맡아 논 번혼깨. 자, 군말말구 싸개싸개 가져가."

사내가 크하하하 입을 있는 대로 벌리고 웃는다. U자 형 말발굽과 똑같이 생긴 이의 틀이 만족감을 여실히 드러낸다. 저 모양의 이를 어디서 봤던가…

사내가 생선을 받아 아가미를 들춘다. 나는 사내 곁에 바짝 붙어서 아가미 안쪽에 새겨진 번호를 본다. 육, 사, 공, 사, 일, 공. 저 번호를 어디서 봤던가…

사내가 웃통을 벗더니 두 팔을 번쩍 치켜들며 기지개를 켠다. "크하, 수확이 이 정도면 평화의 고장에 온 보람이 있군." 사내가 팔을 치켜든 채 몸통을 좌우로 틀며 스트레칭을 한다. 팔과 몸통을 이리저리 틀 때마다 불거진 근육이며 표정은 익히 봐온 바로 그것이다. 살아있는 라오콘! 저것이 대체 왜 여기에 왔단 말인가. 석상이 어떻게 살아서, 무엇을 타고, 내 앞에 나타나 겁을 주고 있단 말인가. 사내는 결국 살아있는 라오콘이었다는 말인가. 나는 왜 여태 그것을 몰랐단 말인가.

사내가 한참이나 스트레칭을 하더니 생선 갈고리에 꿴 생선을 어깨 너머로 휙 넘긴다. 사내는 생선을 어깨에 걸치고는 진창 어딘가로 저벅저벅 간다. 나는 그 자리에 얼어붙은 채 눈으로 사내의 뒤를 쫓는다. 사내가 걸을 때마다 근육 좋은 어깨는 들썩이고 어깨에 얹은 생선 역시 들썩인다.

어디서 날아왔는지 모기 한 마리가 소리 없이 사내 주변을 맴돌더니 귓바퀴에 사뿐 내려앉는다. 사내는 모기가 내려앉는 것도 모른 채 여전히 경쾌한 걸음걸이다. 모기가 사내의 귓바퀴를 열심히 빤다. 갑자기 내 귓바퀴며 전신이 따끔하니 싸아 해온다.

열여덟

 피가 빨리는 느낌이 상쾌하니 저릿하다. 고생대와 중생대, 신생대를 거쳐 여기 이 작은 병실까지 달려온 모기에게 나는 친절히 내 몸을 내어준다. 모기는 내 피로 알을 낳고 그 알은 또 모기가 되어 누군가의 피를 빨고, 그 피로 알을 낳고, 그 알은 번식에 번식을 거듭하고 진화에 진화를 거듭해, 로봇인간을 숙주로 삼게 될지도 모른다. 그렇게 될 때까지, 모기여, 안녕 하라.
 "당신, 참 죽기 힘드네. 어떻게 생각해요? 이 긴 시간을 당신은 꼼짝도 하지 않고, 꼼짝도 안 하는 걸로 지금까지 잘도 살아요."
 아내는 시간을 조절하는 태엽이라도 된 것일까. 내겐 담배 한 대 피울 시간밖엔 안 된 것 같은데 아내는 긴 시간이라고 한다.
 아내의 말이 맞는다면 나는 그 긴 시간 어디서 무엇을 했을까. 두개골이 훤히 드러나게 수술을 받고, 일주일에 한 번씩 혈액검사와 툭하면 MRI 촬영을 하고, 한 때도 빠지지 않고 주사를 투여 받았지만 나는 나로부터 개조되지 않았다.
 나로부터 개조되길 바랐던 사람들 중엔 아마 내가 선두일 게다. 조목조목 짚어 말하긴 어려워도 나는 결코 담백하달 수 없는 나를 어따 팔지 못해 전전긍긍 했던 듯싶다. 정체된 채로만 있는 내가 마땅치 않았던 건 당연, 당연하다. 세상이 바라던 나와 내가 바라던 나의 간격을 좁히지 못했다는 자괴감은 지금도 여전하다. 오 년이 아니라 오십 년, 아니 오백 년이 주어진다 해도 나는 지금의 나를 나로부터 격리시킬 자신이 없다.

떠난다고 떠났지만 떠나지 못했고, 웃는다고 웃었지만 웃지 못했다. 그런 나와 살던 아내는 어떤 심정일까?

아내는 격앙되는 어조를 그대로 토해낸다. "지겹지도 않아요? 난 지겨워요. 지겨워 죽겠어요. 당신을 죽이지 않음 안 될 정도루다." 나는 아내에게 말한다. 죽이는 것도 배짱이고 죽는 것도 용기이니 잘 해보자.

아내가 수식 없는 말을 한숨에 섞어 내보낸다. "난 당신처럼 버틸 수가 없어요. 아니, 버티기 싫어. 당신한텐 시간이라는 게 없어졌으니 버틴다는 말도 우습겠죠. 이대로 두면 당신은 백 살까지 살 수 있어요. 스트레스가 있길 하나 나다니다 다치길 하나, 당신이 죽을 위험이나 기회는 제로예요. 그러니 당신은 질 좋은 음식만 먹어가며 하염없이 살게 돼요. 하지만 나한텐 엄연히 생활이라는 게 있어요. 매일 반복되는 일상들이 얼마나 많은 에너지와 시간과 신경을 요구하는지 당신도 잘 알거예요. 지금에야 안 일이지만 당신은 약자가 아니에요. 죽음을 앞둔 병자 앞에서 어느 누가 강자가 될 수 있죠? 그러니까 당신은 건강했을 때도, 또 지금처럼 누워있기만 할 때도 강자로만 있었고 있다는 얘기예요. 참 희귀한 케이스죠. 당신이라는 사람은."

아내는 가만가만 말하지만 말의 내용은 전혀 그렇지 않다. 그럴 것이다. 그렇고말고. 나는 아내의 시간을 갈취하며 그 시간에 기식하고 있다. 그런 것에만 기식하고 있을까? 제도나 형식이 마음에 들지 않아도 제도나 형식이기에 따라야 하는 것처럼, 나는 내 맘대로 기동할 수 없다는 사실에 또한 기식한다. 기식한다는 게 좋은 점도 있다. 자존심을 내세우지 않아도 되고 이론과 논리로 핏대를 올리며 설득하려 들지 않아도 된다. 평계 대지 않아도 저절로 평계가 성립된다. 기식한다는 사실이 지금처

환 259

럼 간단하고 괜찮은 것이라는 사실을 안 적이 없다. 더욱이 상대가 되지 않을 정도로 강자가 되어 있다는데 무슨 할 말이 있으랴.

아내가 손톱깎이를 꺼내 내 손톱을 깎기 시작한다. "우리 마지막으로 여행 간 거 생각나요? 결혼 십육 주년 기념으로 제주도 갔던 거? 그때 당신, 남편 노릇하느라 수고 많았어요. 지금의 나처럼."

내가 그랬던가? 아니라고 할 순 없다. 결혼기념일은 평일이었고 나는 십육 주년이라는 것에 별 의미를 두지 않았다. 나와는 달리 아내는 시간에 맞춰 먹어야 하는 약처럼 결혼 십육 주년엔 해외로 나가는 것을 당연시 했다.

아내가 전기밥솥에서 밥을 푸며 말한다. "일부러도 가려니 우리 이번 기회에 하와이 갔다 올래요?" 몇 년 전까지만 해도 해외출장은 넌더리가 나도록 다녔던 터라 아내의 말이 대뜸 피곤해진다. "하와이? 거긴 뭣하게?" "뭣하게라니요? 여행가는 거에도 뭣하게 라는 게 있어요?" "평일이야. 시간 없어. 그땐 감사도 받아야 하고." "그럼 월차 내면 되잖아요." "감사 받을 때라고 했잖아." "그러지 말고 가까운 일본에라도 갈래요? 요샌 환율도 좋잖아요." "바빠. 가고 싶음 당신 혼자 가든지 친구들하고 가든지 해."

아내가 밥공기를 탁 소리 나게 식탁에 놓는다. "결혼기념일이에요. 나혼자 결혼 한 것도 아니고 친구랑 한 것도 아니에요." 나는 아무 대꾸도 하지 않고 밥만 먹는다. 아내는 필경 밥만 먹을 줄 아는 밥벌레라고 비웃을 것이다. 그러거나 말거나 나는 밥 귀신마냥 열심히 밥을 먹는다.

아내가 식탁 맞은편에 앉더니 손톱을 깎기 시작한다. "밥 먹는데 지금 뭐하는 짓이야?" 밥숟갈을 뜬 채 아내를 노려본다. 아내는 여전히 손톱을 깎으며 대꾸한다. "당신 맘만 있어요? 내 맘도 있어요. 나는 지금 이 자리에서 손톱이 깎고 싶거든요." 아내가 계속 톡톡 손톱을 깎는다. "에이!" 수저를 놓고 식탁에서 일어난다. 아내가 퉁퉁 부은 소리를 내며 식탁에서 일어난다. "남들도 다 가요. 나라고 당신하고 가고 싶겠어요?"

내 손톱 하나가 얼굴로 튄다. 작지만 따끔하다. 아내는 차분한 손놀림으로 다른 쪽 손을 잡아 손톱을 깎는다. "그때 용케도 잘 참았어요. 당신이나 나나. 도살장에 끌려가는 듯한 기분, 당신만 그랬을 거 같아요? 우리 나이엔 보여주기 위해 사는 것도 중요하다는 거, 아직도 모르겠어요? 모르겠죠. 지금이 바로 그때이고 그 기분이에요."

아내는 평생 연출의식으로만 살았던 것처럼 군다. 아내가 말하는 지금이 바로 그때이고 그 기분이라면, 아내는 누구에게 보여주려 다정한 부부인 양 손톱을 깎아주고 옛날 얘기를 해주듯 조곤조곤 말하는 것일까.

자신이 아무리 떳떳하다 해도 타인이 비난하는 시선, 무리가 한꺼번에 보내는 질타의 시선 앞에서 자유로울 사람은 없다. 아내는 앞으로 있을지도 모를 사람들의 시선을 미리 준비하는 것일 터이다. 아무리 환자라지만 남편인데 저 꼴로 두었냐는 그런 비난과 질타 말이다. 그런 면에서 아내는 무디지 않다. 무딘 척도 하지 못한다.

나나 아내는 무디지도 무딘 척도 하지 못한 채 성산일출봉과 섭지코지, 주상절리로 돌아다닌다. 아내는 가는 곳마다 휴대폰으로 사진을 찍어 친구들에게 보낸다. "으응, 원래는 하와이를 예약했었는데 남편 회사 일정 땜에 급히 제주도로 바꿨어." 통화를 할 때마다 아내의 음성은 하이 소프라노다. 휴대폰을 끄고 멀리 성산포 앞바다를 보는 아내의 옆모습이 색 바랜 종잇장이다. 아내가 왜 저렇게 되어버렸나. 책임감보다는 연민이 씁쓸하게 마음 한 귀퉁이에 고인다.

아내는 손톱을 다 깎더니 발톱을 깎기 시작한다. "발톱이 많이 자랐네. 여기 간병인은 당신을 이뻐하지 않나 봐요. 임종에 대비하지도 않은 걸 보니. 하긴, 당신이 오늘 아님 낼 죽을 거라는 걸 간병인이 어찌 알겠어요. 당신도 마찬가질 거예요. 제주도 산간도로를 달릴 때 이런 끔찍한 몰골로 이런 데서 오늘 아님 낼 죽을 거라고 상상이나 했겠어요?"

제주도에서 일 박 이 일째 되는 날, 나와 아내는 호텔 룸에서 열두 시가 되기만을 기다린다. 전날 오전에 도착해 둘러볼 만한 데는 다 둘러본 터라 아침 일찍 호텔을 나서봐야 갈 만한 데는 없다. 거기다 김포공항에 도착할 시간은 밤 열시다. 남아도는 시간을 어디서 보내야할지 시간이 짐이고 고역이다. 더구나 밖엔 비가 온다.

침대에 걸터앉아 시계만 보던 아내가 프런트에서 가져온 제주도 관광지도를 펼친다. "이 호텔에서 젤 가까운 데가 여미지 식물원이네. 거기 갈래요?" 나는 테이블 의자에 앉아 비 오는 창밖만 내다본다. "거긴 그전에도 가 봤잖아." 아내가 다시 지도를 보며 말한다. "소인국은 어때요?" 나는 미동도 하지 않고 빗줄기에 눈을 꽂은 채 대꾸한다. "어린애야? 그런 델 가게." 아내가 다시 지도를 가리키며 말한다. "몽골 마상쇼는 어때요?" 나는 말없이 고개를 가로젓는다.

아내가 지도를 들고 내게로 온다. "나만 온 거 아니니까 당신이 정해요." 아내는 테이블 위에다 지도를 쫙 펼쳐놓더니 팔짱을 낀다. 나는 지도엔 눈도 안 주고 벌떡 일어난다. "나가자." 아내가 잔뜩 갈라지는 음성으로 대꾸한다. "열두 시도 안 됐는데 지금 나가면 어딜 가게요?" 아내의 말엔 들은 척도 하지 않고 캐리어를 끌고 룸을 나선다.

　비는 안에서 보던 것보다 훨씬 줄기차다. 체크아웃을 했지만 선뜻 나서지 못한 채 로비에 서 있기만 한다. 언제 빌려왔는지 아내가 차량용 우산을 들고 와선 차를 빼오겠다고 말한다.

　빗속으로 사라지는 아내. 언젠가는 아내도 나도 빗속으로 사라지듯 사라질 것이다. 누군가의 기억으로부터, 나 자신의 기억으로부터, 그리고 저 비와 이 호텔과 앞으로 갈 곳과 음식점으로부터, 그렇게 지워지리라. 이것이 자연사다. 자연사가 되기까지 기억은 얼마나 격렬하게 투쟁할 것이고, 사소한 욕망은 절대적 가치인 양 얼마나 모질게 붙어 다닐 것인가. 남는 것과 사라지는 것, 그 사이를 오가며 지금의 나나 아내는 한껏 화장을 덧칠한다.

　렌터카로 빗속을 달린다. 아내가 어디로 갈 것인지 묻는 표정으로 나를 돌아본다. 묵묵히 직진만 한다. 산간도로라는 이정표가 나온다. 좌회전을 해 산간도로로 접어든다. 바람이 센지 나뭇가지가 휘청거린다. 산길로 접어들수록 빗줄기는 거세게 흩뿌리고 안개마저 끼어 시야가 좁아진다. 맞은편에서 승용차가 비상등을 깜빡이며 조심스레 내려온다. 일 미터 앞의 시야마저 확보하기 어렵다. 죽음으로 가는 길을 현재진행형으로 돌려놓는다면 바로 지금 이 지역 이 상황이리라.

　비상등을 켠다. 안국사로 가던 길과 마찬가지로 산간도로는 언제 끝날지 모르게 구불거린다. 길고 긴 뱀의 창자 속을 아무 것도 모르는 인간 둘이 입을 잔뜩 내밀고 간다.

　아내는 비바람과 폭우를 보며 누군가에게 문자를 친다. 답이 오고 또 답을 보내고, 쉴 새 없이 오가는 문자는 육성으로 떠드는 것보다 시끄럽다. "좀 조용히 할 수 없어?" 아내가 나를 빤히 쳐다본다. "소리 낸 적 없어요." "그래도 시끄러워." "독재자가 왜 독재자인지 알겠네요." "그래, 알았음 조용히 해."

아내가 창밖으로 고개를 돌린다. 작은 다리가 나오고 계곡 아래로 폭포를 이룬 물줄기가 산 전체를 부술 듯이 쏟아져 내린다. 생과 사는 같은 무게, 같은 질량, 같은 원소로 결집해 있다 어느 순간 서로를 덮치려 결투한다. 누가 승리를 하던 그것은 시한부에 속한다.

기쁨도 절망도 시한부라는 걸 깨닫기까지는 그리 오래 걸리지 않는다. 아내는 발톱을 다 깎고선 줄칼을 꺼낸다. "산간도로를 달릴 때 내가 무슨 생각을 한 줄 알아요? 아무도 없는 이런 곳, 비바람이 무섭게 치는 이런 곳, 앞도 뒤도 안 보이는 이런 곳, 사고사를 위장하기엔 더없이 좋은 곳이구나 그런 생각을 했어요. 내가 죽든 당신을 죽이든."

아내가 줄칼로 내 발톱을 다듬는다. "밀실 같은 당신을 두고 수도 없이 많은 꿈을 꿨어요. 당신을 죽이는 꿈, 나를 죽이는 꿈. 그런 꿈이라도 꿔야 살 수 있었다는 거, 당신 같은 사람이 알 수나 있었겠어요?"

아내의 기쁨은 죽음이었던 게다. 나는 산간도로 이전에 이미 죽어버린 것이고, 아내는 혼자만의 톱톱한 기쁨으로 분주했던 것이다. 생과 사는 아내나 내 의지와는 다른, 별개의 법복을 찬란하게 차려 입고선 삶과 죽음을 선고한다. 그것은 맞는 말이다.

아내는 줄칼로 간 발톱 부스러기를 후후 털어내며 말한다. "기억날지 모르겠어요. 예전에 당신 재채기 많이 했던 적 있었죠? 와인바 가자고 했는데 안 가던 날 말이에요. 나, 그날 밤 나가지 않았어요. 당신은 아침에 북어국을 보더니 내가 술이라도 마신 걸로 알더군요. 해장국 어쩌구 하면서. 아니요, 그날 난 다른 방에서 잤어요. 하지만 당신은 내가 어느 방에서 자는지 아니면 나갔는지 찾지도 않았어요. 그때 내가 당신을 얼마나 미워한지 알아요? 당신이 죽어버렸으면 좋겠다고 생각했어요. 베란다 문을 열어놓고 안방에 달린 베란다 쪽 창도 조금 열어놨어요. 독감이나 걸려 죽어버리라고. 당신, 재채기밖엔 안 하더군요. 지금 생각하면 차라리 그때가 나았어요."

아내는 발톱을 끝내고 다시 손톱으로 간다. "이거 알아요? 나, 당신 사랑한 적 없다는 거?" 아내는 떳떳이 자신의 속내를 밝힌다. 이해할 수 있는 상처다. 아내가 줄칼로 손톱을 다듬더니 부스러기를 후후 불며 말한다. "알고 있었어요. 당신이 날 사랑하지 않았다는 거. 그래서 똑같이 갚겠다고 하는 말은 아니에요. 그 정도만 됐더라도 난 행복했을 거예요. 서로 사랑하지 않았다는 점에서 당신도 나도 서로에게 빚을 지지 않아서 다행이에요."

아내나 나는 계약직을 다 한 자로 등을 돌리려 한다. 먼 훗날, 아내를 다시 만나게 되면 나는 지금의 이 시한부의 기쁨과 절망을 알아볼 수 있을까. 아내에게 나있는 비틀린 웃음자국이나 눈물방울 자국이 지금의 나를, 이때를, 언젠가 본 적이 있고 만난 적이 있다는 느낌으로 나를 혼란스럽게 할지도 모르겠다.

아내가 손을 탁탁 턴다. "자, 이제 손발은 다 끝났어요. 염하는 사람들이 봐도 당신 손발톱에 거부감을 갖진 않을 거예요."

아내가 수건을 물에 적시더니 네모반듯하게 접는다. 아내는 물수건으로 내 얼굴을 닦으며 말한다. "지금보다 열이 많이 올랐다 내렸다 할 거예요. 좋은 징조니까 괜히 수선떨지 말아요."

아내는 호치키스 자국이 나 있다던 머리를 살살 닦는다. 수건을 반대편으로 접으며 아내는 때 없는 말을 한다. "인터넷만한 혁명이 없더군요. 일단은 안파는 게 없으니 그래요. 인터넷에서 당신과 내게 맞는 최고의 선물을 샀어요. 당신, 그 선물 이미 받은 거 알아요? 아까 병실에 들어오자마자 당신한테 줬는데. 열이 올랐다 내렸다 하는 건 그 선물이 주는 일종의 증상이에요. 아참, 그 선물이 뭔지 얘기 안 했던가요? 말라리아모기예요. 요즘 뉴스에서 그러더군요. 가을이 왔는데도 여름보다 모기가 더 극성이라고. 착한 모기예요. 당신과 내게 꼭 맞는 행진곡 팡파르를 연주해 줄 모기니까요."

아내가 물수건을 헹궈 손과 발을 닦아준다. "내 걱정은 말아요. 난 여기 오기 전 백신 맞아서 괜찮으니까. 추석 연휴가 길어서 도움이 될 거예요. 간호사 한 명만 있고 의사는 없으니 맘 놓고 죽어도 되거든요."

아내는 무한히 많은 각을 빈틈없이 짜놓고 그 구도 속에 자신과 나를 던져 넣는다. 이렇게 멋진 안무가 어디 있을까. 아내의 심장은 튼튼하고 IQ는 지적이며 GQ는 예술적이다. 고등동물이 할 수 있는 최선과 최대의 미덕을 무리 없이 택해 우리 안에 갇힌 나를 놓아주려 한다. 이제 나는 어디로 가야할까. 가야할 길마저 알려준다면 완벽한 서비스가 되련만.

아내가 손발을 다 닦더니 자신이 만든 작품을 감상하듯 나를 굽어본다. "아, 이제 진짜 다 됐다. 수고한 당신 떠나라는 카피 문구가 생각나요. 이젠 내가 떠날 차례네요."

아내가 핸드백을 집어 든다. "잘 가요. 가다 돌아보지 말구. 소금기둥이 되면 내가 다시 와야 하니까." 아내가 내 뺨을 한 번 쓰다듬더니 방문을 연다.

　아내야 고맙구나. 이제야말로 나는 나를 미행하던 짓 따윈 하지 않아도 되겠구나. 눈물 없이 눈물을 흘리던, 붉거나 검은 유랑자의 간을 저 날짐승들에게 주어도 되겠구나.

　아내가 한 발 나가나 싶더니 뒤를 돌아본다. "아참, 잊을 뻔했네. 내 남자친구 말이에요, 그 근처로 이사했다고 했죠? 어쩌면 그 친구의 아내를 만날지도 모르겠어요. 내 정체를 숨기고 친절한 이웃으로 만나 사귀는 것도 좋지 않겠어요? 그래야 그 남자친구네 집에 초대받을 수 있을 테니까. 혹시 당신도 올 수 있음 오세요."

　아내가 나갈 듯하더니 다시 입을 뗀다. "마지막으로 한 마디만 더 할게요. 꼭 한 마디만. 커피를 공급해주는 거래처 직원이 이런 말을 하더군요. 인생은 영업입니다, 라고요. 그 말을 듣는데 꼭 내 얘길 하는 거 같더라구요. 당신, 책 많이 읽었으니까 지금 하는 이 말, 무얼 뜻하는지 알겠지요?"

　아내가 몸놀림도 가볍게 문을 닫고 나간다. 완전무장한 장수처럼, 아트로포스[7]가 된 것처럼, 인생은 영업이다를 너끈히 배워 씩씩하게 헤치운다. 한 톨의 실수도 없이 멋지게 굿바이 솔로 홈런을 날린 아내에게, 위하여! 라는 찬양을.

---

7) 아트로포스 ; 생명의 줄을 끊는다는 그리스 여신의 이름.

그 후로부터
정적.

열아홉

…무한한
정적…

스물

 정적이 한 겹 한 겹 내려앉는다. 주뼛거리며 수없이 뒤척이던 몸은 정적의 차렵이불을 덮고 층층이 내리누르는 무게 속으로 들어간다. 무엇인지모를 이 무게는 멋들어진 단조의 음으로 산란을 꿈꾸고, 파이의 숫자와도 같이 끝없이 이어지며 어둠을 설계한다.
 꿈이 꿈으로만 있는 게 아니고 현실이 현실로만 있는 건 아니다. 열이, 산발적으로 터지며 꿈과 현실 사이를 부단히 운동한다. 아내가 선물이라고 한 말은 맞다. 오한과 고열은 가파른 리듬을 타며 혈액 속에서 높고 낮게 활개를 친다. 적혈구를 파괴하고 심장의 박동을 제어하는가 하면, 혈액을 산성화 시키고 뇌를 붓게 한다. 이만한 선물이 없다. 선물이 나를 안고 높게 난다.
 높은 곳에서 아래를 내려다본다. 물꿩이 새끼들을 데리고 우윳빛 도는 병아리색 물양귀비 꽃 사이를 한가롭게 오간다. 하늘은 창포색 향을 물꿩 가족에게 선사하고, S는 물꿩 사진 액자를 가만히 서서 들여다본다. 액자를 보던 S가 이삿짐 정리를 미룬 채 창가로 간다.
 S는 자신의 아파트 동과 엇비슷하게 기역자 방향으로 세워진 동 이십 층으로 고개를 돌린다. 안경 낀 남자가 베란다에 서서 담배를 피운다. 담배연기가 하얗게 흩어진다. S는 커피메이커를 꺼내 커피를 뽑아 들고 베란다로 간다. 남자는 담배 한 개비를 다 피우도록 그 자리에 서서 흩어지는 연기를 따라간다.
 남자가 산책을 나가는지 면바지에 티셔츠 차림으로 단지를 빠져나간다. 한동안 곧잘 보이던 남자가 보이지 않는다.

S는 스콜로 가 핫초코를 시켜 먹으며 전동차가 오가는 것을 지켜본다. 여주인이 블라인드를 내려 저녁 햇살을 가려준다.

S는 스콜을 나와 남자 직장이 있는 근처로 간다. 도로변에 SM3를 세우고 퇴근하는 남자를 기다린다. 정 차장이 코란도를 타고 차단기 앞에 선다. 차단기가 올라가고 코란도가 SM3 옆을 지나간다. S는 퇴근시간이 지나도록 차단기가 오르내리는 것을 보지만 검정 소나타는 나오지 않는다.

S는 물꿩 액자를 들고 남자네 집으로 간다. 남자의 아내가 누구냐고 묻는다. S는 이웃에 이사 온 사람이라며 떡 대신 액자를 가져왔다고 말한다. 남자의 아내가 들어오라고 한다.

S가 안으로 들어간다. 남자의 아내는 차라도 한 잔 하겠냐고 묻는다. S는 고맙다고 대답한다. 남자의 아내가 차를 만든다. S는 집 구경 좀 해도 되겠느냐고 묻는다. 남자의 아내는 그러라고 대답한다.

S는 남자의 서재로 들어간다. 책상 위에는 컴퓨터가 놓여있고 그 옆 보조책상 위엔 읽다 만 책 한 권이 펼쳐져 있다. S는 물꿩 액자를 책상 위에다 놓고 남자의 컴퓨터 키보드를 가만히 만진다.

높게 날던 나는 몸을 추스를 새도 없이 곤두박질쳐 나뒹군다. 온몸이 찐득한 개흙으로 뒤범벅이 된다. 알 수 없는 소리들이, 말소리 같기도 하고 짐승의 싸움질 같기도 한 소리들이 두서없이 들리는가하면 시궁창 냄새가 코를 찌른다.

코를 틀어막으며 주위를 둘러본다. 라면 봉지가 개흙 바닥에 반쯤 구겨 박혀있고, 운동화 한 짝이 라면 봉지 옆에 처박혀있다. 그 옆엔 테 없는 안경이 다리가 부러진 채 박혀있고, 안경 옆엔 남자 시체 하나가 백팩을 베고 배를 드러낸 채 누워있다. 내장은 열려있고, 열린 내장에선 구더기가 고물고물 내장을 파먹는다. 남자는 한 손엔 휴대폰을, 다른 한 손엔 김이 모락모락 나는 닭다리를 쥐고 있다. 구더기들이 남자를 파먹다말고 닭다리로 옮겨 붙는다. 구더기들이 죽기 살기로 따끈따끈한 닭다리를 뜯어먹고 있을 때, 웬 수탉 무리가 퍼드덕거리며 달려온다. 수탉들은 구더기를 향해 부리를 콕콕 쪼아대며 게걸스레 먹어치운다.

이를 기다렸다는 듯 사람들이 떼거지로 몰려와 수탉을 잡는다. 그 중 턱이 각지고 뼈대가 굵은, 권투선수였을 법한 남자가 막 잡은 닭을 뜯으며 목청을 높인다. "이번 한미 FTA를 찬성하는 놈들은 다 지옥에 떨어져야 해."

이에 키가 훌쩍 크고 목이 긴, 골프선수였음직한 남자가 닭 날개를 뜯으며 반론한다. "거 무슨 소리야? 경제를 살리고 일자리를 창출하는 법안인데 무식한 소리 그만하셔라."

권투선수가 닭을 뜯다 말고 낯빛이 싹 변한다. "무식? 무식 같은 소리하고 자빠지셨네. 그게 어디 경제를 살리자는 거냐? 나라를 팔아먹겠다는 속셈이지. 너야말로 뭘 알고나 지껄이셔라."

골프선수가 먹던 닭 날개를 내던지며 거품을 문다. "하여간 빨갱이 놈들 땜에 되는 일이 없다니까. 자동차 수출로 나라를 이만하게 살려놨더니 뭐가 어째?"

권투선수가 벌떡 일어나더니 다짜고짜 골프선수의 멱살을 움켜잡는다. "이런 개새끼! 불공정 협정이라는 건 국민이 다 아는 사실이다. 그렇게 떳떳하면 왜 비준안을 날치기로 통과 시켰냐? 그렇게 좋은 거면 왜 국민이 촛불 시위를 하냐? 너 같은 놈이야말로 빨갱이 새끼다."

골프선수가 권투선수의 멱살을 마주 잡고 흔든다. "촛불시위? 그거 하는 놈들보다 안 하는 사람이 더 많다는 거 몰라? 민심이 촛불 시위에만 있다고 착각하는 놈들, 천하에 무식하고 막돼먹은 인간들이라니까."

권투선수가 멱살 잡은 손을 놓더니 골프선수의 머리를 닭다리로 후려친다. "그래, 무식하고 막돼먹은 인간이 막돼먹은 소리 좀 하자. 제약업이며 농축산 산업이 붕괴되는 건 어쩔 건데? 지금이야 눈 가리고 아웅 하는 식이지만 좀 있어봐라. 쌀이며 고기며 약이며 다 외국에다 비싼 돈 주고 수입해야 하는데 그때도 니 놈은 자동차만 뜯어먹고 살래? 아무리 돈이 많아도 쌀을 먹고 살지 돈을 먹고 살진 않아. 너 같은 매국노 놈이야 지폐를 뜯어먹고도 살아남겠지만."

골프선수가 더는 못 참겠는지 권투선수의 정강이를 걷어찬다. "매국노? 이게 보자보자 하니까 양반의 대명사 전주 이 씨한테 별개지랄을 하네."

권투선수가 주저앉는가 싶더니 벌떡 일어나 골프선수의 턱을 주먹으로 친다. "그래, 너 말 잘했다. 나야말로 명문 세도가 안동 김 씨 핏줄을 대대로 이어받은 양반이다. 역사로 쳐도 전주 이 씨보다 안동 김 씨 가풍이 세다는 거 몰라? 너 같은 멸치 대가리가 그런 걸 어찌 알겠어."

골프선수가 얼굴을 푸르르 떤다. "내 지옥 가는 거 무서워 니 말이 맞다 치고, 그렇게 말하는 찌질이님은 어디 사시나? 경기 북부 쬐만한 아파트에서 살잖아? 강남 분이 심심해서 강북 사람 좀 상대해줬더니 똥인지 된장인지 구분도 못하는구만."

두 사람이 치고받고 싸우자 닭살 뜯기에 여념이 없던 사람들이 한꺼번에 달려들어 그 둘을 떼어놓으려 한다. 그 와중에 네 편 내 편이 갈리고 이놈저놈 욕설이 터져 나온다.

사람들이 내지르는 소리인데도 돼지 멱따는 소리인지 사람 잡는 소리인지 분간이 안 된다. 그보다 더 혼란스러운 건 단체복에 인쇄된 글자다. 검은색 아웃도어 티셔츠 위에 입은 연두색 형광 조끼 등판엔 '평화를 사랑하는 사람들의 모임'이라는 글자가 큼지막하다. 사람들이 개흙 바닥에 한데 엉켜 싸울 때마다 그 글자는 개흙 바닥에 묻히다 드러나다 하더니 그마저 보이지 않는다.

고체온으로 저체온으로 널뛰기하는 것보다 더 아수라장이다. 어쩌자고 나는 도축장보다 못돼먹은 이런 곳엘 와서 못 볼 꼴을 보고 있을까. 얼음장보다 더 찬 아내의 침묵이 백 번 낫고, 실장의 질책하는 눈빛이 훨씬 인간적이다. 컴퓨터를 켤 때 부웅 웽 돌아가는 소리가 그립고, 타닥타닥 키보드 칠 때 나는 소리도 감칠맛 나게 떠오른다. S에게선 이메일이 와 있을까.

사람들을 등지고 먹구름을 두껍게 깔아놓은 듯한 갯바닥을 걷는다. 몇 발짝 걷기도 전에 무지갯빛 날개들이 개펄을 차고 날아오르는 게 보인다. 아, 오색의 비둘기! 비둘기가 날아오른 곳으로 뛰어간다.

그곳엔 낯익은 방이, 내 서재라고 말할 수밖에 없는 방이, 문이 활짝 열린 채 있다. 반가움이 목에 차오른다. 성큼 방안으로 들어간다.

물꿩 액자 옆, 누군가 컴퓨터 앞에 앉아 키보드를 두드린다. 누구일까. 설마… 조용히 옆으로 다가간다.

S가, 키보드를 두드리다 말고 조개껍질로 된 목걸이형 스톱워치를 누른다. "왔구나. 너를 맞이하려고 오색의 비둘기를 보냈어."

S는 꽃무늬가 자잘한 시폰 원피스를 입고 둥실한 몸을 내 쪽으로 돌린다. 몸매가 왜 저럴까. 임신이라도 한 걸까. S는 내 시선을 느꼈는지 자신의 배를 쓰다듬으며 말한다. "표정이 왜 그래? 아, 이거? 생명이 들어있어서 그래. 생명은 원래 둥글잖아." S는 대체 누구의 애를 가진 것일까. 나는 참담하게 거꾸러져 들어가는 기분을 어쩌지 못한다.

내 기분과는 달리 S는 아무렇지도 않은 표정으로 옆에 있던 나무 궤짝을 연다. 알이 실한 붉은 사과가 겨 속에 반쯤 묻힌 채 줄지어 있다. S가 사과 하나를 꺼내 내게 내민다. "우리 어렸을 땐 사과가 이렇게 나무 궤짝 속 겨에 들어있었어. 겉에 나와 있는 걸 다 먹으면 속에 들어있을 사과가 궁금했지. 겨 속에다 손을 넣고 이리저리 쑤셔대며 사과를 찾아낼 때면 그 까칠한 감촉도 좋았고 왠지 모르게 설레기도 했어. 넌 안 그랬니?'

S는 어쩌자고 이렇게 엉뚱한 말을 한가하게 늘어놓고 있을까. S가 오미자차가 든 유리잔을 내게 내민다. "이거 먹고 싶다고 했지? 자, 마셔봐, 아주 시원해."

나는 그저 멍한 채로 오미자차가 든 유리잔을 받는다. S는 잔을 들고 있는 내 팔이며 손을 쓰다듬는다. "이제 그 비둘기 문양은 없어졌구나. 여기까지 왔으니 없어지는 게 맞을 거야. 그리고 흐음~ 머리도 깨끗해지고 숱도 좋아졌어. 목도 만져볼래? 호스도 없어졌어. 아주 말끔해."

나는 머리며 목을 만져본다. 호치키스 자국 같은 건 없고 구불거리는 머리칼이 풍성하다. 구멍이 뚫려있어야 할 목도 언제 그런 일이 있었냐는 듯 매끄럽고, 툭 튀어나온 목울대는 탄탄하다.

S는 누구이기에 나를, 내 전부를 이렇게 아는 것일까. 나는 한 손엔 사

과를, 다른 한 손엔 오미자차 잔을 든 채 무슨 말인가를 하려 입을 뗀다. 내가 무슨 말을 하기도 전에 S가 컴퓨터 모니터를 눈으로 가리킨다. "겉 속의 사과가 궁금했던 것처럼 너도 지금의 이 상황이 궁금할 거야. 저 모니터에 있는 거 읽어볼래?"

나는 S가 가리키는 모니터의 글을 읽는다. … 물꿩 액자 옆, 누군가 컴퓨터 앞에 앉아 키보드를 두드린다. 누구일까. 설마… 조용히 옆으로 다가간다. S가, 키보드를 두드리다 말고 조개껍질로 된 목걸이형 스톱워치를 누른다…

이게, 이게, 대체 무슨 일인가. S는 피아노를 치던 소녀가 웃었던 웃음과 꼭 닮은 웃음을 웃어가며 말한다. "저기 모니터에 있는 글 말이야, 태어날 애가 불러주는 대로 쓰는 중이었어."

S는 도대체 무슨 말을 하는 것일까. S가 내 손을 잡아당겨 둥그마한 배에 댄다. "그 애가 누군지 알겠니? 이 뱃속엔 그 애가 들어있는데 그 애는 이미 나를 만났고, 라오콘으로 죽었고, 지금 바로 내 앞에서 나를 만나고 있어. 어때, 반갑지 않니? 그 앤 평화의 고장을 그리워했고, 그래서 찾았고, 그 모든 걸 내게 말했고, 나는 그걸 기록했어. 여기 내게로 올 때까지의 모든 것을."

S가 찔레꽃 향기처럼 말하지만 나는 도무지 무슨 말인지 알아먹을 수가 없다. S의 말이 사실이라면 나는 누구란 말인가. 그리고 S는 또 누구란 말인가. 한 곳을 향했던 시선은 무화되고 여러 점과 수없이 얽혔던 각과 선이 일순 뭉그러진다. 그런데 갑자기 웃음이, 생각지도 않던 웃음이 터져 나온다.

"푸하하하하! 푸하하하하!"

모른다는 사실이, 알 수 없다는 사실이, 너무나 통쾌해서 견딜 수 없다. 나는 웃음을 그치지 못한다. 그칠 수 없다. 눈물을 질질 흘려가며 웃는 내 눈엔 S가, 나만의 S가, 마치 일인이역이라도 하듯 아내의 얼굴로 얼룽진다. 그 얼굴은 내가 울며 웃는 내내, S가 되었다 아내가 되었다 겹치는가 하면 흘러내리고, 흘러내리는가 하면 섞이다 풀어지다 한다. 이 미스터리, 결코 가볍다 할 수 없는 이 미스터리에 나는 신음하며, 조급해 하며, 그 다음, 그 다음엔 뭐가 어떻게 될까 반쯤 미치며, 조개껍질로 된 스톱워치를 누른다.

이 도서의 국립중앙도서관 출판시도서목록(CIP)은 e-CIP 홈페이지
(http://www.nl.go.kr/ecip)에서 이용하실 수 있습니다.
(CIP 제어번호 : CIP2012002817)

환

2012년 6월 20일 초판 1쇄 인쇄
2012년 6월 26일 초판 1쇄 발행

지은이 | 김정주
펴낸이 | 孫貞順
펴낸곳 | 도서출판 작가
        서울 서대문구 북아현3동 1-1278 (우-120-866)
        전화 | 365-8111~2 팩스 | 365-8110
        이메일 | morebook@morebook.co.kr
        홈페이지 | www.morebook.co.kr
        등록번호 | 제13-630호(2000. 2. 9.)

편집 | 손희 김지숙

디자인 | 오경은
영업 | 손원대
관리 | 이용승

ⓒ김정주
ISBN 978-89-94815-18-3 (03810)

* 잘못된 책은 구입하신 서점에서 바꾸어 드립니다.
* 지은이와 협의하에 인지를 붙이지 않습니다.

값 12,000원